|grafit|

© 2015 by GRAFIT Verlag GmbH
Chemnitzer Str. 31, 44139 Dortmund
Internet: http://www.grafit.de
E-Mail: info@grafit.de
Alle Rechte vorbehalten.
Umschlagfoto: mem-film.de / photocase.de
Druck und Bindearbeiten: CPI – Clausen & Bosse, Leck
ISBN 978-3-89425-462-9
2. 3. / 2020 19 17

H. Dieter Neumann

Mord an der Förde

Kriminalroman

Der Autor

H. Dieter Neumann, Jahrgang 1949, war Offizier in der Luftwaffe der Bundeswehr und in verschiedenen internationalen Dienststellen der NATO. Anschließend arbeitete der diplomierte Finanzökonom als Vertriebsleiter und Geschäftsführer in der Versicherungswirtschaft, bevor er sich ganz aufs Schreiben verlegte.

Der passionierte Segler ist verheiratet, hat zwei erwachsene Töchter und lebt in Flensburg.

www.hdieterneumann.de

Für Ökken, Amelie, Ille

und ihr Team des Zeltlagers Weseby

Prolog

Heute tragen vier Gäste Pistolen, die Männer unter ihren Jacketts, die Frauen in Umhängetaschen.

Die Zweiertische, an denen sie sich gegenübersitzen – jeweils ein Mann und eine Frau –, sind nicht die besten im Lokal, stehen tief im Raum, weit entfernt von den Fenstern. Dafür aber nahe der Garderobe.

Schon dieser Teil der Operation ist schwierig gewesen, erforderte genaue Planung. Die passenden Tische mussten Tage vorher reserviert werden, ohne dass jemand Verdacht schöpfte. Alles hängt davon ab, dass der Mann, der der Grund für diese Aktion ist, nicht aufgescheucht wird. Er darf keinen Verdacht schöpfen. Und seine Bodyguards auch nicht.

Die Leute, die um sie herum im Saal sitzen, sind den vier Spezialisten des Bundeskriminalamtes an den kleinen Tischen herzlich gleichgültig. Diese Gäste sind gekommen, um gut zu essen – italienische Küche vom Feinsten. Dafür nehmen sie die Hitze in Kauf, die den hoffnungslos überfüllten Gastraum jetzt im Sommer in ein Treibhaus verwandelt, stören sich nicht an der Enge, am Lärm der vielen anderen Feinschmecker, an der Hektik des überforderten Personals, nicht einmal an den unverschämten Preisen.

Man muss hier lange im Voraus reservieren und freut sich, wenn man tatsächlich eine Zusage bekommt. Die *Trattoria Antonio* ist eine Institution in der Stadt.

Einen Tisch aber, einen ganz speziellen, kann niemand reservieren, das wissen die vier BKA-Polizisten. Diesem Tisch gilt ihr Interesse. Er steht, umgeben von zehn Stühlen, in einem Raum hinter der Garderobe, an dessen Tür ein Schild mit dem Wort *Privat* hängt – für die vier Gäste an ihren Plätzen gut sichtbar. Meist ist diese Tür verschlossen.

Heute nicht. Antonio persönlich hat sie vorhin aufgeschlossen.

Natürlich wissen die vier Beamten auch, dass es noch eine zweite Tür gibt. Sie führt aus dem Privatzimmer hinaus auf den Hinterhof und von dort direkt auf eine stille Wohnstraße.

Die Gäste der Trattoria ahnen nichts vom eigentlichen Zweck dieses Separees. Allenfalls vermuten sie den Zugang zu Antonios Wohnung hinter der Tür. Ganz selbstverständlich halten sie den freundlichen, kugelrunden Italiener für den Inhaber der Trattoria, die seinen Namen trägt.

Nur zwei-, dreimal in der Woche könnte es einem aufmerksamen Beobachter auffallen, dass Antonio höchstselbst, und ausschließlich er, mit Tabletts voller Speisen und Getränken den Raum betritt und mit leeren Tellern, Gläsern und Schüsseln wieder herauskommt, um sie in die Küche zu tragen. Das sind die Tage, an denen der Padrone hier tafelt. Tage, an denen nicht nur gut gegessen und getrunken, sondern das ganz große Rad gedreht wird.

Heute ist solch ein Tag. Einer, an dem hinter der Tür bei Schwertfischsteaks – am frühen Morgen frisch eingeflogen – mit pikanter Sardellenbutter und kühlem Mantonico aus Kalabrien Geschäfte besprochen werden. Gefährliche Geschäfte. Seit Jahren stellt der wahre Besitzer des Hauses hier die Weichen für seine geheimen und überwiegend kriminellen Unternehmungen. Er tafelt eben gern gut.

Der Präzisionsschütze im dunklen Overall über der Schutzweste, der in der Nacht schon seinen Posten hinter dem Schornstein bezogen hat, kann den Hinterhof der *Trattoria Antonio* vollständig einsehen. Das dreistöckige, gelb verklinkerte Wohnhaus, auf dessen Flachdach er liegt, steht auf der anderen Seite der Straße, der vergitterten Pforte zum Hof fast genau gegenüber. Auch die Hintertür kann er sehen, die vom Hof ins Restaurant führt, direkt in den Raum, in dem man heute ein Abendessen servieren wird. Ein besonderes Essen für einen besonderen Gast – und seine sogenannten Geschäftsfreunde.

Fünf weitere Scharfschützen sind in der Dunkelheit auf den Dächern der Häuserblocks in dieser ruhigen Straße in Stellung gegangen. Und das SEK, zwölf Mann in kompletter Ausrüstung und bis an die Zähne bewaffnet, bereitet sich in einer der Erdgeschosswohnungen auf den Zugriff vor.

Auf dem Dachboden des gelben Klinkerbaus, am Fuße der Leiter, die zum Posten neben dem Schornstein hinaufführt, ist ein langer Klapptisch aufgebaut, auf dem verschiedene elektronische Geräte mit Kabeln verbunden sind. Drei Leute in lässiger Zivilkleidung haben in den letzten Stunden eine gewaltige Richtantenne aufgebaut und ausgerichtet. Nun sitzen sie an dem Klapptisch, jeder mit einem Kopfhörer auf den Ohren, und drehen unentwegt an den Reglern der Empfangsanlage.

Noch spricht niemand in jenem Raum dort drüben. Aus den Kopfhörern tönt nur das leise Klirren von Gläsern und Tellern, die eingedeckt werden. Nachher aber wird jedes Wort, das in dem verschwiegenen Hinterzimmer gesprochen wird, hier oben klar und deutlich zu verstehen sein.

Der Einsatzleiter steht mit umgehängtem Sprechgeschirr an der Dachluke und schaut auf seine Armbanduhr. Er wendet den Kopf, sieht fragend hinüber zu den Technikern. Einer von ihnen hebt den Daumen und nickt. »Alles okay. Kann losgehen.«

»Dann schalten Sie auf laut«, befiehlt der Einsatzleiter, und sofort darauf bebt die stickige Luft auf dem Dachboden von einem atmosphärischen Rauschen, manchmal unterbrochen von lautem Scharren und von den schweren Schritten des Wirtes, der wohl gerade die Stühle noch einmal ausrichtet.

Am Ende des Tisches sitzt eine junge Beamtin am Funkgerät. Auch sie lauscht angespannt in ihre Ohrhörer. Plötzlich zuckt sie zusammen. »Pate Sieben meldet: Vier Wagen kommen von Süden. Biegen gerade in die Straße ein.«

Der Mann auf dem Dach hat den Konvoi schon im Blickfeld, als sein Chef mit einem Satz neben ihm auftaucht und ruhig in sein Kehlkopfmikrofon spricht: »An alle, hier Pate Eins: Sie kommen. In Deckung bleiben! Zugriff erst, wenn er wieder herauskommt. Und nur auf mein Kommando.«

Ein dunkelgrauer S-Klasse-Mercedes vorn und zwei Wagen des gleichen Modells in Schwarz als drittes und viertes Fahrzeug kommen in schnellem Tempo näher. Zwischen den deutschen Limousinen fährt ein nagelneuer hellsilberner Maserati Quattroporte. Der kleine Konvoi prescht bis kurz vor die Gitterpforte, dann stoppt er abrupt. Der schwere Maserati kommt direkt vor dem Tor zum Stehen.

Die Türen des ersten und des letzten Mercedes gehen auf, aus jedem Wagen springen drei Männer in hellen Trenchcoats, suchen rasch mit ihren Blicken die Umgebung ab und verteilen sich auf beiden Straßenseiten. Einer öffnet die Pforte und bleibt daneben stehen, während ein zweiter langsam hindurchgeht, wobei er mit seinen Augen aufmerksam den Hof absucht. Im Maserati und im zweiten Mercedes hat sich noch nichts gerührt. Die Türen bleiben geschlossen.

»Der Kerl ist wirklich vorsichtig«, murmelt der Einsatzleiter leise. Er drückt den Sendeknopf an seinem Funkgerät: »Im Mercedes Nummer zwei befindet sich unser Informant, zusammen mit zwei anderen Capos. Nach seinen Angaben sitzt im Maserati wahrscheinlich der Gast aus Italien – und natürlich die Zielperson.«

Er sieht, dass der Mann im Hof an die Hintertür klopft. Diese öffnet sich sofort, und Antonios runder Kopf erscheint. Nach einem kurzen Nicken hebt der Bodyguard den Daumen der rechten Hand in die Luft. Die Türen des zweiten Autos gehen auf, und drei Männer in dunklen Anzügen steigen aus.

»Der Große mit der Hornbrille ist unser Informant, der ›Finanzberater‹ der Organisation – so bezeichnet er sich jedenfalls«, gibt Pate Eins über Funk durch, während er zusieht, wie der Mann an der Pforte jetzt an den Maserati tritt und die rechte hintere Tür öffnet. »Scheiße, was ist denn das?«, entfährt es ihm, als er das kleine Mädchen entdeckt, das die Beifahrertür aufreißt und fröhlich aus dem Auto springt.

»Ein Kind! Das ist … verdammt … ja, das ist seine Tochter! Mein Gott, er hat seine Tochter dabei«, kommt es aus dem Kopfhörer.

»Ich sehe es.« Nur ein Knurren.

Von der Rückbank wuchtet der Padrone seinen imposanten Leib aus dem Wagen. Auf der anderen Seite steigt sein Gast aus, ein spindeldürrer Mann in einem beigen Anzug und mit einer übergroßen Sonnenbrille im Gesicht. Er geht um den Wagen herum und schließt zu dem Dicken auf, der lachend hinter seiner hüpfenden Tochter, einem etwa siebenjährigen Kind in hellgelbem Sommerkleidchen, durch die Pforte tritt.

»Keine Änderung des Plans«, gibt der Einsatzleiter entschlossen über Funk durch. »Wir schneiden alles mit, was drinnen gesprochen wird. Wenn ihm egal ist, was das Mädchen mitbekommt, dann können wir auch keine Rücksicht nehmen. Kind hin oder her, wir greifen ihn uns, wenn er rauskommt.«

Er nimmt den Finger vom Sendeknopf und beobachtet aufmerksam die kleine Prozession, die, angeführt von dem hüpfenden Mädchen, nur noch wenige Meter von der Hintertür entfernt ist.

Dann passiert es. Einer der Bodyguards sieht offenbar aus den Augenwinkeln eine Bewegung auf dem Dach neben dem Restaurant und stößt sofort einen Warnruf aus. Plötzlich haben alle Männer Pistolen in der Hand, die Bodyguards zerren sogar MPs unter ihren Mänteln hervor.

Die Hölle bricht los. Mit zwei, drei Schüssen wird der SEK-Mann, der sich zu weit vorgewagt hat, vom Dach geholt und fällt leblos kopfüber in den Hof. Im Nu erfüllt das bösartige Bellen vieler Waffen die Luft. Und lautes Geschrei.

Der Einsatzleiter brüllt Befehle in den Äther, die anscheinend keiner mehr hört. Aus der Wohnung nebenan stürzen die schwarz vermummten Beamten des SEK heraus und eröffnen das Feuer.

Das kleine Mädchen stößt einen hellen, durchdringenden Schrei aus, fasst sich an die schmale Brust und bricht wimmernd zusammen. Blutüberströmt stürzt der zierliche Körper auf den Boden, vor das Gesicht des Vaters, der sich neben einem Müllcontainer in Deckung geworfen hat.

»Aurelia!« Das lang gezogene Heulen hallt entsetzlich über den Hof. Die Waffen sind verstummt.

1

So liebte sie die Stadt. Träge räkelte sich Flensburg unter einem hellblauen Ostseehimmel voller fröhlicher heller Kumuluswölkchen in der Sommerhitze. Aus dem offenen Wohnzimmerfenster ihrer Altbauwohnung am Schlosswall hoch im Westen der Stadt blickte Helene Christ über die dicht gedrängten Dächer hinweg auf das blaugrüne Wasser der Innenförde. Sie hatte ihre Arme auf die breite Brüstung gestützt und sog die warme Sommerluft ein, die durch das offene Fenster in den Raum strömte. Selbst hier oben schmeckte Helene noch die salzige Würze in der Luft. Genüsslich drehte sie ihren Kopf in den leichten Wind, der selbst die heißesten Sommer an der Küste erfrischte und das Fördewasser unter ihr mit munteren weißen Wellenkämmen sprenkelte.

Viele Segelboote waren da unten unterwegs, kleine und große, alte und neue, die meisten mit deutscher oder dänischer Flagge. Aber auch andere Nationalitäten konnte Helene durch ihr Fernglas erkennen, das die bunten Tücher am Heck der Boote ganz dicht heranholte. Polen ebenso wie

Schweden, Norweger und Engländer. Selbst eine australische Flagge fehlte nicht. Sie wehte auf einer bestimmt sündteuren Megayacht, einer eleganten Ketsch mit dunkelblauem Rumpf, die am Kai vor dem *Klarschiff* festgemacht hatte. Dieses lang gestreckte Gebäude im Stil eines Kreuzfahrtschiffes war der neue Blickfang am Ostufer des Hafens.

Ferienzeit, Hochsaison.

Sehnsüchtig sah Helene dem schlanken dunkelbraunen Rumpf eines Zwölfers hinterher, einer klassischen Yacht, die gerade hart am Wind unter Vollzeug in Richtung Außenförde tief unter ihr vorbeijagte. Noch zwei Tage, dann hatte sie endlich Urlaub. Und dann hieß es auch für sie: Segeln!

Von Kindesbeinen an war sie auf dem Wasser gewesen. In Arnis am Ostseefjord Schlei aufgewachsen, hatte ihr Großvater sie schon früh auf seinem Kutter mitgenommen, hinaus auf die Ostsee zum Fischen. Heute wusste sie, dass der Alte damals ihre Liebe zum Meer geweckt hatte. Viel geredet hatte er nicht. Schweigend pickte er die kleine Lene mitsamt einer altertümlichen Korkschwimmweste an der Seereling ein, wo sie noch immer stand und über den Bug schaute, wenn der stäbige Kahn nach einem Tag auf See im Licht der sinkenden Abendsonne über die geheimnisvoll düstere Schlei in den Hafen hineinglitt.

Den Duft dieser Jahre mit dem Großvater hatte Helene noch heute in der Nase. Die Frische des Wassers, gemischt mit dem starken Geruch geilgelber Rapsfelder an den Ufern, des würzigen Seewindes, der alten Holzplanken des Bootes. Den beißenden Qualm der Buchenholzspäne im Räucherofen hinter der Fischerkate. Das Aroma von Salz und Tang und Meer der frischen Fische, die niemals so stanken wie die traurigen Kadaver in manchem Geschäft, das sie seither stets fluchtartig verlassen hatte.

So wie viele Kinder in Süddeutschland irgendwann in einen Skiklub eintreten, um zu lernen, wie man sich auf zwei schmalen Brettern die Abhänge hinunterstürzt – für Helene eine grauenhafte Vorstellung –, hatte ihre Mutter sie ganz selbstverständlich im Segelverein angemeldet, als Helene gerade in die Schule kam.

Übermorgen wollten Simon und sie ablegen. Drei Wochen auf der *Seeschwalbe* – ein herrlicher Gedanke! Der Wetterbericht zeigte ein stabiles Hochdruckgebiet über Skandinavien und der westlichen Ostsee sowie guten Wind aus östlichen Richtungen. Ideale Bedingungen für den Törn zur norwegischen Küste, den sie sich vorgenommen hatten.

Ihr Blick ging über das muntere Treiben auf dem Wasser unter ihr, aber sie sah schon sonnenbestrahlte felsige Schären im dunkelblauen Wasser vor sich, mit bunten Holzhäusern darauf und weißen Segeln dazwischen, dachte an stramme Törns und ruhige Abende in windgeschützten Buchten, an …

Die Töne von Coldplays *A Sky Full Of Stars* rissen sie aus ihrem Tagtraum. Vorsichtig stellte sie das Fernglas aufs Fensterbrett, lief über die knarzenden alten Dielenbretter hinüber zum Esstisch, auf dem ihr Handy zwischen einem Berg von Büchern und Zeitungen unverdrossen vor sich hin musizierte, und meldete sich.

»Es wird dir nicht gefallen, Helene«, sagte Edgar Schimmel zur Begrüßung.

Ihr Kollege. Kennengelernt hatte sie ihn als schwer erträglichen, pedantischen Kriminaler der alten Schule, grässlich herablassend und besserwisserisch, der seine Pensionierung im übernächsten Jahr kaum erwarten konnte. Dann aber wurde er – wider Erwarten und offensichtlich zu seiner eigenen grenzenlosen Überraschung – doch noch zum Hauptkommissar befördert. Seither sprach der graue Edgar wenigstens nicht mehr unablässig vom Ruhestand, wurde auch etwas umgänglicher als zuvor. Sogar das Du hatte er ihr, seiner jungen Kollegin, kürzlich angeboten – er, der ansonsten jede persönliche Nähe zu verabscheuen schien.

Alles an ihm war grau, nicht nur sein Haar und der ewig zerknitterte Anzug, auch sein Gesicht hatte eine fahle Farbe wie von beständiger Erschöpfung. Dazu passte seine meist zur Schau gestellte Miene, die Helene stets nur ein Wort denken ließ: Überdruss.

Sie wusste allerdings sehr gut, wie viel sie ihm verdankte. Wäre er mit dem SEK bei ihrem ersten Fall als Ermittlerin hier bei der Kripo in Flensburg nicht gerade noch rechtzeitig aufgetaucht, als Simon und sie schon in das schwarze Loch am Ende des Laufs einer 45er Glock starrten, dann …

»Was, bitte, wird mir nicht gefallen, Edgar?«, fragte Helene misstrauisch und strich sich eine dicke Strähne ihrer weißblonden Mähne aus der Stirn.

»Dein Urlaub sollte doch morgen …«

»›Sollte‹?«, wiederholte sie alarmiert. »Was heißt denn ›sollte‹? Heute ist mein letzter Arbeitstag vor dem Urlaub, basta. Lasst euch da bloß nichts einfallen …« Sie witterte Unrat. Ganz deutlich.

»Na ja«, sagte Schimmel, und seine Stimme hörte sich an, als müsse er sich überwinden weiterzusprechen. »Wir haben da eine Leiche. Kein natürlicher Tod, ganz eindeutig nicht. Und, na, du weißt ja …«

Natürlich wusste sie. Zwei Kollegen der Mordkommission waren nach einem Dienstunfall immer noch im Krankenhaus und Oberkommissar Bahnsen im Urlaub. Blieben Schimmel und sie. Eigentlich hatte der Chef ihr gar nicht freigeben wollen, nachdem sich herausgestellt hatte, dass die beiden Kollegen länger als vorhergesehen ausfallen würden. Aber Schimmel hatte für sie Partei ergriffen. Es sei schließlich nichts Akutes auf dem Tisch, hatte er gesagt, nur Routinefälle. Und Bahnsen käme ja schon in einer Woche aus dem Urlaub zurück.

»Der Chef sagt, wir sollen das übernehmen, wir beide. Zumindest die Anfangsermittlungen, danach kann ich erst mal allein weitermachen, bis Bahnsen wieder da ist. Du segelst dann eben zwei, drei Tage später los. Einen Flug habt ihr ja nicht gebucht, oder?«

Mist, verdammter. Jetzt bräuchte man zwei Flugtickets nach Santo Domingo. Dann müssten sie sich etwas anderes einfallen lassen.

Trotzdem, so geht das doch nicht, dachte Helene wütend. Nur weil sie wissen, dass ich mit einem Boot losfahre, das hier an der Küste liegt …

»Also weißt du, Edgar, das ist unfair«, stieß sie hervor. »Simon hat doch seinen Urlaub auch geplant. Was uns am Anfang verloren geht, können wir nicht einfach hinten dranhängen. Und überhaupt: Der Urlaubsantrag ist genehmigt und …«

»Helene!«

»Ja?«

»Ein Mädchen, vierzehn Jahre alt. Seit gestern aus dem Jugendlager bei Steinberg an der Küste verschwunden. Gerade haben sie ihre Leiche im Wald gefunden, nicht weit entfernt vom Zeltlager. Erstochen.«

Helene schwieg.

»Lauter Jugendliche dort, weißt du. Ich … äh … ich wär froh, wenn ich dich dabeihätte. Wenigstens am Anfang. Bis wir wissen, in welche Richtung das läuft.«

Da lag etwas Flehendes in der Stimme des alten Zausels, unüberhörbar. Zumindest für Helene. Sie seufzte. »Ach, verflucht, was soll's. Ich hätte sowieso in einer Stunde Dienstbeginn. Hol mich doch einfach hier ab, dann fahren wir gleich raus. Gerichtsmedizin und Spurensicherung …«

»… ist alles schon organisiert«, erwiderte der Hauptkommissar hörbar erleichtert. »Bin in zehn Minuten bei dir, ist das okay?«

»Klar, ich komm runter«, sagte Helene.

Wer weiß, ging ihr durch den Kopf, mit etwas Glück war es ja ein simpler Fall, irgendeine Fehde zwischen den jungen Leuten im Ferienlager. Oder auch ein gefährliches Spiel, das ein schlimmes Ende genommen hatte, eine klare Sache, die keine komplizierten, langwierigen Ermittlungen erfordern würde. Doch im selben Augenblick gestand sie sich widerwillig ein, dass sie sich etwas vormachte. Nichts roch hier nach einer ›simplen‹ Sache. Vierzehn Jahre alt – und erstochen, dachte sie betroffen, während sie in ihre hellen High Sneaker schlüpfte und die Tasche vom Garderobenhaken nahm.

Meine Güte, dann musste es eben sein. Hoffentlich würde Simon das genauso sehen. Unbehagen überfiel sie, wenn sie an das Gespräch dachte, das ihr da bevorstand.

Ach, Unsinn. Er würde das sicher verstehen. Bei der Personallage war es ja geradezu eine Art … Notfall. Ja wirklich, sie konnte schließlich gar nicht anders handeln, dachte sie fast trotzig. Und überhaupt.

2

»Wo ist denn das Zeltlager?«, fragte Helene, als Edgar Schimmel den blauen Dienstpassat mitten auf dem Feldweg vor der Polizeisperre aus rot-weißem Trassierband anhielt.

»Weiter runter auf diesem Weg hier, denke ich«, sagte der Graue und zeigte an den Fahrzeugen vorbei, die schon am Rand entlang der Böschung standen. Helene erkannte den unscheinbaren Kombi der Spurensicherung, der hinter einem Krankenwagen und zwei Polizeiautos abgestellt war.

Rechts dehnten sich Kornfelder über die sanften Hügel, zwischen denen weit hinten die blaue Ostsee hervorlugte. Links vom Feldweg lag ein dichtes Waldgebiet, am Rand bewachsen von kaum passierbarem Gebüsch, das unmittelbar neben dem Weg mit seinen sandigen Schlaglöchern aufragte.

»Hinter dem Wald kommt gleich die Steilküste«, sagte Schimmel, der entlang der Flensburger Förde jeden Baum zu kennen schien.

»Eigentlich schön hier«, murmelte Helene.

Schimmel sah sie kurz an. »Ja, vor allem schön abgelegen.«

Helene deutete auf eine Gruppe junger Leute, die aufgeregt miteinander sprachen. Sie standen neben dem Weg im Feld, allesamt mit dem Blick auf die Polizeiabsperrung. »Die werden wohl aus dem Lager sein. Wollen sehen, was hier passiert, nehme ich an.«

Schimmel nickte. »Hoffentlich müssen wir die nicht alle vernehmen«, stieß er mürrisch hervor und trat an die Absperrung. Ein uniformierter Kollege grüßte ihn und hob das Trassierband hoch.

»Danke, Herr Kollege«, sagte Helene und nickte dem schwitzenden Mann freundlich zu.

»Stets zu Diensten«, scherzte der Uniformierte und schickte Schimmel, der kommentarlos an ihm vorbeigestampft war, einen vielsagenden Blick hinterher. Jeder Polizist hier oben kannte den alten Kriminalbeamten, der sich in den letzten fünfundzwanzig Jahren keinerlei Mühe gegeben hatte, besondere Beliebtheit im Kollegenkreis zu erlangen.

Helene erlaubte sich ein kurzes Lächeln und folgte dem Alten dann auf einem schmalen Pfad durch das dichte Unterholz hinein in den Mischwald. Hier drang unüberhörbar das Geräusch von Wellen an ihr Ohr, die in der Nähe an den Strand rollten. Hinter den Bäumen musste die Steilküste liegen. Und fast zwanzig Meter darunter das Meer.

Nach einem kurzen Marsch durch den dichten Wald trat sie auf eine Lichtung. In ihren voluminösen weißen Overalls ging eine Handvoll Spurensicherer bereits ihrer Arbeit nach. Ein uniformierter Beamter stand am anderen Ende der Lichtung, sprach mit zwei Halbwüchsigen, die mit dem Rücken zum Tatort vor ihm Aufstellung genommen hatten, und machte sich Notizen in seinem kleinen Schreibheft. Helene erkannte den gewichtigen Polizeihauptmeister Mommsen. Er war der ›Dorfsheriff‹ in Simons Heimatort, wo auch die *Seeschwalbe* ihren Liegeplatz hatte. Nur wenige Kilometer von hier entfernt, lag dieser Hafen in einer malerischen Bucht.

Der Fotograf der Spusi hatte sich hinter dem am Boden knienden Gerichtsmediziner aufgebaut und schoss über ihn hinweg mit dem Teleobjektiv Aufnahmen von der Leiche und dem Tatort – wenn dies denn tatsächlich auch der Tatort war. Im Halbschatten des dichten Waldes rundherum zuckten die Lichtblitze der Kamera immer wieder grell auf. Helene kniff halb geblendet die Augen zusammen, als sie näher herantrat.

Hauptkommissar Schimmel stand bereits vornübergebeugt einen Meter vor den Füßen der Toten, die in hellen Sandalen steckten. Die Leiche lag auf der Seite, sodass Helene die rosafarben bemalten Fußnägel sehen konnte. Sie holte tief Luft und trat näher.

»Lag sie etwa so auf der Seite?«, fragte Schimmel unwirsch.

Der Gerichtsmediziner blickte hoch, blinzelte kurz, als ihn ein Blitz des eifrigen Fotografen traf, und verzog das Gesicht zu einem schwachen Grinsen. »Nein, sie lag auf dem Gesicht. Wurde alles fotografiert, zigmal sogar. Ich hab sie jetzt umgedreht, um auch noch …«

»Konnten Sie denn nicht warten, bis wir hier waren?«

Der Arzt kam aus der Hocke hoch. »Nein. Wir sind hier schon seit einiger Zeit bei der Arbeit, verehrter Herr Oberkommissar.«

»Haupt-!«, erwiderte Schimmel. »Hauptkommissar – hat lang genug gedauert. Aber lassen wir das. Was haben Sie …?«

»Hallo, Frau Christ«, wandte sich der Mediziner betont freundlich an Helene. »Macht bestimmt 'ne Menge Spaß, die Zusammenarbeit mit diesem Griesgram, was?«

Helene verkniff sich gerade noch ein Lachen. Dr. Asmussen war berüchtigt dafür, kein Blatt vor den Mund zu nehmen. Aber es überraschte sie auch nicht sonderlich, eben noch aus den Augenwinkeln zu sehen, dass dem Grauen für den Bruchteil einer Sekunde die Andeutung eines Grinsens in den Mundwinkeln stand.

»Na, Sie sind ja heute wieder gut drauf, Herr Doktor. Macht Ihnen wohl Spaß, der Job?«, sagte Schimmel, sofort wieder mit völlig unbewegter Miene.

Asmussen winkte nur müde ab, atmete kurz durch und startete seinen knappen Bericht: »Ein breiter, sehr tiefer Einstich im Rücken. Lange Klinge, etwa fünfundzwanzig Zentimeter, vielleicht auch länger. Der Täter muss gewaltige Kraft ausgeübt haben; die Klinge ist schräg von hinten bis ins Herz gedrungen und hat dabei auch die Lunge verletzt. Sie sehen die hellroten Blutbläschen am Mund und den blutigen Schaum auf dem Moos.«

»War sie sofort tot?«, konnte sich Helene nicht zurückhalten.

Der Arzt sah sie an. »Na ja, auf der Stelle wohl nicht. Immerhin gab es keinen langen Todeskampf. Eine, zwei Minuten vielleicht.« Zischend sog er die Luft ein. »Lang genug. Üble Quälerei, ganz gewiss.«

Schimmel fragte: »Ist das hier Ihrer Meinung nach auch der … «

» … der Tatort?«, unterbrach ihn der Leiter des Spurensicherungsteams, der gerade herantrat und Schimmels Frage gehört hatte. »Ja, ziemlich sicher. Keine Schleifspuren, alles weist darauf hin, dass sie genau hier ermordet wurde. Wenn Sie mich fragen, sie ist keinen Meter mehr gelaufen. Einfach stumpf nach vorn umgefallen, ins Moos hier. Und liegen geblieben. Sehen Sie mal her!« Er beugte sich hinunter und wies mit dem Finger auf eine Stelle im weichen Moos, die aussah wie eine winzig kleine Grube, in der sich Grasbüschel, Moosreste und Erde miteinander vermischten. »Da hat sie sich im Todeskampf mit ihrer rechten Hand in den Boden gekrallt. Moos, Blattreste und Erde finden sich in ihren beiden Händen. Da«, er zeigte auf eine Stelle etwa einen halben Meter links neben dem Kopf der Leiche, »sehen Sie die gleiche künstliche Mulde wie hier – von ihrer linken Hand.«

»Sonst irgendwelche verwertbaren Spuren?«

»Ja, dahinten – wir haben die Stelle markiert«, meldete sich der Spusi-Mann und deutete auf ein paar kleine Schilder mit Nummern, die etwa dreißig Meter entfernt in einem Kreis am Rand der Lichtung aus dem Moos ragten. »Dort haben mindestens zwei Menschen längere Zeit gelegen. Sieht so aus, als hätten sie sich herumgewälzt oder so. Sieht man an den abgeknickten Halmen und dem stellenweise platt gedrückten Moos.«

»Blut oder andere Körperflüssigkeiten dort drüben?«

»Nichts.«

»Fußspuren?«

»Kann man keine sichern auf diesem Untergrund.«

»Na gut – oder auch nicht. Danke.« Schimmel wandte sich wieder an den Arzt. »Hinweise auf eine Vergewaltigung? Haben Sie da etwas gefunden?«

Dr. Asmussen runzelte die Stirn. »Halte ich für unwahrscheinlich. Sie sehen doch den Einstich im Rücken. Sie hat mit großer Sicherheit gestanden, als das Messer von hinten eindrang. Dann dürfte sie nach vorn gefallen sein. Ihre Finger krampften noch für kurze Zeit im Moos, während sie starb.«

»Aber sie könnte doch da drüben vergewaltigt worden sein«, gab der Graue zurück und deutete auf die im Kreis aufgestellten Schildchen. »Dann hat sie sich aufgerappelt, wollte fliehen, und der Täter hat ihr von hinten das Messer in den Rücken gerammt.«

»Glaub ich eher nicht. Es gibt keine Spuren von sexueller Gewaltanwendung. Auch an der Kleidung ist nichts zerrissen, wie Sie sehen. Aber die genaue Untersuchung der Leiche kann ich natürlich erst im Institut vornehmen.«

»Und der Todeszeitpunkt? Wollen Sie sich dazu schon äußern?«, fragte Schimmel und ließ dabei seinen Blick forschend über die Leiche wandern.

»Ziemlich sicher etwa zwischen Nachmittag und … sagen wir … dem späten Abend gestern. Krieg ich aber noch genauer hin«, antwortete Dr. Asmussen.

Schimmel nickte und drehte sich zu Polizeihauptmeister Asmus Mommsen um, der inzwischen ebenfalls hergekommen war. Er hatte die beiden Jugendlichen offenbar verdonnert, am Waldrand stehenzubleiben und nicht auf die Lichtung zu schauen. Jedenfalls standen sie nun dort im Schatten der Bäume, starrten in Richtung Steilküste, traten von einem Bein auf das andere und wagten hin und wieder einen verstohlenen Blick über die Schulter.

Und noch etwas anderes sah Schimmel: Den uralten orangefarbigen VW-Bulli seines Lieblingsfeindes, der gerade am Trassenband der Polizeiabsperrung hielt. Wie erwartet, sprang Jacobi heraus, ein freiberuflicher Reporter, der seit Jahren fast an jedem Tatort auftauchte – wusste der Himmel, woher er diese Information immer nahm, wer ihm steckte, wo gerade ein Verbrechen geschehen war.

»Ich hätte den Kerl schon längst erschießen sollen«, murmelte der Graue in sich hinein.

Der Polizist grinste. »Die richtige Nase für seinen Job hat er jedenfalls.«

»Gegen den Eigengeruch ihres Trägers muss die aber resistent sein«, erwiderte Schimmel und beobachtete, wie der Reporter zu den wartenden Jungen trat. Resigniert drehte er sich um und blickte den Uniformierten an. »Nun zur Toten. Ich nehme an, Sie können uns schon etwas zu ihr sagen, Kollege Mommsen?«

Der Hauptmeister schien nicht erstaunt, von Schimmel mit seinem Namen angesprochen zu werden. Seit fast zwanzig Jahren war er der Dorfpolizist im Ort. Kein Wunder, dass der Alte ihn kannte. Es hieß, Schimmel habe die Namen aller Polizisten im Kopf, die zwischen Flensburg und Schleswig ihren Dienst taten. Wahrscheinlich kannte er sogar Asmus Mommsens Spitznamen.

»Clarissa von Sassenheim«, antwortete er, ohne in sein Heftchen zu schauen. »Wohnte in der Nähe von Kappeln. Die Eltern haben dort einen Reiterhof – liegt ein paar Kilometer außerhalb. Ziemlich bekannte Leute in der Gegend. Eine Pferdezucht betreiben sie auch. Der Vater hat irgendeine Firma. Mode, hm, Bekleidung oder so was – ist wohl tagsüber nicht zu Hause. Den Reiterhof managt hauptsächlich die Mutter. Das Mädchen war hier im Ferienlager, das wissen Sie ja bereits. Liegt nicht weit von hier in die Richtung, das Lager.« Er deutete mit seinem Kugelschreiber hinter sich.

»Wie lange war sie schon im Lager?«

»Seit einer guten Woche. Die Älteren sind in der zweiten Ferienhälfte dort – bis Ende August. Sie ging auf die Klaus-Harms-Schule in Kappeln, also das Gymnasium dort.«

»Sind die Eltern bereits verständigt?«, fragte Schimmel.

»Wir haben noch gewartet«, sagte Mommsen und streifte mit einem fast scheuen Blick die Leiche, die vor seinen Füßen lag. »Sie werden wahrscheinlich persönlich hinfahren wollen, hab ich mir gedacht.«

»Hm. Werden wir wohl müssen«, gab der Graue zurück und fuhr fort: »Wann wurde sie denn hier gefunden – und von wem eigentlich? Ich nehme an, von den beiden da drüben?«

»Genau. Die jungen Leute haben angeblich schon die ganze Nacht nach ihr gesucht …«

»Und wieso wurde sie dann erst vor zwei Stunden gefunden?«

»Na ja, ich denke mal, dass sie erst die Wege abgewandert haben, vielleicht haben sie auch noch die Böschung und die Gräben links und rechts abgesucht. Aber die Lichtung hier liegt doch ziemlich tief im Wald und ist vom Weg her nicht einsehbar. Außerdem weiß man nicht, wie eifrig die bei der Sache waren.«

»Wer genau?«

»Die Jugendlichen aus dem Lager. Zusammen mit ihren

Betreuern – ›Teamer‹ nennen sie die. Clarissa war abends nicht ins Lager zurückgekommen …«

»Woher zurückgekommen? Wo war sie denn?«

»Die Jugendlichen dürfen tagsüber für ein paar Stunden das Lager verlassen, wenn sie Bescheid sagen. Müssen aber abends um zwanzig Uhr wieder zurück sein. Wo sie genau war, weiß der Lagerleiter nicht, sagt er. Der heißt … Moment …«, Mommsen klappte den festen blauen Deckel seines Notizbüchleins auf und blätterte darin hin und her, »… der heißt Rast, Torsten Rast, von Beruf Erzieher, einunddreißig Jahre alt. Übrigens wartet er im Lager auf Sie. Ich hab ihm gesagt, Sie würden sicher mit ihm sprechen wollen, aber er musste zurück, um sich um die Kinder … na ja, um die jungen Leute zu kümmern. Riesenaufregung bei denen – ist ja wohl klar.«

Die Jungen, die er gerade vernommen hatte, beide zwölf Jahre alt, hätten dann vor etwa zwei Stunden die Leiche hier gefunden, berichtete Mommsen. Angeblich hätten sie nichts berührt, auch nichts verändert, sondern sofort über ihr Handy den Lagerleiter verständigt, der mit einer anderen Gruppe drüben in den Feldern auf der Suche nach Clarissa war. Er sei dann ein paar Minuten später hier eingetroffen und habe sofort die Polizei angerufen.

»Apropos Handy: Wo ist denn das der Toten?«, fragte der Hauptkommissar in Richtung des Spurensicherers.

»Kein Handy hier. Weit und breit keins«, war dessen knappe Antwort.

»Hören Sie, die Mädels in diesem Alter haben alle immer ein Handy dabei. Die können ohne die Dinger gar nicht leben.«

»Das ist mir bekannt, Herr Schimmel«, gab der Mann im weißen Overall verärgert zurück. »Aber wenn ich Ihnen sage, hier ist kein Handy zu finden, dann ist das so.«

»Glaub ich Ihnen, glaub ich Ihnen ja«, beschwichtigte Schimmel zerstreut, »hab nur laut gedacht.« Er wiegte seinen

Schädel hin und her. »Dann hat der Mörder das Mobiltelefon mitgenommen, oder? Na, jedenfalls ist das wahrscheinlicher, als dass sie gar keines bei sich hatte.«

»Wir besorgen uns gerade die Nummer aus dem Lager und versuchen natürlich, es zu orten, aber ...« Der Spurensicherer sparte sich den Rest des Satzes.

»Ja, ich weiß«, gab Schimmel zurück, »er wird kaum so blöd sein, es eingeschaltet zu lassen. Versuchen müssen wir es trotzdem, danke.«

Helene hörte alles, was gesprochen wurde, aber ihr Blick ruhte fest auf dem Gesicht des toten Mädchens. Kaum zu glauben, dass sie erst vierzehn Jahre alt gewesen war. Der Tod hatte eine fahle Blässe über ihr hübsches Gesicht gelegt, das Gesicht einer jungen Erwachsenen. Doch trotzdem – auch mit den schaumigen Blutverkrustungen um den Mund – war das unverkennbar ein schönes Gesicht mit ungewöhnlich ebenmäßigen Zügen. Umrahmt wurde der Kopf von glattem dunklem Haar, fast schwarz sogar, mit einem feinen bläulichen Schimmer.

Die Tote trug eine hellblaue Jeans, stonewashed, dieselbe Marke, wie sie auch Helene anhatte. Die Hose des Mädchens aber war knapp über den Knien abgeschnitten und ausgefranst, dazu trug sie ein weißes T-Shirt, das in Höhe des Nabels endete. Die kurzen Fingernägel waren ebenfalls mit einem hellrosa glänzenden Lack bemalt. Kinderhände, dachte Helene spontan, mit kleinen glatten Fingern. Frauenhände sahen anders aus. Diese Beobachtung stürzte sie in eine tiefe Traurigkeit, die ihr fast den Atem raubte.

Sie riss mühsam ihren Blick los und schaute auf den Oberkörper des Mädchens. Außer dem obszön gleichmäßig runden rostroten Fleck hinten auf dem T-Shirt – und abgesehen von dem eingetrockneten schaumigen Auswurf im Moos – war kein Blut zu sehen. »Innerlich verblutet«, hatte Dr. Asmussen vorhin noch gesagt und sein Gesicht verzogen. Vermutlich hatte er bereits den Horror vor Augen, der sich bei der Obduktion bieten würde, die ihm bevorstand. Gütiger Himmel, fuhr es Helene durch den Kopf, wer tut so etwas?

Sie räusperte sich. »Doktor«, fragte sie den Gerichtsmediziner, »können Sie eine Vermutung über die Art der Mordwaffe abgeben, ich meine, außer dass die Klinge sehr lang war?«

Der Arzt schaute sie an und schüttelte den Kopf. »Leider nicht. Und ich fürchte, auch die Obduktion wird nur die Länge und Breite der Klinge genauer bestimmen. Ein Messer, sehr scharf geschliffen, ein ... großes Messer, Klinge am Heft etwa vier Zentimeter breit. Sorry, mehr hab ich nicht für Sie.«

»Vier Zenti- ... Scheiße«, entfuhr es Helene, »das ist ja ... verdammt!« Sie schüttelte sich kurz, als ein kaltes Grausen sie überkam. Ein riesiges Schlachtermesser, dachte sie aufgewühlt. Das Bild dieser schrecklichen Mordwaffe stand ihr blitzartig vor Augen. Auf einmal spürte sie eine maßlose Wut auf den Kerl, der dem jungen Mädchen diese mörderische Klinge in den Rücken gestoßen hatte.

Sie holte tief Luft und schaute irritiert um sich. Der Wind war plötzlich eingeschlafen, die Blätter raschelten nicht mehr, und das Rollen der Wellen unten vor der Steilküste war zu einem leisen Plätschern geworden, das kaum noch heraufdrang. Auf einmal war es sehr still im Wald.

3

Nis Puk stand in weißen Buchstaben auf dem Holzschild, das über dem Eingangstor hing.

Im Schneckentempo und laut fluchend, hatte Schimmel den Dienstpassat durch die tiefen Schlaglöcher auf dem

Feldweg bis zur Lagerzufahrt gelenkt. Nun holperten sie, eingehüllt in eine hellgelbe Staubwolke, durch die Einfahrt.

»Nis Puk«, grummelte Schimmel, »man sollte meinen, so ein Märchenname passt eher zu einem Kindergarten. Hier sind sie wohl schon ein wenig zu alt für so was.«

Helene war nicht nach Geplänkel zumute »Ach was, ich find's nett. Altes Volksmärchen hier oben. Ein guter Hausgeist, den nur die Kinder sehen können, und der auf alle aufpasst ...«

»Weiß ich. Scheint in diesem Fall aber versagt zu haben.«

Der Zynismus des Alten war manchmal schwer zu ertragen, fand Helene. Sie warf ihrem Kollegen einen eisigen Blick zu. »Das Ferienlager ist ja auch für Jüngere. Die Kleinen sind in der ersten Ferienhälfte hier, danach kommen erst die Jugendlichen.«

»Woher weißt du das alles eigentlich?«, fragte Schimmel eher desinteressiert, während er aufmerksam das Gelände betrachtete.

»Ich war in meiner Jugend drei oder vier Jahre selbst in den Sommerferien in diesem Lager. Das gibt's schon lange«, gab Helene zurück.

Schimmel grinste. »Na, so lange ist es ja noch gar nicht her.«

»Was?«, hakte Helene misstrauisch nach, die ahnte, was kam.

»Dass du hier deine Ferien verbracht hast. Ich meine ... sagtest du nicht, das sei in deiner ›Jugend‹ gewesen?« Mit einem fiesen Lächeln stoppte er das Fahrzeug auf einem großen Sandplatz.

»Nur kein Neid, alter Mann!«, gab Helene zurück, als sie ausstieg.

Sie sah sich um. Ein lang gezogenes, dunkelrot angestrichenes Holzhaus mit ein paar weißen Sprossenfenstern stand am hinteren Ende des Platzes. Direkt davor waren Tische und Bänke aufgebaut, auf denen ein paar Jungen und

Mädchen gerade das Geschirr für das Mittagessen eindeckten. Links und rechts des breiten Platzes dehnten sich gerodete Flächen, planiert und mit Gras bewachsen. Die eine davon reichte bis an einen Maschendrahtzaun vor der Steilküste, die andere bis an den Waldrand. Auch das Gebäude am Kopfende des Platzes grenzte direkt an den Wald. Auf dem ausgetrockneten, gelblichen Gras der Wiesen standen die Zelte, sauber in Reihen nebeneinander, jedes groß genug für etwa acht Personen.

Ein hochgewachsener Mann in ausgefransten, kurzen Jeans trat aus der Tür des Holzhauses und kam auf sie zu. Als er bei den beiden Kriminalbeamten ankam, konnte Helene den Aufdruck auf seinem grellgrünen Poloshirt lesen: *NIS PUK – DAS ZELTLAGER MIT DEM KICK.*

Der junge dunkelblonde Mann wand sich ein wenig, als er sah, dass Helenes Augen auf der Schrift auf seiner Brust ruhten, und sagte verlegen: »Ja, schrecklich. Mit einem Mal klingt unser Motto geradezu … wie Hohn, könnte man sagen. Völlig daneben jedenfalls.«

Edgar Schimmel sah ihn ausdruckslos an. »Hm. Sie sind vermutlich der … Chef hier?«

»Der Lagerleiter, ja. Torsten Rast heiße ich. Und Sie sind von der Kripo?« Er streckte die Hand aus.

Schimmel stellte sich und Helene Christ vor und sagte: »Wir möchten Ihnen ein paar Fragen stellen, wie Sie sich wohl denken können. Wo können wir reden?«

Das Büro war ein winziger, stickiger Raum in dem Holzgebäude. Die Sonne, die gnadenlos auf das Blechdach knallte, hatte hier drinnen für eine Hitze gesorgt, die Helene sofort Schweißperlen auf die Stirn trieb. Sie stand an einer Tafel mit dem Grundriss des Lagers, die an der Wand hinter dem uralten, wackligen, mit eingetrocknetem Kaffee und allen möglichen Kritzeleien übersäten Schreibtisch des Lagerleiters hing.

»Unser Belegungsplan«, erläuterte Torsten Rast und schaute Helene über die Schulter. »In jedem Zelt sehen Sie weiße Schilder mit den Namen der Kinder, die dort untergebracht sind.«

»Und die blauen Schilder?«

»Das sind die Namen der Teamer. Für jedes Zelt ist einer oder eine zuständig, männliche für die Zelte der Jungs, weibliche für die Mädchenzelte.«

»Und wo hat ...?«

»Hier, in diesem hier«, sagte Rast und deutete auf das Zelt, das als letztes in einer Reihe, direkt am Zaun zur Steilküste, eingezeichnet war. »Das war Clarissas Zelt. Entschuldigung, ich nehme an, das wollten Sie fragen.«

»Außer ihrem Namen stehen da noch fünf andere.«

»Ja, wir haben acht Betten in den Zelten, aber bei den Lagern für die Jugendlichen versuchen wir, jedes nur mit maximal sechs Personen zu belegen.«

»Gut, dann erzählen Sie mal der Reihe nach – und so genau wie möglich –, was gestern passiert ist. Also, wann Sie bemerkt haben, dass Clarissa von ... von ...« Schimmel warf Helene einen Blick zu.

»Sassenheim«, sprang sie ein, »Clarissa von Sassenheim.«

»Genau. Wann ist Ihnen aufgefallen, dass das Mädchen fehlte?«

»Gleich um acht Uhr abends. Das ist die Zeit, zu der ...«

»Wissen wir schon, danke«, sagte Schimmel. »Weiter bitte.«

»Wir haben uns natürlich zu der Zeit noch keine Sorgen gemacht. Trotzdem haben wir immer wieder versucht, sie zu erreichen, aber ...«

»Auf ihrem Handy?« unterbrach ihn Helene. Ihr fiel ein, dass keines bei der Leiche gefunden worden war.

Rast schüttelte den Kopf. »Nein, ihr eigenes Handy ist ihr beim Küchendienst gestern auf die Bodenfliesen gefallen und kaputtgegangen. Gesa hat ihr ihres geliehen. Auf dem haben wir die ganze Zeit versucht, sie anzurufen, immer wieder, aber da meldete sich nur die Mailbox. Und dann wurde es neun Uhr, dann zehn, dann war es auf einmal stockdunkel, und sie war immer noch nicht da. Da wurde uns doch langsam mulmig.«

Schimmel fuhr alarmiert hoch. »Meine Güte, das erfahren wir erst jetzt?«

»Wie bitte? Was meinen Sie?«

»Na, dass sie ein fremdes Handy bei sich hatte. Schließlich wurde es nicht bei der Leiche gefunden. Wir brauchen die Nummer, dringend. Unsere Leute ...«

»... haben die schon«, gab Rast mit fester Stimme zurück. »Ich hab Gesas Handynummer dem Kripobeamten durchgegeben, der vorhin hier angerufen hat. Und ihm auch gleich erklärt, wieso Clarissa ein fremdes Gerät bei sich hatte.«

»Aha«, murmelte der Graue. »Gut, gut. Dann hat sich das, äh ... überschnitten.«

»Und Gesa hab ich eingeschärft, auf keinen Fall bei ihrem Provider anzurufen, um die SIM-Karte sperren zu lassen. Ihr Kollege hat mir ja erklärt, dass man versuchen wird, das Gerät zu orten«, fügte Rast lapidar hinzu.

Helene wandte sich etwas ab, konnte ein flüchtiges Lächeln nicht verhindern.

»Hm, ja, genau. Wer ist denn nun diese Gesa?«, nahm Schimmel scheinbar unbeeindruckt den Faden wieder auf.

»Friesing heißt sie, Gesa Friesing. Schläft mit Clarissa im selben Zelt. Die beiden sind dicke Freundinnen, machen eigentlich alles zusammen. Gehen wohl auch in dieselbe Klasse und sind gemeinsam hierhergekommen.«

»Vielleicht weiß dieses Mädchen ja noch etwas, was uns weiterhilft, wenn sie so gut mit dem Opfer befreundet war. Können wir sie gleich anschließend befragen?«

»Ja, natürlich, sie wird im Moment von Emma, meiner Stellvertreterin, betreut. Ist völlig aufgelöst, das Mädchen.«

Schimmel nickte.

»Gut, und nun weiter: Was haben Sie unternommen, als es

bereits Nacht wurde und Clarissa immer noch nicht zurückgekehrt war?«, fragte Helene, die wieder den Plan an der Wand studierte, über die Schulter.

Der Lagerleiter blickte zu Boden. »Na ja, wir haben erst einmal überlegt, was wir nun tun sollten.«

Schimmel runzelte die Stirn. »Überlegen ist immer gut. Ist denn etwas bei diesen Überlegungen herausgekommen?«

»Du lieber Himmel«, fuhr Rast auf, »wir haben so etwas ja auch noch nie … ich meine, so was ist noch nie passiert! Die Jugendlichen kommen schon mal zu spät, aber bisher … Und dass wir sie auch nicht telefonisch erreichen konnten …« Er brach ab.

Helene griff sich einen Stuhl, stellte ihn direkt vor den Lagerleiter, der sich wieder und wieder durch seine schweißnassen Haare strich, und fragte freundlich: »Sagen Sie uns doch einfach, was Sie gemacht haben, als Sie merkten, dass etwas passiert sein könnte mit Clarissa.«

Dankbar blickte der junge Mann sie an. »Na ja, ich hatte den Verdacht, dass Gesa etwas wüsste. Ich meine, darüber, was sie am Nachmittag vorgehabt hatte.«

»Aber die wusste auch nichts über den Verbleib ihrer besten Freundin?«, hakte Schimmel ungläubig nach.

»Nein, Clarissa hat ihr angeblich nicht gesagt, wo sie am Nachmittag hingehen wollte.«

»Und das glauben Sie ihr?«

»Na ja, eigentlich schon.« Wieder wand sich der Lagerleiter auf seinem Stuhl.

Helene hatte auf einmal das Gefühl, dass der Mann etwas vor ihnen verbergen wollte. Irgendetwas war da, womit er nicht herausrückte, das sah sie ihm an. Aber plötzlich schoss ihr ein ganz anderer Gedanke durch den Kopf. »Edgar, wir müssen unbedingt bald zu Clarissas Eltern fahren«, warf sie ein und sah ihren Kollegen an. »Nicht, dass die die schreckliche Nachricht hintenherum erfahren, übers Telefon oder so.«

Schimmel nickte. »Ja, das machen wir jetzt sofort im Anschluss. Schreib dir doch schon mal die Adresse auf.«

»Ich geb sie Ihnen gleich«, sagte Rast zur Kommissarin.

Der Graue ließ sich noch nicht von seiner Befragung abbringen. »Sagen Sie uns jetzt bitte, was Sie unternommen haben, als Sie vermuten mussten, dass etwas mit Clarissa passiert war?«, fragte er und fixierte den Lagerleiter mit einem strengen Blick.

»Gegen Mitternacht habe ich vier Suchtrupps eingeteilt«, sagte Rast und fuhr sich mit der Hand fahrig durch die langen Haare. »Alle wurden von Teamern geführt, einer von mir selbst. Die halbe Nacht haben wir gesucht, aber erst gegen Morgen, als es schon hell wurde ...«

»Sie haben also auf eigene Faust nach der Vermissten gesucht. Sonderbar. Warum haben Sie nicht die Polizei verständigt?«, schnarrte Schimmel.

»Warum?« Rast sah den Alten verzweifelt an. »Ich hab gedacht, dass wir das nicht gleich an die große Glocke hängen sollten. Schließlich ... Meine Güte, das sind ja keine kleinen Kinder mehr!«

»Ein vierzehnjähriges Mädchen, das Ihrer Obhut anvertraut ist, verschwindet spurlos aus Ihrem Lager, kommt die ganze Nacht lang nicht zurück – und Sie wollen das unter den Tisch kehren?«, fragte Schimmel mit schneidender Schärfe.

»Nein, natürlich nicht«, antwortete Rast alarmiert, »so war das nicht. Nicht genau jedenfalls. Da war ja auch noch ...« Er brach ab, griff nach einer zerbeulten Packung Zigaretten, die auf dem Tisch lag, und zündete sich mit bebenden Fingern eine an.

Nach zwei tiefen Zügen sah er Schimmel direkt ins Gesicht und sagte: »Also gut. Es geht auch um Alim. Er ist einer der Teamer hier im Lager. Ich hab es ehrlich nicht bemerkt, glauben Sie mir bitte ...«

»Was?«, setzte Schimmel unbarmherzig nach.

»Gesa hat es mir schließlich gesagt – gestern Nacht. Dass

Alim und Clarissa ... äh ... befreundet waren. Dass sie sich mit ihm treffen wollte ... oder so. »

»›Oder so, oder so‹«, äffte Schimmel ihn nach. »Was heißt denn das? Ist so was denn zulässig?«

»Nein, natürlich nicht. Unter gar keinen Umständen. Da legt der Landessportverband großen Wert drauf, der das hier alles organisiert. Schon wegen der Eltern. Die Teamer dürfen keinerlei ... besondere Beziehungen zu den Lakis haben.« Er sah den fragenden Blick des alten Beamten und erklärte: »Lakis – das ist die Abkürzung für ›Lagerkinder‹, so nennen wir alle Kinder hier, auch die Jugendlichen.«

Die Tür wurde aufgerissen, und ein Mädchen mit einem Pferdeschwanz steckte seinen Kopf herein. »Zorro, das Essen ist ... oh, äh ...« Als sie die beiden Kriminalbeamten sah, verstummte sie.

»Ist gut, Rabea. Fangt schon an. Ich komme später«, antwortete Rast, und sie schloss die Tür wieder.

»Zorro?«, fragte Schimmel gedehnt.

»Mein Spitzname. So nennen sie mich hier – schon immer. Keine Ahnung, warum«, sagte Rast.

»Hm«, murmelte Schimmel. »Dieser ... Alim – wie heißt der denn mit Nachnamen?«

»Tayfur heißt er, Alim Tayfur. Stammt aus einer syrischen Auswandererfamilie, ist aber schon hier in Deutschland geboren, soviel ich weiß.«

»Und wie alt ist der Herr Tayfur?«

»Neunzehn«, kam es leise von Rast. »Macht demnächst sein Examen zum Erzieher.«

Schimmel schnaufte. »Ein volljähriger Erzieher, aha, und der hatte trotz des Verbotes ein Verhältnis mit einer Minderjährigen aus dem Lager, sehe ich das richtig?«

»Kein Verhältnis«, entfuhr es Rast schrill. »Nicht so, wie Sie es andeuten!«

»Ach, Sie wollen uns also weismachen, es wäre keine sexuelle Beziehung gewesen?«

Rast starrte ihn an. »Das kann ich nicht glauben! Sie war erst vierzehn! Das hätte Alim nie ...« Er schluckte. »Gesa schwört auch Stein und Bein, dass sie das gewusst hätte. Clarissa hätte es ihr gesagt, hat sie mir erklärt.«

Helene konnte sich nicht helfen – er tat ihr auf einmal leid.

»Und das alles glauben Sie? Vermutlich wollten Sie es glauben! Kann denn diese Gesa wirklich wissen, wie weit die Beziehung gegangen ist?«

Torsten Rast nickte eifrig. »Ja, bestimmt. Die beiden Mädels haben sich alles erzählt. Das waren ganz enge Vertraute. Aber angeblich wusste Gesa auch nicht, wo sich die beiden treffen wollten. Da hat Clarissa wohl ein großes Geheimnis draus gemacht. Hat nur gesagt, dass Alim sie sehen wollte.«

»Noch einmal, nur damit wir ganz sicher sind: Gesa Friesing hat Ihnen bestätigt, dass es eine ... Beziehung – welcher Art auch immer – zwischen Clarissa von Sassenheim und diesem Alim Tayfur gab, richtig?«

Der Lagerleiter nickte wieder. »Verdammt, ich hab's selbst nicht bemerkt. Sonst hätte ich Alim auf der Stelle abgelöst und nach Hause geschickt, das können Sie mir glauben.«

»Das tun wir, Herr Rast«, schaltete sich Helene mit sanfter Stimme ein, ohne auf die unwirsche Handbewegung des Grauen zu achten. »Sehe ich es richtig, dass Sie deshalb erst mal versucht haben, Clarissa selbst zu finden, bevor Sie die Polizei einschalten wollten?«

»So ähnlich, ja«, sagte Rast. »Ehrlich gesagt, ich hatte gestern Abend noch gar kein Gefühl, dass etwas so Schlimmes passiert sein könnte. Wer denkt denn auch an so was? Clarissa ist eine ...« Er unterbrach sich, schüttelte fast ungläubig den Kopf und fuhr fort: »Clarissa war ein schwieriges Mädchen, sehr verschlossen, sehr eigensinnig. Irgendwie ... ja, anders als die Mädchen in ihrem Alter. Introvertiert, sehr sogar, als wäre da ...« Er stockte.

»Reden Sie weiter! Als wäre da was?«

»Mir kam es immer so vor, als würde sie etwas belasten, irgendein Geheimnis, was weiß ich. Jedenfalls hatte sie außer zu Gesa zu niemandem engeren Kontakt.«

Schimmel lachte auf. »Na, da wüsste ich schon noch jemanden. Den Herrn Tayfur nämlich. Der Kontakt scheint mir doch ziemlich eng gewesen zu sein, wenn ich Ihnen richtig folgen konnte. Und den Herrn werden wir uns auch sofort vornehmen, wenn wir hier fertig sind.«

Rast starrte ihn an und schüttelte den Kopf.

Helene runzelte die Stirn, als sie den Ausdruck verzweifelter Hilflosigkeit in seinem Blick erkannte. Freundlich fragte sie ihn: »Was sagt denn Alim Tayfur zu all dem, Herr Rast? Wäre gut, das zu hören, bevor wir selbst mit ihm sprechen. Hat er sich denn tatsächlich mit dem Mädchen getroffen? Und was ist da geschehen?«

Der Lagerleiter senkte den Blick, fischte eine weitere Zigarette aus der Packung, zündete sie aber nicht an, sondern starrte wie abwesend vor sich hin und schwieg.

»Herr Rast, haben Sie die Frage meiner Kollegin nicht gehört?«, setzte Schimmel nach. »Wir wollen wissen, was Tayfur zu seinem angeblichen Treffen mit der Ermordeten zu sagen hat. Sie werden ihn ja wohl sofort befragt haben, als Sie von der unerlaubten Beziehung erfuhren, oder?«

Rast schüttelte stumm den Kopf.

Helene sprach ihn nochmals an. »Herr Rast, was ist denn los? Sie werden doch ganz bestimmt ihren Teamer zur Rede gestellt haben, oder? Was sagt er denn zu dem Vorwurf, enger mit einem ›Laki‹, wie Sie es nennen, befreundet gewesen zu sein, als erlaubt ist? Und natürlich auch dazu, wo die beiden gestern zusammen waren?«

Torsten Rast zerbröselte, anscheinend ohne es zu bemerken, die Zigarette zwischen seinen Fingern. Seine Stimme war fast tonlos, als er sagte: »Ich konnte ihn ja nicht befragen.«

»Sie konnten ihn nicht …«, fuhr Edgar Schimmel auf.

»Nein, er ist … nun, er ist … verschwunden. Er hatte ges-

35

tern seinen freien Tag. Jeder aus dem Team kann einmal während seiner Zeit hier für einen Tag und eine Nacht nach Hause. Sie wissen schon, Wäsche waschen und ein bisschen ausspannen und so … Ist nicht immer ein leichter Job hier.«

»Jaja, das mag alles sein, aber …«, schnappte Schimmel.

Helene fiel ihm ins Wort: »Das heißt, wenn Tayfur sich tatsächlich mit Clarissa getroffen hätte, dann wäre er wahrscheinlich anschließend nach Hause gefahren, also sowieso nicht hierher ins Lager zurückgekommen?«

»Gestern nicht mehr, nein«, bestätigte Rast. »Er hätte erst heute Morgen um acht wieder hier sein müssen. War er aber nicht.«

»Nun hören Sie mal«, sagte Schimmel in ätzend scharfem Ton, »wenn Sie in der Nacht von dieser Gesa erfahren haben, dass die beiden ein Rendezvous vereinbart hatten …«, Helene konnte sich bei diesem Ausdruck ein Kichern nicht verkneifen und erntete einen bösen Blick von ihrem Kollegen, »… also, dass die sich getroffen haben, dann hätten Sie den Tayfur doch zu Hause erreichen können. Oder auf seinem Handy – das hat er doch sicher.«

»Ich versuche ständig, ihn zu erreichen – seit gestern Abend. Er geht nicht ran. Emma ist übrigens noch in der Nacht nach Schleswig gefahren, zum Haus seiner Eltern. Da wohnt er noch – war aber nicht da. Die waren auch ratlos, weil er sich doch extra angekündigt hatte. Seiner Mutter hat er gesagt, er wolle sich noch mit ein paar Kumpels treffen und käme erst spät nach Hause.« Rast blickte erstaunt auf seine Finger, die nur noch den zerquetschten Filter der Zigarette hielten. Tabak und Papier bildeten inzwischen ein kleines Häufchen auf der schmuddeligen Tischplatte. »Er ist aber die ganze Nacht nicht gekommen, wie ich heute Morgen von den Eltern telefonisch erfahren habe. Und bis jetzt ist er nicht an sein Handy gegangen.«

Schimmel verzog sein Gesicht, doch bevor er etwas sagen konnte, kam ihm Helene rasch zuvor: »Die Eltern müssen sich jetzt schwere Sorgen machen, nachdem sie in der Nacht von jemandem aus der Lagerleitung aufgesucht wurden, fürchte ich.«

»Zweifellos. Keine gute Situation für die Leute«, murmelte Schimmel. Er richtete sich auf und sah den Lagerleiter an: »Das heißt also …?«

Rast blickte dem alten Hauptkommissar offen ins Gesicht und ergänzte: »Ja, das heißt es, Herr Kommissar. Ich habe keine Ahnung, wo er steckt, nicht die geringste.«

Einen Moment lang herrschte Schweigen in dem brütend heißen Zimmer, nur ein paar dicke Fliegen summten herum und prallten immer wieder mit einem hässlichen Knacken gegen die Fensterscheiben.

Plötzlich sagte Rast: »Und ich will auch nicht darüber nachdenken, was das zu bedeuten hat.«

»Wir müssen ihn sofort in die Fahndung geben«, wandte sich Schimmel an seine Kollegin, »das ist ja wohl klar?«

Helene nickte. »Wir brauchen seine persönlichen Daten«, sagte sie zu Rast. »Und bestimmt haben Sie auch irgendein Foto, auf dem er drauf ist, oder?«

Der Lagerleiter stand auf, zog eine Schublade des kleinen Blechschrankes hinter dem Schreibtisch auf, holte eine Mappe heraus und reichte sie der Kommissarin herüber. »Da stehen seine Personalien drin. Und ein Foto ist auch dabei.«

»Danke. Und nun zeigen Sie uns noch, in welchem Zelt dieser Tayfur hier untergebracht ist«, forderte Schimmel und trat an den Lagerplan.

Rast stellte sich neben ihn und deutete auf das erste Zelt links in der Reihe.

»Gut«, nickte Schimmel und drehte sich zu Helene um. »Wir müssen uns dort etwas Persönliches herausholen von dem Burschen, sein Rasierzeug oder einen Kamm oder so. Ich will seine DNA haben. Mal sehen, was man an Fremd-DNA an der Leiche findet – oder am Tatort. Wer weiß … Schließlich ist der Kerl ja wohl abgehauen.«

Helene räusperte sich. Leise sagte sie: »Äh, Edgar, ich glaube, dazu brauchen wir einen Durchsuchungsbe-«

»Dazu braucht es nichts weiter als die Erkenntnis, dass der dringend Tatverdächtige flüchtig ist«, fiel ihr der Alte ins Wort, »und damit Gefahr im Verzug. Also los!«

»Okay, wenn du meinst ...«, gab Helene gedehnt zurück. »Kommen Sie bitte mit, Herr Rast, und zeigen Sie mir seine Tasche oder Kiste oder jedenfalls das, worin Tayfur seine Sachen verstaut hat.«

Gemeinsam verließen die beiden die Baracke.

»Ich kümmere mich inzwischen um die Fahndung nach Tayfur«, rief Schimmel hinterher und holte sein Telefon hervor. »Und lass bitte die Tür offen, Helene.« Er lockerte seine Krawatte nochmals um ein paar Zentimeter und nahm Tayfurs Personalmappe vom Tisch. Ein paar Minuten später hatte er die Daten für die Fahndung durchgegeben und einen Beamten angefordert, um das Foto abholen, einscannen und an alle Dienststellen versenden zu lassen. Dann ging er zur Tür.

Kaum war er einen Schritt hinaus an die Luft getreten, sah er, wie seine Kollegin, gefolgt vom Lagerleiter, wieder aus dem Zelt herauskam.

»Erledigt«, rief Helene und hielt einen Asservatenbeutel hoch.

»Ein paar Fragen habe ich aber noch«, sagte Schimmel und ging widerwillig zurück in den stickigen Raum. Doch kaum hatten die drei sich wieder gesetzt, als von draußen der Lärm eines Autos hereindrang, das auf den Platz gerast kam. Direkt vor der Baracke heulte der Motor noch einmal gequält auf und verstummte dann. Kurz darauf waren Schreie zu hören, und vor der Tür brach ein Tumult aus. Eine schrille Frauenstimme kreischte: »Wo ist mein Kind? Mein Kind, ich will zu meinem Kind!«

Mit einem Knall flog die Tür auf und krachte gegen die Wand, dass die Scheiben klirrten.

»Wo ist Clarissa?«, schrie die Frau, die schwer atmend auf der Schwelle stand, in den Raum hinein. »Was habt ihr mit meinem Kind gemacht?«

4

Frau Sörensen betrachtete aufgeregt die Kartons, die sich auf dem Steg angesammelt hatten. Zusammen mit der geräumigen Reisetasche bildete sich allmählich ein stattlicher Stapel neben dem Rumpf der *Seeschwalbe*.

Noch immer schleppte Simon Pappkartons heran, auf seinem Weg vom Auto bis zum Schiff und zurück unermüdlich von Frau Sörensen begleitet. »Du solltest mir lieber beim Verladen helfen«, brummelte er, »statt mir ständig nur vor die Füße zu laufen.«

Der kleine schwarz-weiße Hund unbestimmbarer Rasse quittierte das mit begeistertem Schwanzwedeln, sprang mit einem artistischen Satz auf den aufgestapelten Haufen und sah Simon erwartungsvoll mit schief gelegtem Kopf an, die eindrucksvollen Fledermausohren vor Erregung bebend. Simon musste lachen, als er die Hündin da sitzen sah. Sie wusste natürlich, dass es bald wieder losging. Hinaus aufs Meer.

Segeln. Sie liebte es mindestens genauso sehr wie er. Und sie war bei jedem Törn an Bord, seit vielen Jahren. Selbst wenn Simon nur zum Hafen hinunterging, um nach den Leinen zu sehen, heftete sie sich an seine Fersen. Auf keinen Fall durfte sie verpassen, rechtzeitig an Bord zu springen, falls er ablegen würde.

Ächzend stellte Simon den letzten Karton auf den Steg – vorsichtig, denn darin klirrten leise die Rotweinflaschen – und streckte sich. Prüfend wanderte sein Blick über das Deck des Bootes. In den letzten drei Tagen hatte er alles an Bord für den Törn vorbereitet. Die *Seeschwalbe*, ein über fünfzig Jahre alter Colin Archer, war perfekt in Schuss, aber bei so einem Holzschiff gab es dennoch stets etwas zu tun. Nachdem er heute Morgen noch das Kutterstag nachgespannt und die neue Leseleuchte – vom Paketdienst gestern endlich geliefert – über dem Kartentisch im Salon eingebaut hatte, war nun alles für den Urlaubstörn bereit. Es konnte losgehen.

Das fand auch Frau Sörensen, die bereits vom Kartonstapel hinüber auf das mit den Jahren von Salzwasser und Sonne silbergrau gewordene Teakdeck des Schiffes gesprungen war und nun aufgeregt schnüffelnd ihren Lieblingsplatz direkt über dem Niedergang inspizierte.

»Kannst es wieder nicht erwarten, was?«, rief Simon der Hündin zu. »Aber erst muss ich das ganze Zeug hier verstauen, und dann warten wir ja schließlich auch noch auf Helene – oder willst du ohne sie ablegen?«

Als sie den Namen hörte, riss Frau Sörensen ihren spitzen Kopf hoch, dass die Riesenohren schlackerten, und starrte erwartungsfroh hinauf zum Parkplatz.

»Nein, nein, zu früh! Noch nicht freuen, die Helene ist noch nicht da«, sagte Simon lachend und bückte sich nach dem Karton mit den Konserven. »Aber sie kommt bald. Heute Abend machen wir es uns an Bord gemütlich, und morgen früh werfen wir die Leinen los.«

Die Hündin legte den Kopf schief, setzte ihr Ich-verstehe-jedes-Wort-Gesicht auf und starrte mit den dunklen Knopfaugen wie gebannt auf Simons Lippen.

Frau Sörensen. Simon lächelte gedankenvoll. Schon mehr als acht Jahre lang wich sie ihm nun nicht von der Seite, hatte die schlimmste Zeit seines Lebens mit ihm geteilt, die Trennung von Lisa, den Verlust seiner Firma, seine viel zu häufigen Fluchten in viel zu viel Alkohol und die Beschuldigung, seine eigene Frau umgebracht zu haben. Lisa Maria Simonsen – die Tote von Kalkgrund hatten die Zeitungen sie genannt. Erst ein Jahr war das her.

Er schüttelte sich. Bei der Erinnerung wehte ihn wieder ein kalter Hauch an, und er fröstelte, obwohl ihm die heiße Mittagssonne den Schweiß in den Nacken trieb.

Sein Handy meldete sich. Hastig fischte Simon es aus den Tiefen der Beintasche an seinem Overall.

»Helene? Was gibt's denn?«

»Äh, ja, Simon … ich …«

»Ist was passiert? Wieso rufst du vom Handy an? Bist du nicht auf der Dienststelle?«

»Nee, eben nicht. Ich … also … Simon, wir haben einen Mord. Ich bin am Tatort.«

»Aha.« Er wusste sofort, was das hieß.

»Nun ja«, sagte Helene gedehnt, »ich hab dir ja erzählt, wie dünn im Moment unsere Personaldecke ist, nicht wahr?«

Er schwieg erst einmal.

»Also, ich musste Schimmel hierherbegleiten. Und er braucht mich auch noch für die Anfangsermittlungen, weißt du.«

»Wo bist du denn?«

»Nicht weit weg. Hinter Steinberg an der Küste. Du kennst doch dieses Zeltlager vom Landessportverband. Hier ist es passiert. Mehr kann ich dir natürlich nicht …«

»Schon gut. Was heißt das denn – in Bezug auf …?« Er bemühte sich, seine Stimme beiläufig klingen zu lassen.

»Ich weiß, was du meinst. Und die Antwort lautet: Ich kann es jetzt noch nicht absehen. Zwei Tage werde ich wohl mindestens noch bleiben müssen. Vielleicht sogar etwas länger. Aber dann kann der Kollege meinen Job übernehmen, der aus dem Urlaub wiederkommt.«

Simon sagte nichts.

»Ach Simon, komm, mach's mir doch nicht so schwer. Ich kann Schimmel nicht alleinlassen mit dem Fall. Nicht jetzt schon, das verstehst du doch?«

Immer noch erhielt sie keine Antwort.

»Sieh mal, das sind lauter junge Leute hier – auch die Ermordete war erst vierzehn. Das ist ein Publikum, das den armen Schimmel ziemlich überfordert, fürchte ich. Jedenfalls ... Na ja, stinkt mir gewaltig, dass uns das jetzt dazwischenkommt, aber ... Herrgott, nun sag halt mal was, du Sturkopf!«

Es fiel ihm schwer, nicht zu schmunzeln. »Was soll ich sagen? Ich hab schließlich auch Urlaub. Soll ich jetzt hier sitzen und warten, bis du meinst, dass die Kriminalinspektion Flensburg endlich mal eine Zeit lang auf die taffe junge Frau Kommissarin Christ verzichten kann?«

»Also hör mal«, setzte Helene an, und Simon erkannte, dass sie nun auf Angriff geschaltet hatte.

Sofort unterbrach er sie: »Lass gut sein, Helene. Alles okay. Wenn du dort gebraucht wirst, dann lässt sich das eben nicht ändern. Außerdem kenne ich dich inzwischen gut genug ...«

Als ermittelnde Kommissarin hatte er sie kennengelernt, im vergangenen Jahr, als er des Mordes an Lisa verdächtigt wurde. Und wäre sie nicht die Helene, die sie war – ebenso klug wie hartnäckig –, und hätte sie damals nicht auf ihre innere Stimme gehört, dann wäre er vielleicht tatsächlich im Gefängnis gelandet, so belastend waren die Indizien gegen ihn gewesen. Verdächtig genug hatte er sich benommen, so verzweifelt und kopflos, wie er damals gewesen war.

Sonderbare Voraussetzungen für eine neue Liebe, für sein neues Leben mit Helene. Die Kriminalbeamtin und der Mordverdächtige. Was für eine Geschichte. Unrealistisch, geradezu grotesk. Wäre noch vor zwei Jahren ein solcher Film im Kino gelaufen – er hätte unter Protest den Saal verlassen. So etwas kam im echten Leben einfach nicht vor, da wäre er sich früher sicher gewesen.

Irrtum. Ein ganzes Jahr lag nun schon hinter ihnen. Ein glückliches Jahr. Noch hatte Helene zwar ihre Wohnung in Flensburg behalten, aber bald ...

Ach ja, der Urlaub. »Fahr ich eben allein – nur mit Frau Sörensen«, grummelte er ins Telefon und biss sich grinsend auf die Lippe.

»Blödmann«, gab sie lachend zurück und atmete hörbar auf. »Aber danke, dass du es so aufnimmst.«

Schnell wurden sie sich einig, dass er tagsüber schon ein paar kurze Schläge segeln, abends aber an den Liegeplatz im Hafen zurückkehren würde.

»Ich bringe heute Abend meine restlichen Sachen aufs Schiff, übernachte an Bord und fahre von dort aus zum Dienst«, sprudelte sie erleichtert hervor, »jedenfalls die zwei, drei Tage, die ich hier noch brauche. Und dann starten wir. Ich liebe dich, Simon. Bis dann.«

»Ich liebe dich auch«, sagte er noch, aber da hatte sie schon aufgelegt.

Lächelnd steckte er sein Handy wieder in die Tasche.

Helene.

5

Eine Panne. Das hätte niemals passieren dürfen.

Helene Christ saß am Steuer des Range Rovers und blickte immer wieder verstohlen neben sich, wo Sabrina von Sassenheim, Clarissas Mutter, auf dem Beifahrerplatz saß und wie versteinert starr geradeaus blickte. Auf keinen Fall hätte die Mutter des Opfers per Telefon vom Mord an ihrer Tochter erfahren dürfen. Helene machte sich Vorwürfe, dass sie nicht sofort einen Beamten zum Reiterhof geschickt hatten, um die schreckliche Nachricht persönlich zu überbringen.

Ihr Ehrgeiz war schuld, gestand sie sich ein.

Unbedingt hatte sie selbst die Eltern aufsuchen wollen, so schwer so etwas auch immer war. Aber sie war Kriminalistin. Sie wusste um die Bedeutung dieses Augenblicks, in dem man viel erfahren konnte, wenn man das eigene Mitleid unterdrückte und genau hinsah.

Die erste Reaktion.

Man musste die Gesichter scharf beobachten, die Gesten. Und aufmerksam auf die Worte hören. Welche Gefühle zeigten die Familienmitglieder, wie sahen sie einander an? Allzu oft fand sich der Täter unter den Verwandten – und machte in diesem Moment schon seinen entscheidenden Fehler.

Diese ersten Minuten nach der furchtbaren Nachricht, so schlimm sie für die Angehörigen waren, boten immer auch eine für Kriminalisten unwiderstehliche Chance: die der absoluten Ausnahmesituation. Oft ergab sich dabei ein Einblick in die Familie des Opfers, in sein Umfeld, der aufschlussreicher war als stundenlange spätere Verhöre mit noch so klug gestellten Fragen. Und nicht selten erspürte man auch unterschwellige Konflikte, erahnte wohlgehütete Geheimnisse und verborgene Gefühle. Manchmal schnappten die Ermittler sogar unvorsichtige Bemerkungen auf – hilfreiche Ansatzpunkte zur Aufklärung des Verbrechens.

Doch diesmal hatten sie es verbockt. Zu lang hatten sie sich mit der Vernehmung des Lagerleiters aufgehalten, nicht an Gesa Friesing gedacht, die Freundin der Toten, die im Nachbarzimmer wartete. Emma, ›Zorros‹ Stellvertreterin, fand nichts dabei, dass Gesa vom Lagertelefon aus ihre Eltern anrief, ganz im Gegenteil. Und die Friesings hatten dann wohl noch rasch auf dem Reiterhof der von Sassenheims angerufen, bevor sie sich auf den Weg gemacht hatten. Schließlich war das ermordete Mädchen die beste Freundin ihrer Tochter gewesen. Wahrscheinlich wollten sie einfach nur ihre Hilfe anbieten, gingen bestimmt davon aus, dass die Familie die furchtbare Nachricht schon erhalten hatte, folgerte Helene.

Mist, verdammter, fluchte sie in sich hinein und warf einen Blick auf die dunkelhaarige Vierzigerin, die bewegungslos mit leeren schwarzen Augen neben ihr hockte. Die kräftigen Hände der Frau lagen ineinander verschränkt in ihrem Schoß.

Vor dem Range Rover fuhr Polizeihauptmeister Asmus Mommsen in seinem Streifenwagen. Er kannte den Weg zum Reiterhof ein paar Kilometer hinter Kappeln. Helene hatte dafür gesorgt, dass sich die Frau nicht mehr selbst ans Steuer setzte. Ihre wilde Hysterie war von einem auf den anderen Moment plötzlich in Apathie umgeschlagen, sie wirkte völlig abwesend und war kaum mehr ansprechbar.

Schimmel hatte Dr. Asmussen, der gerade dabei war, den Tatort zu verlassen, noch in seinem Auto erreichen können. Kurz darauf erschien der Gerichtsmediziner im Lager, um nach der Mutter des Opfers zu sehen.

»Sorgen Sie dafür, dass die Frau nach Hause kommt – und zwar zügig«, schnarrte er im Befehlston, nachdem er ein paar gotteslästerliche Flüche ausgestoßen hatte. »Sie hat mir gesagt, wer ihr Hausarzt ist. Ich rufe den Kollegen gleich an, damit er zu ihr fährt und sich um sie kümmert. Ach ja«, fügte er beim Hinausgehen hinzu, »ihr Mann ist auch unterwegs. Den hat sie angerufen – er kommt jetzt aus Hamburg, glaube ich, wo er einen Termin hatte. Scheint Mode zu werden, diese Art von Kommunikation bei Mordfällen. Scheiße.« Damit knallte er die Tür hinter sich so vehement zu, dass die Scheiben gefährlich schepperten.

Die Coldplay-Melodie ertönte – ihr Handy. Peinlich laut zerriss die Musik plötzlich die Stille im Auto. Ein schneller Seitenblick zeigte Helene, dass die stumme Frau neben ihr die Töne nicht einmal wahrzunehmen schien. Hastig griff sie in die Ablage unter der Mittelarmlehne, wo sie das Gerät abgelegt hatte, und nahm den Anruf entgegen.

»Wir sind gleich da, Frau Christ«, meldete sich Mommsen. »Wie geht's denn jetzt weiter? Ich müsste auch mal wieder zu meiner Dienststelle …«

»Sie bleiben bitte bei mir«, gab Helene zurück. »Ich will

noch warten, bis Herr von Sassenheim ankommt. Und dann brauche ich Sie, um wieder zum Zeltlager zurückzukommen.«

Zwei Minuten später bogen die beiden Fahrzeuge auf einen asphaltierten Weg ein und passierten ein großes Schild mit der Aufschrift *Hof Baltica – Reiterhof und Gestüt*, das auf der angrenzenden Koppel stand. Nach etwa zweihundert Metern fuhren sie auf einen weiten, mit Kopfsteinen gepflasterten Hof, in dessen Mitte eine stattliche, uralte Linde in einem Rondell stand. Auf zwei Seiten wurde der Hof von langen, flachen Stallgebäuden begrenzt, die ein hellgelb getünchtes Herrenhaus flankierten.

Sie hielten vor der imposanten mehrstufigen Treppe zur Eingangstür. Die lag gut geschützt unter einem Vordach, das mit glänzenden dunklen Pfannen gedeckt war und von zwei runden weißen Säulen getragen wurde. Unter dem Giebel erkannte Helene die Zahl 1889 in geschmiedeten Ziffern.

Sie stellte den Motor ab, blieb ruhig sitzen und schaute sich um. Das alte Haus war in einem erstklassigen Zustand, das fiel ihr sofort auf. Und auch, dass weder auf dem Hofplatz noch auf der Treppe Schmutz zu entdecken war. Kein Blatt lag dort herum, nichts war in Unordnung. ›Hier kann man vom Fußboden essen‹ – diese Redewendung ihrer Großmutter fiel ihr plötzlich ein.

Die Frau neben ihr saß unbeweglich mit starrem Blick in ihrem Sitz.

»Wollen wir nicht besser ins Haus gehen?«, fragte Helene vorsichtig.

Langsam löste Sabrina von Sassenheim die verkrampften Hände voneinander und blickte zu dem makellosen, hell in der Sonne strahlenden Gebäude hinüber, als würde sie sich jetzt erst bewusst, wo sie war. Mit einer zögernden, trägen Bewegung öffnete sie die Beifahrertür. »Mein Mann muss bald da sein«, sagte sie mit tonloser Stimme. »Wir warten drinnen auf ihn.« Damit stieg sie aus, schlug die Tür aber nicht zu, sondern hielt sich daran fest und blieb für einen Augenblick starr auf der Stelle stehen.

Als wollte sie prüfen, ob der Boden sie trägt, kam es Helene in den Kopf, und ein unbehaglicher Schauer überlief sie. Hastig ging sie um den Wagen herum und folgte der Frau die Treppe hinauf. Sabrina von Sassenheim öffnete einen Flügel der hohen Eingangstür. Helene trat hinter ihr ins Haus und blieb stehen.

Wenig Tageslicht fiel in die düstere, zwei Stockwerke hohe Eingangshalle. Nur ein paar Möbel standen in dem riesigen Raum, eine kleine Sitzgarnitur, zwei alte fast schwarze Holztruhen und ein Bauernschrank, der wohl als Garderobe diente. Würden diese gewaltigen Stücke bei Helene im Wohnzimmer stehen – kein Mensch wäre überhaupt noch imstande gewesen, den Raum zu Fuß zu durchqueren. Hier aber, in diesem finsteren Saal, hätte man noch reichlich Platz gefunden, um eine ansehnliche Tanzveranstaltung abzuhalten. Am hinteren Ende der Halle führte eine breite Holztreppe mit matt glänzendem, fein gedrechseltem Geländer zu einer offenen Galerie im Obergeschoss hinauf. Seitlich davon erkannte Helene im Halbdunkel einen schmalen, aber hochmodernen Personenaufzug, der zu einer Rampe im ersten Stockwerk führte.

»Darf ich Ihnen etwas anbieten?«, fragte die Hausherrin, als wäre Helene eine ganz normale Besucherin. Anscheinend hatte sie sich wieder gefangen, hier in der vertrauten Umgebung ihres Hauses. Sie öffnete den Garderobenschrank und zog ihre Jacke aus. »Mein Mann muss jeden Augenblick ...« Sie stockte, als mit lautem Krachen eine der Türen oben auf der Galerie aufgestoßen wurde.

Helene sah hoch. Durch die gedrechselten Pfeiler des Geländers über ihr sah sie, wie ein Rollstuhl aus einem der Zimmer herausschoss, zur Seite wirbelte und hart mit einem Rad gegen die Stäbe des Galeriegeländers stieß.

Ein dunkelhaariger Junge, etwa sechzehn Jahre alt, lehnte

sich in dem Stuhl nach vorn, packte mit beiden Händen die Holzverkleidung und drückte langsam seinen Körper hoch. Gerötet und von wilder Wut verzerrt, erschien sein Gesicht über dem Geländer. Schwer atmend sah der Junge stumm auf die beiden Frauen unter ihm herab.

Sabrina von Sassenheim senkte ihren Kopf. »Mein Sohn«, flüsterte sie, »Patrick, Clarissas Bruder.«

Für einen kurzen Moment hing lähmende Stille in der Halle.

»Weiß er es denn schon?«, fragte Helene leise.

»Ja, er hat den Anruf der Friesings vorhin mitbekommen«, antwortete Sabrina von Sassenheim mit bebender Stimme.

Plötzlich fuhr die Stimme des Jungen durch die Halle, schallend, rau vor Erbitterung: »Er hat es also getan. Ich hab's dir doch gesagt, Mutter. Dieser ... Erst hat er sie ...« Er schluckte und krallte seine Finger so fest in das Geländer, dass sie weiß wurden. »Und jetzt hat er Clarissa auch noch umgebracht, der verfluchte Dreckskerl.«

6

Edgar Schimmels Nerven näherten sich zusehends ihrer Belastungsgrenze. Zu ärgerlich aber auch, dass seine junge Kollegin sich einfach aus dem Staub gemacht hatte. Da hatte er nicht aufgepasst, gestand er sich säuerlich ein. Schlicht übertölpelt hatte sie ihn, den alten Hasen. Während sie mit der Mutter des Opfers weggefahren war – in Begleitung des einzigen Beamten, der ihn hätte unterstützen können –, saß er hier in der stickigen Nachmittagshitze unter dem Blechdach der Baracke und schlug sich mit Vernehmungen herum. Noch dazu von lauter Jugendlichen. Die Mädchen heulten schon, wenn er den Namen der Toten nur erwähnte, die

Jungen waren bockig und maulfaul, und alle benutzten ständig Ausdrücke, mit denen Schimmel nicht allzu viel anfangen konnte. Ganz abgesehen davon, dass niemand etwas über Clarissa hatte sagen können, was ihn auch nur ein kleines bisschen weitergebracht hätte. Vor allem das Bild von Alim Tayfur, der immer noch nicht wieder aufgetaucht war, blieb verschwommen. Immerhin: Die Jungen nannten ihn einen ›coolen Typen‹, und die Mädchen schienen ihn ausnahmslos anzuhimmeln.

Zum hundertsten Mal fuhr Schimmel sich mit seinem durchweichten Taschentuch über den schwitzigen Nacken. Verdammt, diese Befragungen wären genau der richtige Job für Helene Christ gewesen! Die hatte ihm erst gestern erklärt, wie ›cool‹ es sei, dass sie im Urlaub endlich mal wieder ›chillen‹ könne.

Ihr Urlaub. Gern dachte er nicht daran. Wenn er ehrlich war, hatte Schimmel sogar ein schlechtes Gewissen, dass er sie kurz vorher noch in diesen Fall hineingezogen hatte. Eigentlich hätte sie ja morgen lossegeln wollen.

Ach was, sagte er sich, weshalb sollten ihn deswegen Schuldgefühle plagen? Er grinste in sich hinein, als ihm plötzlich der Spruch ›Augen auf bei der Berufswahl‹ einfiel. Und er wünschte ihr hier und jetzt sowieso die Pest an den Hals, weil sie ihn mit diesen Halbwüchsigen alleingelassen hatte.

Ein lautes Schniefen holte ihn aus seinen Gedanken zurück. Unwillig blickte er auf das schluchzende Mädchen, das vor ihm saß. Seit einer Viertelstunde versuchte er, aus Gesa Friesing, der sogenannten besten Freundin der Ermordeten – anscheinend wohl eher der einzigen –, eine brauchbare Aussage herauszuholen. Gleich als sie hereingekommen war, hatte sie ihn unter Tränen nach ihrem Smartphone gefragt

»Dein Smartphone? Wieso?«, hatte Schimmel zunächst verwirrt gefragt und sich dann wieder erinnert. »Ach ja, richtig. Du hattest es ja deiner Freundin geliehen. Tut mir leid, aber wir haben bei Clarissa kein Handy gefunden.«

»Ich brauch unbedingt mein Handy!«, schluchzte das Mädchen. »Wie soll ich denn meinen Eltern beibringen, dass es weg ist? Sie haben es doch bezahlt.«

»Mach dir darüber keine Sorgen, du hast dir ja nichts vorzuwerfen«, versuchte Schimmel zu beschwichtigen. »Kann sein, dass dein Handy sogar noch eine wichtige Rolle spielen wird. Wenn der Täter es mitgenommen hat, und wenn wir es orten können …«

Das Mädchen warf ihm einen tränenverschleierten Blick zu und nickte zaghaft.

»So, Gesa, nun sag mir bitte: Was war das für ein Verhältnis … äh, also … Du weißt schon …« Der Graue holte tief Luft und startete den Satz erneut: »Wie eng war Clarissa denn mit diesem Alim befreundet? Du hast es ja wohl schon eurem Lagerleiter gesagt, aber ich muss es von dir persönlich hören.«

Verstört blickte Gesa ihn aus rot geweinten Augen an und schnäuzte sich geräuschvoll in ein winziges Taschentuch. »Clare war verknallt in ihn«, presste sie hervor, »das hab ich doch schon gesagt!«

»Und er auch in sie?«

»Warum wollte er sich denn sonst mit ihr treffen? Jedenfalls wollte er ihr irgendwas sagen, was Wichtiges. Deshalb haben sie sich gestern verabredet. Aber das durfte ja keiner wissen, weil er Teamer hier ist, und Clare ist erst vierzehn …« Ihre Augen weiteten sich erschrocken, füllten sich wieder mit Tränen, als ihr bewusst wurde, was sie gesagt hatte. »›War‹, wollte ich sagen«, flüsterte sie.

»Herrgott ja, das hab ich inzwischen durchaus verstanden«, rief Schimmel, »aber …«

Es klopfte, und die Tür öffnete sich langsam. Das Gesicht des Lagerleiters erschien im Türspalt. »Entschuldigung, aber Gesas Eltern sind gerade zu Besuch gekommen. Sie wollen mit ihrer Tochter reden.«

»In Ordnung«, antwortete Schimmel, »wir sind gleich fertig, hoffe ich. Die Herrschaften sollen sich bitte noch zwei Minuten gedulden.«

Er wandte sich wieder dem Mädchen zu. »Du hast ja gehört, deine Eltern warten. Also machen wir's kurz: Ich muss wissen, ob Clare ...« Er stockte. »Wurde sie denn so genannt – Clare?«

»Nur von mir und noch ein paar aus der Klasse. Die Erwachsenen haben immer Clarissa gesagt. Ihre Eltern auch. Dabei klingt Clare viel cooler.«

»Verstehe«, sagte Schimmel. »Aber noch mal, ich muss das wissen: Hatte sie mit Alim auch schon ... Äh, haben sie zusammen ... geschlafen?«

Ungläubig starrte das Mädchen ihn an. »Nein, natürlich nicht! So weit wäre Clare nie gegangen. Sie hat immer gesagt, dass Alim das auch nie von ihr verlangen würde.« Sie lehnte sich vor. Mit hochrotem Kopf schnaubte sie: »Sie haben eine schmutzige Fantasie! Das hätte sie mir außerdem sofort erzählt.«

Der alte Kriminalbeamte lehnte sich erschöpft zurück und drückte seinen schmerzenden Rücken an die Lehne des Stuhles. »Na gut, Gesa«, sagte er, »dann geh jetzt zu deinen Eltern. Die machen sich bestimmt Sorgen um dich – nach allem, was passiert ist.«

Als das Mädchen den Raum verließ, stand Schimmel auf und folgte ihr vor die Tür. Er brauchte dringend etwas frische Luft. Tief atmete er ein und streckte sich ausgiebig. Es roch hier draußen herrlich nach Sommer. Die herbe Seeluft mischte sich mit dem würzigen Duft der Nadelbäume, die den Lagerplatz bis zur Steilküste dicht umstanden.

Auf der freien Fläche vor der Baracke waren ein paar Jugendliche dabei, drei lange Tische, auf denen bunte Wachstischdecken lagen, mit Tellern und Tassen für das Abendbrot zu decken. Schimmel spürte deutlich die bedrückte Stimmung der jungen Leute. Sie sprachen nur das Nötigste, und das mit leiser Stimme.

»Wir wollen in einer Viertelstunde essen, Herr Kommissar«, sagte eine Stimme neben ihm. Schimmel blickte zur Seite und erkannte Emma Velten. Die Stellvertreterin des Lagerleiters war klein und von stämmiger Figur, aber nicht dick. Ihr braun gebrannter Körper, der in kurzen Shorts und einem gelben T-Shirt mit demselben Aufdruck steckte, den er schon bei Torsten Rast gesehen hatte, schien durchtrainiert zu sein. Nirgends war überflüssiges Fett zu erkennen. Sie blickte den Polizeibeamten ohne Scheu an, als sie sagte: »Oder müssen wir noch warten? Wollen Sie noch weitermachen mit Ihren Vernehmungen?«

»Ich befrage die Jugendlichen, ich vernehme sie nicht! Ein wesentlicher Unterschied, junge Dame«, erwiderte Schimmel und beobachtete dabei einen Streifenwagen, der die Zufahrt zum Lager herauffuhr. Auf dem Vorplatz hielt er an. Helene Christ stieg auf der Beifahrerseite aus und kam zur Baracke, während der Wagen wendete und in einer dichten Staubwolke den Weg zurückfuhr.

Schimmel hatte gemerkt, wie schroff seine Worte geklungen hatten, und sagte in freundlicherem Ton zu Emma Velten: »Mit den Befragungen bin ich zunächst fertig. Also halten Sie sich ruhig an Ihren Tagesablauf. Aber so schnell wird hier wohl keine Ruhe einkehren, fürchte ich. Die Ermittlungen haben gerade erst angefangen – und auch die Suche nach Tayfur.«

Emma nickte. »Ich verstehe einfach nicht, wieso Alim sich nicht meldet. Er muss doch wissen, dass ihn das verdächtig macht. Zorro ist deswegen völlig fertig mit den Nerven.«

Schimmel schaute sie aufmerksam an. »Verdächtig? Was meinen Sie genau?«

»Na, dass er etwas zu tun hat mit dem … mit Clarissas Tod.«

»Können Sie sich denn vorstellen, dass er Clarissa getötet hat?«

»So ein Blöds…«, Emma unterbrach sich hastig. »Äh, Ent-

52

schuldigung, ich meine … also, das ist absoluter Quatsch! Alim ist der friedlichste Mensch, den man sich vorstellen kann.«

»Nun, wir fahnden jetzt nach ihm. Schließlich ist er spurlos verschwunden, nicht wahr? Sie waren ja letzte Nacht selbst bei seinen Eltern, wo er allerdings auch nicht aufgetaucht ist«, stellte Schimmel trocken fest. »Wahrscheinlich ist er direkt nach seiner Tat geflohen.«

»Seiner Tat?«, rief die junge Frau fassungslos. »Sie glauben ernsthaft, dass Alim Clarissa etwas angetan hat?«

»Er war mit ihr verabredet – vermutlich dort im Wald, wo anschließend ihre Leiche gefunden wurde, oder?«, hakte der Kriminalbeamte mit schneidender Stimme nach. »Und er ist abgetaucht. Was sollte er für einen Grund dafür haben, wenn er mit dem Mord nichts zu tun hat?«

Emma Velten schwieg bedrückt und senkte den Kopf.

Inzwischen war Helene Christ an die beiden herangetreten. Die letzten Sätze hatte sie mitbekommen. »Sie können sicher sein, dass wir in alle Richtungen ermitteln«, sagte sie und nickte der jungen Frau zu, die einen Kopf kleiner war als sie. »Wir legen uns nicht jetzt schon fest. Es gibt noch andere Ansatzpunkte in diesem Fall.«

Schimmel blickte Helene entgeistert an und öffnete den Mund zu einer Erwiderung.

»Komm, Edgar«, kam seine Kollegin ihm zuvor, »lass uns erst mal nach Flensburg auf die Dienststelle fahren. Inzwischen hat die Spusi sicher ein paar Ergebnisse für uns.« Sie zupfte Schimmel an seinem verschwitzten grauen Anzug, ging voraus zu dem Dienstpassat, der im Schatten neben der Baracke parkte, und setzte sich auf den Beifahrersitz.

Schimmel stapfte verärgert hinter ihr her, öffnete die Fahrertür und ließ sich hinter das Lenkrad fallen. »»Es gibt noch andere Ansatzpunkte in diesem Fall‹«, äffte er seine Kollegin nach. »Frau Kommissarin wollen vielleicht die Güte haben, mir zu erklären, was das wohl für ›Ansatzpunkte‹ sind?«

Helene lachte leise in sich hinein. Schnell aber wurde sie ernst und sagte nachdenklich: »Ich hab da gerade etwas erlebt im Hause der von Sassenheims, Edgar, etwas ... Unheimliches.«

»Das ist ja großartig«, erwiderte Schimmel und rammte gnadenlos den ersten Gang ins Getriebe. »Ich sitze hier in dieser Scheißhitze und schlage mich mit den verdammten Blagen herum, die alle nichts Gescheites zu sagen haben, und du ...« Mit viel zu viel Schwung bog er auf den Sandweg ein. Das Heck des Wagens streifte mit leisem Knirschen einen hölzernen Zaunpfahl und schoss dann rumpelnd über die Schlaglöcher den Weg hinunter.

»Zum Teufel, jetzt kommt der Aasgeier auch noch hierher!«, fluchte der Graue, als ihnen in einer dichten Staubwolke der orangene VW-Bus auf dem Sandweg entgegenkam. Im Vorbeifahren winkte Jacobi ihm aus dem offenen Seitenfenster aufgeräumt zu.

»Elender Leichenfledderer«, grunzte Schimmel und hielt den Blick starr auf den Weg gerichtet. »Gleich wird er die Lagerleute mit seiner Sensationslust nerven. Ich könnte dir heute schon sagen, welchen Mist wir morgen in der Zeitung zu lesen bekommen werden.«

Mühsam bewahrte Helene eine gleichmütige Miene und schwieg. Bis Flensburg würde er sich bestimmt beruhigt haben.

Es dauerte sogar nur bis Langballig. Als sie den Ort auf der Nordstraße passierten, obsiegte die Neugier des alten Knaben: »Nun sag schon – was hast du denn Spektakuläres herausgefunden?«

»Ich hab Clarissas Bruder kennengelernt.«

»Aha«, gab sich Schimmel mäßig interessiert. »Wie aufregend.«

»Er sitzt seit ein paar Jahren im Rollstuhl. Ein Autounfall.«

»Und?«

Helene Christ wandte ihren Kopf zu Schimmel und sagte: »Es war schrecklich, Edgar, eine furchtbare Szene.«

»Raus mit der Sprache. Sag schon, was passiert ist«, forderte Schimmel ungeduldig.

»Der Junge ist davon überzeugt, dass sein Vater Clarissa ermordet hat.«

»Sein … also ihr eigener Vater?«

»Ja, Wahnsinn, oder? Er hat ihn einen Dreckskerl genannt und behauptet, es wäre nur eine Frage der Zeit gewesen, bis es passierte.«

»Und du?«, hakte Schimmel ungeduldig nach. »Hast du ihn gleich dazu vernommen? Weißt du, was genau er damit sagen wollte?«

»Das war nicht möglich, Edgar. In dem Moment traf Carl von Sassenheim ein, und der Junge bekam einen Krampfanfall, als sein Vater zur Tür hereinkam.« Sie schüttelte den Kopf, als ihr die Szene wieder vor die Augen trat. »Die Mutter hat sofort den Arzt angerufen. Und ich habe die Familie erst einmal allein gelassen. Aber sie wissen, dass wir sie morgen wieder aufsuchen werden.«

»Worauf sie sich verlassen können.«

Als er den Wagen in Flensburg vor dem stilvoll renovierten alten Gebäude der Polizeidirektion abgestellt hatte und den Schlüssel aus dem Zündschloss zog, drehte Schimmel sich zu Helene und sagte leise: »Es tut mir leid, Helene, ich meine … äh … Das klingt alles nicht so, als wären wir ruckzuck mit den Ermittlungen durch, fürchte ich.«

»Nein, danach klingt es nicht«, erwiderte Helene neutral. »Was willst du mir denn damit sagen?«

»Na ja, was deinen Urlaub betrifft …«

Helene nickte. »Ich habe noch keine Ahnung, was wir nun machen werden, also was unseren Segeltörn angeht. Aber du glaubst doch nicht, dass ich jetzt einfach auf Urlaub schalten könnte? Nee, mein Lieber, nicht nach dem, was ich da gerade auf dem Hof der von Sassenheims erlebt habe, ganz bestimmt nicht!«

7

Frau Sörensen rannte ihr so begeistert auf dem langen Steg entgegen, dass die großen Ohren auf und ab flogen. Helene musste laut auflachen, als sie sich vorstellte, wie die kleine Hündin jeden Moment abheben und den Rest der Strecke im Flug zurücklegen würde.

»Hallo, altes Mädchen«, begrüßte sie das Tier, das bellend und schwanzwedelnd an ihr hochsprang. »Nun reg dich nicht so auf, sonst kriegst du noch einen Herzinfarkt!«

Simon, dem die geräuschvolle Begrüßungszeremonie nicht entgangen war, steckte seinen Kopf aus dem Niedergang der *Seeschwalbe* heraus und winkte. »Schön, dass du da bist – ich hab schon alles verstaut!«

»Prima! Kannst du mir eben helfen, meine Sachen aus dem Auto zu holen?«, rief Helene hinüber.

Nach ihrem Gespräch vor der Polizeidirektion waren Schimmel und sie in ihre Privatwagen gestiegen. Sie hatte noch rasch einen Abstecher nach Hause gemacht, um dort ihre persönlichen Sachen, Waschzeug und ein paar Klamotten zusammenzupacken. Mit der vollgepackten Tasche auf dem Rücksitz war sie dann in ihrem weißen Cinquecento hierher zum Liegeplatz des Segelbootes im Hafen des kleinen Ortes etwa zwanzig Kilometer östlich von Flensburg gefahren. Am Telefon hatten sie und Simon vereinbart, dass sie schon an Bord einziehen würde. Allzu lange könne es ja wohl nicht mehr dauern, bis ihr Urlaub richtig anfing, hatte Simon gemeint. Allerdings war der skeptische Unterton kaum zu überhören gewesen.

»Na ja, auf den Tag genau will ich mich da lieber nicht festlegen«, hatte Helene vorsichtig gesagt, »aber übermorgen kommt der Kollege Bahnsen aus dem Urlaub zurück, und da müsste ich mich eigentlich aus den Ermittlungen ausklinken können, denke ich.«

»Bist du sicher, dass du das auch ernst meinst?«, hatte er sie am Telefon gefragt. Allein diese Frage – und schon gar sein Tonfall – hatte sie geärgert. Dabei lag er völlig richtig mit seinen Befürchtungen, gestand sie sich ein. Er kannte sie inzwischen zu gut. Sie wusste jetzt schon, dass dieser Fall sie nicht loslassen würde, bevor sie ihn aufgeklärt hätten. Irgendwie musste sie es fertigbringen, ihm klarzumachen, dass es für sie kein erholsamer Urlaub wäre, wenn sie vorzeitig aus den Ermittlungen ausstiege.

Eigentlich war Helene sich sicher, dass Simon das schon wusste – nur gefiel es ihm bestimmt nicht.

Sie verstand ihn ja. Schließlich war auch er beruflich voll eingespannt und hatte sich selbst schwer damit getan, volle drei Wochen Zeit für ihren Törn einzuplanen. Inzwischen hatte man ihn zum Geschäftsführer von *Simonsen Hoch- und Tiefbau* gemacht. Als Helene ihn damals kennengelernt hatte, bei ihrem ersten großen Fall als junge Kommissarin in Flensburg, war er ein kleiner Angestellter in der Firma gewesen, die ihm früher selbst gehört hatte – und froh darüber, überhaupt noch einen Job zu haben. Seine schwerste Zeit.

Mehr als ein Jahr war das jetzt her. Danach hatte sie in einigen weniger spektakulären Fällen ermittelt, meistens mit Schimmel zusammen. Doch jetzt spürte Helene wieder diese eigenartige innerliche Anspannung. Als ob da etwas wartete, geradezu auf sie lauerte – und zwar nur auf sie –, was noch im Verborgenen lag.

Dieses unheimliche Gefühl war schon in ihr hochgestiegen, als sie auf der Lichtung neben der Leiche des schönen Mädchens gestanden hatte. Und es war noch stärker geworden in der riesigen düsteren Halle des Herrenhauses auf dem Anwesen der von Sassenheims.

Ihre Sachen waren schnell in den Schapps des geräumigen Bootes verstaut. Die Seestiefel, ihr Segelanzug, die Schwimmweste und all die anderen Dinge, die an Bord gebraucht wurden, lagerten in der Saison sowieso hier. Die *Seeschwalbe* war stets zum Auslaufen bereit. Und das nutzten Helene und Simon auch oft aus.

Immer wenn es passte, fuhren sie für ein paar Stunden hinaus auf die Ostsee und übernachteten nicht selten an Bord. Morgens fuhr sie dann nach Flensburg zu ihrer Dienststelle, und er ging zu Fuß – stets begleitet von Frau Sörensen – die paar Hundert Meter vom Hafen hinüber zum Gelände des Bauunternehmens.

»Du hast ja schon alles prima eingeräumt«, stellte Helene anerkennend fest und angelte ein Bier aus den Tiefen der Kühlbox heraus. »Willst du auch eins? Schön kalt!« Damit reichte sie ihm die Dose, die augenblicklich mit Kondenswasser beschlug.

Sie rissen die Verschlüsse auf, tranken genussvoll ein paar Schlucke, stiegen die Niedergangstreppe hoch nach draußen und ließen sich auf den Sitzkissen im tiefen Cockpit am Achtersteven nieder. Frau Sörensen sprang von ihrem Lieblingsplatz über dem Schiebluk unter der Spritzschutzkappe herab und legte sich schwanzwedelnd auf das Polster neben die beiden.

Helene ließ ihren Blick über den ehemaligen Fischereihafen wandern, der in den letzten Jahren mit unzähligen Pfählen und Holzstegen zum Sportboothafen ausgebaut worden war. Jetzt in der Hochsaison kamen ständig neue Boote von See herein, um sich für die Nacht einen Liegeplatz zu suchen. Längst lagen viele von ihnen an den Stegen im Päckchen, wie die Segler es nannten, wenn ein Schiff neben dem anderen längsseits vertäut wurde und man über mehrere fremde Decks klettern musste, um auf den Steg und an Land zu gelangen.

Simon folgte Helenes Blick und verzog den Mund.

»Ich weiß schon ...« Sie grinste. »Ich find's auch zu turbulent hier.«

»Ferienzeit«, knurrte Simon und leerte seine Bierdose, »da ist es in allen Häfen knüppelvoll. Besser, wir könnten ...« Er unterbrach sich, als er Helenes Miene sah. »Ist ja gut, ist ja gut.« Er zerquetschte die Aludose in seiner Hand. »Aber sag schon, wie hast du es dir denn nun gedacht? Ich meine ...«

»Ich weiß, was du meinst, Simon«, gab sie zurück und seufzte. »Schau mal, mir stinkt es doch auch, dass unsere Planung so über den Haufen geworfen wird, aber ...«

Er senkte den Kopf, aber nicht schnell genug.

»Wieso grinst du so fies?«, schnappte sie.

»Tu ich doch gar nicht«, protestierte er schwach.

»Doch, du grinst fies – und wie!«

Simon hob den Kopf und sah ihr lachend ins Gesicht. »Hab ich dir schon mal gesagt, dass ich dich liebe?«

»Lenk nicht ab, du lachst mich aus, das sehe ich doch!«

Er rutschte dicht an sie heran, zog sie an sich und küsste sie. »Das würde mir nie einfallen«, flüsterte er ihr ins Ohr.

»Ach, Simon, du musst doch verstehen ...«

»Tu ich doch, mein Schatz, ich verstehe genau, was gerade passiert. Der neue Fall hat dich schon voll im Griff. Und, um ehrlich zu sein«, fuhr er fort und sah ihr dabei in die Augen, »es hätte mich schwer gewundert, wenn du gesagt hättest, wir sollten jetzt einfach in See stechen.«

Helene atmete tief durch. »Du hast recht. Dieses tote Mädchen und die seltsame Familie ... Ach, ich weiß auch nicht, aber ich kann Schimmel damit jetzt nicht alleinlassen.«

»Versteh ich doch, mach dir keine Gedanken. Wir fahren einfach zwischendurch immer mal raus, wenn deine Zeit es zulässt, kein Problem.«

Helene drückte ihm erleichtert einen schmatzenden Kuss auf den Mund und sagte aufgeräumt: »Himmel, bin ich froh, dass wir das ohne Streit geklärt haben.« Gedankenvoll sah sie ihm in die Augen. »Du bist ein Schatz! Nicht viele Männer würden so reagieren, glaube ich.«

»Nicht viele … aha, du kennst dich da wohl aus, ich meine, mit den Männern. Hast deine Erfahrungen, was?«

»Selbstverständlich, was denkst du denn? Massenhaft!« Sie fasste unter sein Kinn, zog seinen Kopf heran, schmiegte sich eng an ihn und gab ihm noch einen Kuss, diesmal allerdings einen sehr erwachsenen.

Als sie seine Reaktion spürte, wand sie sich geschickt aus seinen Armen. »Na hör mal, wir sitzen hier auf dem Präsentierteller, du Lustmolch! Ich hab 'ne bessere Idee – wenn du noch etwas warten kannst.« Sie blickte hoch in den Mast, wo der Pfeil des Verklickers die Windrichtung anzeigte. »Genau der richtige Wind!«

»Richtig wofür?«, fragte Simon mit belegter Stimme.

»Bis Holnis fast Halbwindkurs und auf der Innenförde dann raumschots. Passt doch. Was hältst du davon, wenn wir gleich loswerfen? Wir machen einen schönen Schlag Richtung Flensburg. Am besten ankern wir irgendwo bei den Ochseninseln und übernachten dort. Da haben wir unsere Ruhe … oder so. Und morgen früh ist es dann ein Katzensprung bis zur Hafenspitze. Von dort hab ich ja nur ein paar Schritte zum Dienst. Mein Auto kann hier auf dem Parkplatz stehenbleiben.«

»Gute Idee«, antwortete Simon und klatschte unternehmungslustig in die Hände, was Frau Sörensen sofort aus ihrem Schlaf fahren ließ. Mit schief gelegtem Kopf starrte sie ihn erwartungsvoll aus ihren dunklen Knopfaugen an, als er, zu Helene gewandt, hinzufügte: »Und wenn die Segel stehen, erzählst du mir ein bisschen was von diesem Fall. Ich bin gespannt, was dich daran so beunruhigt.«

»Findest du denn, dass ich beunruhigt bin?«

»Na ja, vielleicht gibt es ein besseres Wort dafür – jedenfalls lässt die Sache dich nicht kalt, das ist offensichtlich. So … angefasst habe ich dich lange nicht mehr erlebt.«

Helene nickte. »Da ist etwas, das stimmt. Ich kann es noch nicht genau benennen, aber irgendwas spüre ich da im Hintergrund.« Sie hielt kurz inne, dann fügte sie leise hinzu: »Nichts Gutes, Simon.«

Er legte ihr kurz die Hand auf die Schulter, nickte dann, stand entschlossen auf und rief: »Wir segeln, Frau Sörensen!«

Die kleine Hündin sprang hoch und kläffte begeistert. Diese Worte verstand sie sofort. Aufgeregt rannte sie an den Bug und setzte sich neben die Klampe, auf der die Vorleine belegt war.

»Aber du weißt schon, dass ich vorsichtig sein muss mit dem Erzählen – gerade in so einem Fall«, sagte Helene, während sie mit den beiden leeren Dosen zum Niedergang trat.

»Ach, nun hab dich mal nicht so mit dem Dienstgeheimnis«, lachte Simon. »Die Namen kannst du natürlich für dich behalten. Aber ich würde schon gern wissen, was dich so fesselt an der Sache. Und außerdem solltest du dich daran erinnern, dass ich mich schon mal als Hilfssheriff bewährt habe!«

»Wie könnte ich das je vergessen?«

Bereits eine halbe Stunde später rauschte die *Seeschwalbe* unter vollen Segeln in Sichtweite des Leuchtturms von Kalkgrund mit Kurs West-Nord-West durch die Flensburger Außenförde.

8

»Es muss doch einen Grund geben, dass Ihr Sohn so …«, Helene Christ suchte nach einem passenden Wort, »… so unerbittlich ist.«

»Sehen Sie sich ihn doch an. Er gibt mir die Schuld – an allem. Er akzeptiert keine Erklärungen, weigert sich, die Fakten zur Kenntnis zu nehmen. Und ›unerbittlich‹ ist wohl der falsche Begriff. Er ist verbittert. Und es wird täglich schlimmer.«

Aufmerksam beobachtete Helene den gut aussehenden, schlanken Mann mit der eleganten Markenbrille, der ihr gegenübersaß. Carl von Sassenheim war Ende vierzig. Er trug eine schwarze Krawatte zu seinem dunklen Geschäftsanzug.

In Hamburg sei er gestern gewesen, in wichtigen Verhandlungen bei einem wichtigen Kunden, hatte er gesagt. Als Großhändler in der Modebranche müsse er jetzt schon mit den Abnehmerfirmen die Auswahl der nächsten Frühjahrskollektion planen. Sein Handy habe er dabei angeblich ausgeschaltet. Erst am Nachmittag sei ihm aufgefallen, dass seine Frau ihm eine SMS geschickt hatte.

»Ich hab sie bei nächster Gelegenheit zurückgerufen, da war sie schon auf dem Weg in das Zeltlager«, hatte er berichtet. »Und dann bin ich natürlich wie ein Wilder hergerast – kann mich kaum an die Fahrt erinnern.«

»Wann sind Sie denn gestern Morgen nach Hamburg gefahren?«, fragte Helene beiläufig.

»Ich weiß zwar nicht, was Sie das angeht«, gab er zurück, »aber die Antwort lautet: überhaupt nicht. Ich war seit vorgestern dort, habe nach einem Abendessen mit einigen wichtigen Leuten aus der Branche im Hotel übernachtet. Wieso interessiert Sie das?«

Helene machte eine wegwerfende Handbewegung, murmelte: »Ach, nur so eine Routinefrage«, ließ ihn aber nicht aus den Augen. Scheinbar zwanglos saß er mit übereinandergeschlagenen Beinen in einem der wuchtigen Sessel im Wohnraum vor einem breiten, bodentiefen Eckfenster, das einen beeindruckenden Blick über endlose Koppeln bot, umwachsen von breiten, üppigen Knicks. Überall standen oder liefen Pferde in der Morgensonne auf den Weiden herum.

Er schien überhaupt nicht zu bemerken, dass er unablässig mit den Fingerspitzen an der messerscharfen Bügelfalte seiner Hose auf und ab strich, während seine Augen einen

Punkt irgendwo in der Ferne fixierten, weit jenseits der welligen grünen Hügel hinter seinem Haus.

»Noch einmal zu dem Unfall, damit ich das verstehe. Was ist da denn eigentlich passiert – und wann?«, fragte Helene.

Von Sassenheim seufzte auf, nahm das übergeschlagene Bein herunter und setzte seine blank polierten italienischen Schuhe eng nebeneinander auf den Boden. »Vor drei Jahren«, gab er zur Antwort. »Es war auf der B 76. Ein Trecker kam plötzlich aus einem Feldweg. Fuhr mir direkt vor die Motorhaube. Ich konnte nicht mehr ausweichen, wir flogen von der Straße, das Auto überschlug sich ...« Er stockte.

Helene schwieg.

»Der Junge hat hinten gesessen«, fuhr von Sassenheim fort. »Wurde herausgeschleudert. Direkt gegen einen Baum. Das Ergebnis haben Sie gesehen.«

»War sonst noch jemand im Wagen?«

»Ja, meine Frau saß neben mir. Wir sind mit ein paar Prellungen davongekommen. Aber der dumme Junge hatte seinen Anschnallgurt gelöst, um es sich bequem zu machen. Ich hab das von vorn gar nicht bemerkt ...«

Helene konnte nur ahnen, was sich in dem Mann abspielte, welche Bilder er sah. Sein Blick jedenfalls war nach wie vor auf einen fernen Punkt gerichtet. Weit draußen vor dem Fenster.

Sie ließ eine gute Minute verstreichen, bis das Schweigen im Raum übermächtig wurde. »Ihre Tochter saß nicht im Wagen, ich meine, bei dem ...?«

»Nein. Sie war hier bei den Pferden.«

Helene nickte. Okay, es musste sein: »Ich weiß, dass Sie Schweres durchmachen, aber sagen Sie mir doch bitte: Welches Verhältnis hatten Sie zu Ihrer Tochter?«

Er zuckte zurück, kniff die Augen zusammen und zischte: »›Verhältnis‹ – was soll dieses Wort? Was fällt Ihnen ein?«

»Sagen Sie doch einfach, wie ...« Sie schrak zusammen, als sie plötzlich ein kurzes, trockenes Auflachen hinter sich hörte. Sie drehte sich um und sah Sabrina von Sassenheim an der Tür. Unbeweglich stand sie dort, mit einer Schulter an den Türstock gelehnt, starrte zu ihrem Mann herüber und machte keinerlei Anstalten, ins Zimmer zu treten.

»Stehst du schon lang da?«, fragte ihr Mann.

»Lang genug.«

Helene überkam ein unbehagliches Gefühl. Behutsam wagte sie sich vor: »Sie wollten etwas sagen, Frau von Sassenheim?«

»Wieso? Wie kommen Sie darauf?«

»Ich hatte gerade den Eindruck.«

»Dann war das ein falscher Eindruck.«

Die Luft im Zimmer schien sich plötzlich um einige Grad abgekühlt zu haben. Helene empfand es körperlich – wie einen heftigen Temperatursturz. Sie versuchte, jede Emotion aus ihrer Stimme herauszuhalten, als sie sagte: »Aha. Nun, ich möchte auch Ihnen gern noch ein paar Fragen stellen. Würden Sie sich bitte einen Moment zu uns setzen?«

»Nein, ich muss mich um Patrick kümmern. Es geht ihm nicht gut. Fragen Sie meinen Mann, was Sie wissen wollen. Der weiß alles. Immer.« Damit drehte sie sich jäh um und verschwand aus dem Blickfeld.

Der Auftritt seiner Frau hatte von Sassenheim aus dem Gleichgewicht gebracht, das erkannte Helene sofort. Was da an gespielter Souveränität gewesen sein mochte – es war im Nu verschwunden. Seine zuckenden Augenwinkel und auch das leichte Beben seiner Finger entgingen ihr nicht.

Fahrig fuhr er sich mit der Hand durch seinen akkuraten Messerhaarschnitt und sagte: »Sie ist durcheinander, ist doch klar. Sie müssen sie entschuldigen. Für uns ist das alles …«

Er verbarg etwas vor ihr, das fühlte Helene deutlich. Seine gereizte Reaktion auf ihre eigentlich harmlose Frage, wie er zu seiner Tochter gestanden hatte – eigenartig. Und warum war ihm das Wort ›Verhältnis‹ so unangenehm? Tief in sich spürte sie langsam eine schreckliche Ahnung aufsteigen, eiskalt.

Nachdenklich sah Helene ihn an. Was hatte von Sassenheim gerade gesagt? Sie nickte. »Ich bitte Sie, das verstehe ich doch. Ich bin Ihnen ja dankbar, dass Sie mir überhaupt Gelegenheit geben, mit Ihnen zu reden.«

Er setzte sich auf, lehnte sich vor und schaute sie nun direkt an. Der Angriff, dachte sie, jetzt kommt er – und war nicht überrascht, als von Sassenheim sie barsch anfuhr: »Genug von dem Geschwätz. Mein Sohn und der Unfall – das alles geht Sie überhaupt nichts an. Meine Tochter ist ermordet worden. Sagen Sie mir gefälligst, was Sie zu tun gedenken, um das Schwein endlich zu fassen!«

»Welches Schwein meinen Sie?«, fragte Helene betont höflich.

»Stellen Sie sich doch nicht dumm«, fuhr von Sassenheim auf. »Diesen Araber natürlich, diesen … Taifun, oder wie der heißt, der Killer.« Er sprang hoch und begann, rastlos auf dem riesigen Orientteppich herumzulaufen, der den Dielenboden bedeckte.

»Tayfur, Alim Tayfur. Ja, so heißt einer der Teamer aus dem Lager. Den meinen Sie wohl. Aber wie kommen Sie darauf, dass er Clarissa …«

»Ach, hören Sie doch auf!«, schrie von Sassenheim, stellte sich direkt vor ihren Sessel und blickte auf sie herab. »Der Kerl ist abgehauen, habe ich gehört, untergetaucht, auf der Flucht! Das sagt doch alles! Außerdem hat Gesa uns erzählt, dass er Clarissa in den Wald gelockt hat.«

»Hat Gesa das wirklich so gesagt – ›in den Wald gelockt‹? Nach unseren Informationen hat Clarissa sich ganz freiwillig dort mit ihm getroffen.«

»Und wenn schon. Sie ist … sie war gutgläubig. Und er hat das ausgenutzt, wollte sie …« Er brach ab, atmete durch und sagte: »Frau Kommissarin, ich brauche Ihnen doch wohl nicht zu erklären, wie diese Leute ticken, welchen Wert Frauen oder Mädchen bei denen haben, oder?«

Langsam wurde Helene übel. Sie stand auf. Wieder einmal

war sie froh, recht groß zu sein, mochte ihre Schuhgröße 42 auch manch tristes Erlebnis beim Shoppen mit sich bringen. Bis auf drei, vier Zentimeter ragte sie an die Größe des Mannes heran, der sich vor ihr aufgebaut hatte. Augenhöhe – fast jedenfalls. »Welchen Grund sollte Alim Tayfur denn gehabt haben, Ihre Tochter zu töten – was glauben Sie?«

»Was für eine Frage! Sie wollte nicht so, wie er wollte, und da hat er sie abgeschlachtet. Ganz einfach. Wie soll es denn sonst gewesen sein? Und warum wäre er sonst geflohen?«

»›Abgeschlachtet‹? Wie kommen Sie auf dieses Wort?«

»Verdammt, wir haben es doch selbst gesehen …« Er hielt inne und schien plötzlich in sich zusammenzufallen. Seine wilde Wut war auf einmal erloschen. Stockend fügte er hinzu: »In der … Leichenhalle in Flensburg. Gestern Abend, als wir da waren, um sie noch einmal zu sehen. Der Arzt hat von einem großen Messer gesprochen.« Er ließ sich in seinen Sessel fallen, als wäre mit diesen Worten schlagartig alle Kraft von ihm gewichen.

Helene konnte sich nicht helfen – gegen ihren Willen tat Carl von Sassenheim ihr auf einmal leid. Wie viel konnte ein Mensch wohl aushalten, ohne durchzudrehen, fragte sie sich nicht zum ersten Mal. Der smarte Typ im eleganten Anzug, der da vor ihr in seinem teuren Sessel kauerte, war fertig. Ein gebrochener Mann.

Sie setzte sich ebenfalls wieder. Ließ ihm Zeit. Dann sagte sie: »Sie haben sich dort auf der Lichtung verabredet, Clarissa und ihr Freund, so viel scheint festzustehen.«

»Ja, und? Sie hat sicher nicht geahnt …« Er brach ab und schlug die Hände vors Gesicht.

»Herr von Sassenheim, ich bitte Sie! Können Sie sich tatsächlich vorstellen, dass ein Mann zu einem Treffen wie diesem ein solches Messer mitbringt – sozusagen präventiv, falls sie … falls sie nicht so will wie er?«

Er sagte nichts, nahm die Hände herunter und starrte wieder aus dem Fenster.

»Natürlich wird fieberhaft nach Herrn Tayfur gesucht, das dürfen Sie mir glauben. Aber ob er wirklich der Täter ist ...«

Von Sassenheims Stimme klang heiser, als er fragte: »Wer denn sonst?«

Es musste sein. Jetzt. »Herr von Sassenheim, wie steht Ihr Sohn zu Ihnen?«

Verwirrt drehte er den Kopf und sah sie an. »Mein Sohn? Was haben Sie denn nur immer mit meinem Sohn? Er hasst mich, wenn Sie es genau wissen wollen. Seit dem Unfall hasst er mich. Und das mit Inbrunst, das ist Ihnen ja nicht entgangen.«

»Er hat da etwas gesagt, gestern, als ich zum ersten Mal hier war ...«

»Meine Frau hat es mir erzählt.«

»Was?«

»Dass er sagt, ich hätte ...«

»Ja?«

Impulsiv schob von Sassenheim den Oberkörper vor. »Sie dürfen das nicht ernst nehmen, was er sagt. Er ist nicht bei Sinnen seit damals.«

»Aber er sagt, dass Sie ...«, Helene schluckte. »Er beschuldigt Sie, Clarissa umgebracht zu haben. Wie kommt er darauf?«

»Was soll ich dazu sagen?« Von Sassenheims Hände hatten wieder zu zittern begonnen. Mit einer schnellen Bewegung vergrub er sie links und rechts zwischen seinem Körper und den Armlehnen des Sessels. »In seinen Augen bin ich ... der Feind. Ja, anders kann man es wohl nicht sagen. Für Patrick bin ich der schlimmste ... Nun, er macht mich für alles verantwortlich, was ... Ach, das ist so sinnlos. Der Junge hat bei dem Unfall nicht nur körperlichen Schaden genommen.«

Ruhig fragte Helene: » Ich will Sie nicht quälen, Herr von Sassenheim, bestimmt nicht. Aber ich muss wissen, wie Ihr Sohn darauf kommt, dass Sie Ihre Tochter ... Ich meine, er hat das spontan gesagt. Als hätte er ... ja, als hätte er es erwartet.«

»Was weiß ich, was in seinem Kopf vorgeht? Jeden Tag fällt ihm eine neue Gemeinheit ein, die ich angeblich begangen habe.« Er stand auf. »Und nun reicht's. Sie gehen jetzt besser. Haben Sie doch bitte etwas Respekt vor unserer Trauer!«

Helene erhob sich. »Ich mute Ihnen zu viel zu, verzeihen Sie bitte. Manchmal ist diese Polizeiarbeit einfach fürchterlich.« Damit wandte sie sich um und fuhr erschrocken zusammen.

Im Türstock stand unbeweglich Sabrina von Sassenheim. Wie lange hatte sie da wohl schon wieder gelauert?

Doch sofort hatte Helene ihren Schrecken überwunden und sprach sie an: »Sagen Sie, könnte ich kurz mit Ihrem Sohn sprechen? Ich würde ihn gern fragen ...«

»Sie sind wohl völlig verrückt geworden«, brach es aus der Frau heraus. »Verlassen Sie sofort unser Haus! Und wagen Sie nicht, uns noch einmal zu überrumpeln! Ich habe eben unseren Anwalt angerufen. Er hat mir geraten, nicht mehr mit der Polizei zu sprechen, ohne dass er zugegen ist.«

»Wir wollen den Mord an Ihrer Tochter aufklären, Frau von Sassenheim«, gab Helene beherrscht zurück. »Dazu müssen wir in alle Richtungen ...«

Weiter kam sie nicht. Schrill erhob sich die Stimme in ihrem Rücken, qualvoll wie die eines verwundeten Tieres: »Was bilden Sie sich ein? In diesem Haus werden Sie Clarissas Mörder nicht finden! Machen Sie endlich Ihre Arbeit, suchen Sie gefälligst nach dem Araber, der sie auf dem Gewissen hat – falls er überhaupt eines besitzt. Und nun raus mit Ihnen!«

Sabrina von Sassenheim verzog keine Miene bei den Worten ihres Mannes und trat auch nicht einen Zentimeter zur Seite, als Helene sich an ihr vorbei aus dem Zimmer drückte. Unbeweglich verharrte sie dort, wo sie stand, während die

Kommissarin mit schnellen Schritten durch die dunkle Halle ging.

Als Helene die hohe Eingangstür hinter sich geschlossen hatte und auf die Treppe trat, atmete sie tief durch. Auf dem Weg zu ihrem Wagen holte sie das Handy aus der Tasche und drückte eine Nummer aus dem Kurzwahlspeicher.

Hauptkommissar Schimmel, der auf der Dienststelle in Flensburg die Ergebnisse der Spurensicherung vom Tatort auswertete, meldete sich schon nach dem ersten Läuten.

»Na, Miss Marple, was gibt's Neues?«

»Scheiße, Edgar. Hier stinkt es – und zwar gewaltig.«

»Wonach?«

»Ich habe keine Ahnung, aber die Familie hat ein Geheimnis. Irgendetwas spielt sich hier ab – ich kann dir nicht sagen, was.«

»Weibliche Intuition oder was Handfestes?«

»Sei nicht blöd! Es ist … Ich fröstele immer noch, wenn ich an das Gesicht dieser Frau denke. Und er hat ganz sicher etwas zu verbergen, so viel steht fest. Ich kann nur hoffen, dass es nicht das ist, was ich befürchte.«

»Okay«, antwortete der Alte versöhnlich, »darüber müssen wir natürlich reden.«

»Das wird nicht reichen, fürchte ich. Da müssen wir uns reinhängen, und wie! Wir haben jetzt nämlich einen weiteren Verdächtigen. Und wenn ich …«

»Von Sassenheim?«, unterbrach Schimmel sie ungläubig. »Den Vater?«

»Noch gibt es keine Beweise, aber wenn ich richtig liege, hat er zumindest ein handfestes Motiv, Edgar.«

»Hm.« Der Alte ließ ein paar Sekunden verstreichen, dann sagte er: »Ich bin gespannt darauf, dass du mir dieses angebliche Motiv einmal erläuterst. Aber gut, nun komm erst mal her. Der Doktor hat bei der Obduktion etwas entdeckt – du wirst dich wundern!«

»Gibt's auch einen heißen Tee?«

»Bei fünfundzwanzig Grad im Schatten?«

Helene startete den Motor. »Hast du eine Ahnung, wie kalt mir ist.«

9

GRAUENVOLLER MORD IM FERIENLAGER:
KANNTE DAS MÄDCHEN SEINEN MÖRDER?

Von Michael Jacobi

Unbeschwerte Sommerferien sollten es werden für die 14-jährige Clarissa v. S. Doch ihr junges Leben endete qualvoll, nur ein paar Hundert Meter entfernt vom Zeltlager *Nis Puk* nahe Steinberg in einem Wald an der Steilküste. Nach ersten Erkenntnissen der Kriminalinspektion Flensburg wurde das Mädchen, eine Gymnasiastin aus Kappeln, dort gestern brutal von hinten mit einem Messer erstochen. Die Polizei fahndet fieberhaft nach Alim T., einem 19-Jährigen mit Migrationshintergrund, der als Erzieher die Jugendlichen im Lager betreut hat und derzeit auf der Flucht ist. Alle Indizien weisen darauf hin, dass das Opfer sich mit seinem Mörder am Tatort verabredet hatte. Zum aktuellen Stand der Ermittlungen und zu den Hintergründen der Bluttat wollte sich der leitende Ermittlungsbeamte, Kriminalhauptkommissar Edgar Schimmel, nicht äußern, sondern verwies auf eine für morgen angesetzte Pressekonferenz. Ob zur Aufklärung des Mordes eine Sonderkommission gebildet wird, ließ er ebenfalls offen.

»Dieses Arschloch!«, grunzte Schimmel mit Inbrunst und faltete die Zeitung unwirsch zusammen. »Der Saukerl hat kein einziges Wort mit mir gesprochen – hat es nicht einmal versucht!«

»Dumm ist er nicht«, lachte Helene auf. »Dass du ihm nichts sagen würdest, weiß er auch so – und schreibt das eben. Spart dir doch Zeit und Frust, sieh es einfach mal so.«

Der Graue gab erneut einen widerwilligen Grunzlaut von sich. »Warte mal ab! Das hier ist nur sein Beitrag für unser lokales Käseblatt – vergleichsweise harmlos. Der verkauft sein Zeug aber auch an die Yellow Press. Du wirst sehen, dass er für diese Blätter erst richtig aufdreht. Da lässt er das Blut fließen, verlass dich drauf, auch wenn er hundertmal keine Ahnung hat und keine Fakten kennt!«

Helene hatte sich die Zeitung vom Tisch gegriffen und las sich den Artikel nochmals durch. »Die sensationsgeilen Formulierungen sind mir schnuppe«, sagte sie ernst, »aber die Sache mit Tayfur ist übel. Da spielt er mit dem Feuer, von wegen ›Migrationshintergrund‹ und so. Und dass er ›auf der Flucht‹ sei. Gefährlich weit lehnt er sich da aus dem Fenster, finde ich.« Plötzlich fiel ihr das Telefonat ein. »Aber du wolltest mir doch etwas zeigen, oder? Etwas, das Dr. Asmussen bei der Obduktion entdeckt hat.«

Schimmel nickte gewichtig und drückte ihr eine orangene Mappe in die Hand. Helene schlug sie auf und überflog den Bericht, der darin lag. Schon einen Augenblick später flüsterte sie: »Wahnsinn … Sie haben Sperma gefunden, Edgar.«

»Ich habe es gelesen, Frau Kommissarin.«

Sie schien seinen Sarkasmus gar nicht zu bemerken; fasziniert las sie weiter. »Und hier: Laut DNA-Schnelltest sechsundneunzig Prozent Übereinstimmung mit den Proben von Alim Tayfurs Haarbürste. Das ist ja … Meine Güte, dann lagen die im Lager aber ganz schön falsch.«

»Sieht so aus, ja. Ein stilles Wasser, die junge Dame. Jungfrau war sie jedenfalls am Tag ihres Todes schon länger nicht mehr. So steht es da wenigstens.«

»Ich sehe es gerade.« Helene zuckte zusammen. Ob sie wollte oder nicht, plötzlich hatte sie ein Gesicht vor Augen, aufgeschreckt, abwehrend, und das Wort ›Verhältnis‹ hallte in ihren Ohren.

»Sie hat in diesem Punkt wohl alle getäuscht«, stellte der Graue fest.

»Aus gutem Grund vielleicht«, sagte Helene tonlos. Mein Gott, hoffentlich nicht das …

»Ist ja auch allein ihre Sache«, gab Schimmel zurück. »Für uns ist doch nur wichtig, was passiert ist, bevor sie getötet wurde. Es gibt schließlich ein Motiv für diesen Mord, oder?«

»Natürlich gibt es das. Und wichtig kann durchaus auch sein, was lange vor dem Mord geschehen ist. Genau da finden wir wahrscheinlich das Motiv.«

Schimmel runzelte die Stirn. Misstrauisch fragte er: »Was geht dir im Kopf herum?«

»Mein Besuch in ihrem Elternhaus. Ich habe da …«

»Sofort, sofort«, unterbrach der Alte. »Dazu kommen wir gleich. Lass uns erst noch über das hier sprechen.« Er deutete auf die Mappe in Helenes Hand. »Was, wenn er den Geschlechtsverkehr erzwungen hat? Egal, was vorher war: Ihre beste Freundin Gesa Friesing ist felsenfest davon überzeugt, dass Clarissa mit Alim Tayfur noch keine sexuelle Beziehung hatte. Sie macht einen durchaus glaubwürdigen Eindruck auf mich. Und hast du nicht gelesen, dass man Rötungen und Schwellungen in der Vagina des Opfers gefunden hat?«

»Doch, aber hier steht auch, dass man daraus nicht zwangsläufig auf eine gewaltsame Penetration schließen könne.«

»Was heißt das schon? Kann sein, kann auch nicht sein, heißt das. Wenn du mich fragst: Sie hat stillgehalten – aus Angst. Und dann hat er sie getötet, weil sie den Fehler gemacht hat, ihn wissen zu lassen, dass sie ihn anzeigen wird. Oder so ähnlich.«

»Edgar«, rief Helene unwillig, »das ist doch ausgemachter Unsinn! Ich meine, du weißt doch, dass solche Rötungen auch entstehen können, wenn es beim Liebesspiel … sagen wir mal, heftig zur Sache geht. Wir wissen doch, dass dies nicht ihr erster Verkehr gewesen ist.«

»Und wenn schon. Woher willst du wissen, mit wem sie vorher geschlafen hat?«

Helene zuckte wieder zusammen.

»Und mit Tayfur wollte sie das eben nicht. Oder noch nicht. Oder nur an diesem speziellen Tag nicht, was weiß ich. Und da ist er wütend geworden und hat sie mit Gewalt zum Verkehr gezwungen.«

»Und obwohl sie nicht mit ihm schlafen wollte, hat sie sich in höchster Heimlichkeit mit ihm dort im Wald verabredet? Komm, Herr Hauptkommissar, das meinst du nicht ernst.«

»Und wieso ist er dann geflohen – und untergetaucht?«

Helene kniff die Lippen zusammen. »Das weiß ich auch nicht. Natürlich macht ihn das verdächtig, keine Frage.«

»Na siehst du.«

»Egal, wie man es dreht und wendet, wir brauchen Tayfur. Was tut sich denn bisher bei der Suche?«

»Ich konnte den Chef überzeugen, zwei Kollegen auf Tayfur anzusetzen. Sie waren inzwischen noch mal bei den Eltern, aber auch alle seine Freunde und Bekannten suchen sie der Reihe nach auf. Bisher hat ihn angeblich niemand gesehen. Wie vom Erdboden verschluckt, der Kerl, mitsamt seinem Auto.«

Helene schüttelte den Kopf. »Kann es sein, dass er gar nicht mehr hier in der Gegend ist?«

Schimmel zuckte mit den Schultern. »Mag sein. Ich hab die Fahndung nach ihm auf die Bahnhöfe ausweiten lassen. Und auch die Bundespolizei auf den Flughäfen hat sein Foto. Wir kriegen ihn – ist nur eine Frage der Zeit.« Schimmel trank einen Schluck von dem Tee, den er gebrüht hatte, als seine Kollegin ins Büro gekommen war, und verzog das Gesicht. »Scheußliches Zeug.« Er schüttelte sich. »Ich bleib lieber beim Kaffee. Ach, übrigens: Kollege Schröder hat mich gerade informiert, dass sie Tayfurs Handy auch noch nicht orten konnten – ausgeschaltet wahrscheinlich.«

»Und das von Gesa, das Clarissa bei sich hatte?«

»Nichts. Auch Fehlanzeige.«

»Mist«, fluchte Helene und klatschte beide Handflächen auf ihren Schreibtisch.

»Du meinst doch sowieso, dass wir uns nicht auf Tayfur konzentrieren sollen, oder?«, fragte der Graue gedehnt, stand auf und trat an die kleine Haushaltskaffeemaschine, die auf einem Aktenschrank stand.

Mit nachdenklicher Miene folgte ihm Helene mit ihrem Teebecher, lehnte sich an die Wand und sah dem Alten ins Gesicht. »Jedenfalls nicht allein auf Tayfur. Ich habe keine Ahnung, ob es uns weiterbringt, aber wir müssen herausfinden, wieso der Sohn davon überzeugt ist, dass von Sassenheim seine Tochter umgebracht hat.«

»Also, weißt du …« Schimmel verzog den Mund zu einem abfälligen Grinsen. »Der Junge ist doch ganz offensichtlich nicht ganz richtig im Kopf.«

»Sagt der Vater.«

»Hat er nicht einen Anfall bekommen, als …«

»… ja, als sein Vater zur Tür hereinkam, das stimmt schon. Aber warum, Edgar? Hat das wirklich etwas mit dem Unfall von damals zu tun oder steckt etwas anderes dahinter, eine … nun, eine andere … Sache, die er seinem Vater vorwirft?«

Mit gerunzelter Stirn blickte Schimmel sie an, schaufelte zu viel Kaffeepulver in den Filter und sagte nichts.

»Da ist etwas in der Familie, etwas unter der Oberfläche, da bin ich ganz sicher«, brach es aus Helene heraus. »Konflikte zwischen den Eheleuten, eine seltsame Spannung, ganz deutlich zu spüren. Die Frau ist kurz vor einem Nervenzusammenbruch, das sehe ich doch. Sie stellt sich zwar vor ihren Mann, aber es ist eindeutig für mich: Sie will verhindern, dass Fremde einen Blick hinter die Kulissen werfen können. Macht total dicht, versucht, eiskalt zu wirken. Ist es aber nicht.«

Schimmel grummelte etwas Unverständliches.

»Was hast du gesagt?«, hakte Helene nach und runzelte die Stirn.

»Ich hab nichts gesagt, gar nichts«, beeilte sich der Graue

zu versichern. »Hast du auch etwas Konkretes, ich meine, etwas im Sinne handfester kriminalistischer Ermittlungsergebnisse?«

»Hab ich dir schon mal gesagt, dass du ein ziemlicher Kotzbrocken sein kannst?«

Der Graue grinste fies. »Ich wusste doch, dass diese Duzerei früher oder später zu solchen Ausfällen führen würde.« Plötzlich überfiel ihn ein heftiges Lachen. Nach einer Weile fragte er nachdenklich: »Und – was glaubst du denn, was sie verbergen, die feinen von Sassenheims? Du hast doch längst einen Verdacht, wie ich dich kenne.«

»Missbrauch, Edgar. Vom Vater an der Tochter. Und der Sohn weiß das – seine Mutter mit Sicherheit auch. Anders ist nicht zu erklären, wie …«

»Stopp!« Schimmel hatte sich straff aufgerichtet und hob abwehrend seine Hand. »Krieg dich wieder ein! Ich will solche vagen Vermutungen nicht mit dir diskutieren, Helene. Ich schätze deine Fähigkeiten, aber du schießt wieder einmal total übers Ziel hinaus.«

»Wieder einmal?«, fragte sie gedehnt.

»Wir sind die Polizei, falls du es vergessen hast. Du bist Ermittlerin, du sollst kriminologisch arbeiten, aber keine abenteuerlichen Thesen aufstellen, Himmelherrgott noch mal …«

»Nenn es, wie du willst, aber auch Kriminologen haben Eindrücke, Empfindungen …« Sie sah ihn aufsässig an. »Na ja, manche von uns vielleicht auch nicht«, schränkte sie bissig ein. »Aber wenn einen Ermittler sein Gefühl dazu bringt«, sie ließ sich von Schimmels unwilligem Aufschnauben bei diesem Wort nicht irritieren, »daraus einen Verdacht zu entwickeln, dann muss er nachhaken. Unbedingt sogar, finde ich.«

»Ist ja gut«, beschwichtigte er in friedlichem Ton. »Keiner hindert dich daran, deinem Verdacht nachzugehen. Tu, was du nicht lassen kannst. Bringen wird's wahrscheinlich nichts.«

»Na, dann werde ich mich jetzt einmal darum kümmern, ob Carl von Sassenheim ein Alibi hat. Wird nicht allzu schwer sein, da er angeblich ständig mit Leuten zusammen war da in Hamburg. Aber wie auch immer: An dieser Spur müssen wir dranbleiben!«

Schimmel lächelte milde und griff sich sein Jackett von der Lehne. »Und ich geh rüber zum Chef und spreche mit ihm die Pressekonferenz für morgen durch.«

»Pressekonferenz? Das hat sich dieser Jacobi also nicht bloß aus den Fingern gesogen? Wieso das denn? Wir haben doch noch gar nichts, was wir denen erzählen könnten.«

»Ich weiß, aber du kennst ja unseren jungen Herrn Kriminalrat. ›Die Öffentlichkeit hat ein Recht auf Information‹ und so. Wir sollen etwas zum Stand der Ermittlungen sagen, meint er.«

»Ich weiß ja nicht …« Helene schüttelte den Kopf. »Wer von uns soll denn dabei sein?«

»Der Oberstaatsanwalt natürlich, du und ich.«

»Ich auch?«, hakte Helene gequält nach. »Muss das sein? Es würde doch völlig reichen, wenn einer von uns …«

»Der Chef will uns beide da sehen. Und er selbst kommt natürlich auch. Du weißt ja, dass er Kameras liebt.«

»Zeitvergeudung«, knurrte Helene. »Aber wenn …«

Das Telefon auf Schimmels Schreibtisch klingelte. Er meldete sich knapp, hörte zu – und erstarrte. »Was?« Seine Stimme klang schrill. »Sagen Sie das noch mal!«

Verwundert sah Helene, dass das Gesicht des Alten blass wurde. »Und wo genau ist das?«, hörte sie ihn fragen.

»Wir sind unterwegs.« Er legte auf, starrte aber weiter mit einem abwesenden Blick auf das Telefon.

»Was ist denn los, Edgar?«

»Der Chef wird seine Pressekonferenz wohl verschieben müssen«, erklärte Schimmel. »Sie haben Tayfurs Auto gefunden – in einem Waldweg, versteckt im Unterholz hinter einem Holzstapel. Nicht weit vom Tatort entfernt.«

»Und Tayfur selbst? Gibt es Spuren?«

»Spuren? Ja, so kann man es auch nennen. Er liegt in seinem Wagen. Allerdings im Kofferraum – mausetot.«

10

Der Junge hatte die Tür hinter sich abgeschlossen.

Es war nicht schwer gewesen, das Tagebuch zu entwenden, bevor sich die Kommissarin in dem Zimmer umgesehen hatte. Sie hätte es bei ihrem oberflächlichen Rundgang sowieso nicht gefunden. Niemand hätte es leicht gefunden. Außer Clarissa kannte nur er das Versteck hinter einem der Eichenbalken in ihrer Mansardenbude.

»Niemand darf es je lesen, solange ich lebe«, hatte sie gesagt, bevor sie ins Zeltlager gefahren war, und ihm die tiefe Aushöhlung im alten Holz gezeigt, direkt dort, wo der schräge Stützbalken im Wandverputz verschwand. Er hatte ihr das heilige Versprechen gegeben, das Buch mit dem pinkfarbenen Stoffeinband niemals auch nur anzusehen. Und sich bisher daran gehalten, selbstverständlich.

Er öffnete die Schublade seines Schreibtisches und kramte eine Schere heraus. Es war viel einfacher, die Lasche der Schließe durchzuschneiden, als das kleine Schloss zu knacken.

Mit spitzen Fingern schlug er die erste Seite auf.

Ihre Eintragungen begannen ziemlich genau vor zwei Jahren, nur wenige Wochen vor ihrem dreizehnten Geburtstag. Da schon hatte es angefangen? Mein Gott, das war … entsetzlich! Hätte er doch nur besser auf sie aufgepasst … Aber er war ja viel zu sehr mit sich selbst beschäftigt, mit seinem verdammten Selbstmitleid.

Unentschuldbar, denn die Veränderung an seiner Schwester war ihm doch aufgefallen. Still war Clarissa immer gewesen, introvertiert, oft kaum ansprechbar. Von Tag zu Tag jedoch war sie reizbarer als früher geworden, unerträglich launisch und auffahrend.

Natürlich hatte er sie gefragt, was mit ihr los wäre, und ein paar Mal sogar den Eindruck gehabt, sie wollte ihm etwas sagen. Immer aber hatte sie sich im letzten Moment wieder in sich zurückgezogen, war plötzlich verstummt. Bis zu der Nacht vor ihrer Fahrt ins Zeltlager. Da hatte sie sich ihm anvertraut, nur knapp, nur in Andeutungen, ein paar spröde Worte.

Er war alarmiert gewesen, hatte mehr wissen wollen.

»Später. Wenn ich zurückkomme«, hatte sie gesagt. »Ich brauche jetzt Abstand, muss zu mir kommen. Dann sehen wir weiter.« Er solle so lange nichts unternehmen, bis die Ferien zu Ende seien. Im Lager wäre sie sicher, fern von diesem Haus, hatte sie geglaubt. Und er solle inzwischen ebenfalls nachdenken. Darüber, wie sie nach ihrer Rückkehr vorgehen wollten. »Wir müssen auch die Konsequenzen für die Familie bedenken«, hatte sie noch gesagt.

Ach, Clarissa.

Er beugte sich wieder über das aufgeschlagene Büchlein und erkannte, dass sie die ersten Seiten damit gefüllt hatte, von der Vergangenheit zu erzählen. In einem Rutsch, vermutlich an einem einzigen Tag. Die Schrift veränderte sich seitenlang nicht, es war auch immer dieselbe Tinte. Rasch blätterte er weiter und fand erst ab der zehnten, elften Seite fortlaufende Eintragungen mit immer neuem Datum. Manchmal nur wenige Sätze, an anderen Tagen zwei, drei Seiten.

Der letzte Eintrag war schon fast zwei Wochen alt, sah er. Direkt danach war sie ins Zeltlager gefahren, hatte das Buch für diese Zeit in seinem Versteck gelassen, wollte es wohl in ihren Ferien nicht bei sich haben.

Er schlug die Seiten wieder zurück und vertiefte sich in den Anfang. Nur schwer konnte er die Tränen zurückhalten, die ihm allein beim Anblick ihrer runden Mädchenschrift kamen. Eng hatte sie damit die Seiten gefüllt. Da waren keine niedlichen Aufkleber auf den Blättern, keine Zeichnungen, es gab keine Smileys oder Herzchen. Nur Schrift, ihre Schrift, mit dem Füller geschrieben – zumindest diese ersten Seiten, in denen sie Zeugnis ablegte von ihrer Kindheit. Hier. In dem Haus, in dem auch er wohnte.

Hellblaue Tinte für schwarze Worte.

Patrick las. Seine dumpfe Trauer wich mit jedem Satz. An ihre Stelle trat ein anderes Gefühl, das er allzu gut kannte.

Mein Gott, was schrieb sie da? Warum nur hatte er von all dem nie etwas bemerkt? Hatte er weggesehen, weggehört?

War ihm das Bejammern seines eigenen beschissenen Krüppellebens so wichtig gewesen, dass er seine Schwester im Stich gelassen hatte?

Ja, genauso war es. Verfluchte Scheiße!

Da stand alles. Die Einzelheiten. Die Zeiten, die Orte – detailliert beschrieben, aber merkwürdig distanziert. Wie konnte sie das alles so ... so sachlich schildern, so, als ginge es sie eigentlich gar nichts an, als spräche sie von einer Fremden? Als wäre all dies nicht ihr selbst widerfahren.

Rasch blätterte er noch einmal zu den letzten Seiten. Hier war es anders, das sah er sofort. Das waren Eintragungen, die sie aus dem Erlebnis des Tages heraus gemacht hatte, an dem sie sie niederschrieb. Die Schrift änderte sich immer wieder leicht. Hier spürte er Emotionen.

Vor allem Verzweiflung – und Hilflosigkeit.

Er zwang sich dazu, wieder an den Anfang zurückzugehen, zum Bericht einer damals noch Zwölfjährigen über ihr bisheriges Leben. Es war kaum auszuhalten. Die hellblauen Wörter verschwammen vor seinen Augen.

Als die ersten Tränen aufs Papier fielen und sofort einzelne Buchstaben verliefen, rollte er ein Stück vom Tisch zurück und holte ein Taschentuch aus seiner Hosentasche.

Unten vor dem Haus schlug eine Autotür zu, und ein Motor wurde gestartet. Der Junge rollte ans Fenster. Das Grummeln des getunten Motors drang durch das aufgeklappte Fenster an seine Ohren, als der schwere Mercedes vor dem Portal losfuhr.

Dann kam er in Sicht. In einer lang gezogenen Kurve fuhr er über den Hof in Richtung Ausfahrt. Der Junge zuckte zusammen, als er ihn am Steuer sitzen sah. Kurz konnte Patrick einen Blick auf seinen Kopf werfen, seine Hände auf dem Lenkrad erkennen, bevor er den Wagen vom Hofplatz lenkte. Dann sah er nur noch das Heck des Autos. Kurz leuchteten die Bremslichter auf, dann bog der schwarze Wagen auf die Landstraße ein.

Langsam rollte der Junge wieder vor den Schreibtisch, auf dem aufgeschlagen das Tagebuch lag. Die Tränen auf den Blättern waren inzwischen getrocknet. Ein paar hellblaue Flecken hatten sich dort gebildet. Er starrte auf die Wörter. Die Flecken passten dazu.

11

Der Fotograf hatte bereits Aufnahmen von der Auffindungssituation gemacht. Danach hatte die Spusi den Fahrersitz ganz nach vorn geschoben und die Lehne ans Lenkrad geklappt. So konnte Dr. Asmussen sich dahinter in den Wagen zwängen und eine erste flüchtige Untersuchung vornehmen, während die Polizisten durch die hinteren Seitenfenster die Leiche mit dem Licht ihrer starken Maglites anleuchteten.

In den kleinen Kofferraum hätte der großgewachsene Mann gar nicht hineingepasst, fiel es Helene auf, aber die Lehne der Rückbank war heruntergeklappt. Die Füße des Toten stießen an die Kofferraumkante, Oberkörper und Kopf lagen auf der umgeklappten Rücklehne.

Ächzend schob sich der Gerichtsmediziner rückwärts aus dem engen Auto. »Kopfschuss. Nur einer, aber sofort tödlich.«

Zwei der Spurensicherer hoben die Leiche unter der Heckklappe des alten Golf III heraus und legten sie auf die Plastikplane, die sie neben dem Auto auf dem Waldboden ausgebreitet hatten. Dann machten sie sich daran, das Wageninnere abzusuchen.

»Ich glaube nicht, dass ihr im Wagen etwas finden werdet, jedenfalls nicht das Projektil oder die Hülse. Die Kugel hat ein großes Loch im Schädel hinterlassen, als sie wieder ausgetreten ist. Da müsste viel mehr Blut sein, auch Gehirngewebe, wenn er im Wagen erschossen worden wäre«, sagte Dr. Asmussen. »Ich nehme an, er wurde woanders getötet und anschließend in sein Auto gelegt.«

Edgar Schimmel kniff die Lippen zusammen und nickte. »Der Täter hat wahrscheinlich alles Mögliche an dem Auto angefasst«, stieß er hervor. »Seid bitte sorgfältig – da müssen einfach Spuren sein!«

Der Chef des KTU-Teams, der Spezialisten von der kriminaltechnischen Untersuchungsstelle des LKA, sparte sich die scharfe Antwort, die ihm erkennbar auf der Zunge lag, und sagte nur: »Ich hab schon den Abschleppwagen bestellt. Wir bringen das Auto zu uns in die Halle. Da nehmen wir uns jeden Quadratzentimeter vor. Wenn's was zu finden gibt, dann finden wir's. Aber hier«, er machte eine ausladende Handbewegung, »bringt das nichts.«

Helene Christ sah sich um. An einen Stapel aus Holzstämmen gelehnt, beobachtete sie die professionelle Betriebsamkeit um sich herum und hörte schweigend zu. Inzwischen war es fast dunkel geworden, und die Umrisse im Wald begannen zu verschwimmen.

Der Wirtschaftsweg, auf dem der Förster den Golf entdeckt hatte, lag in Luftlinie etwa fünfhundert Meter von der Lichtung entfernt, auf der sich Tayfur und Clarissa geliebt hatten – am anderen Ende des Waldstücks, das sich wie ein breiter Gürtel auf der Steilküste oberhalb des Strandes entlangzog.

Der Wind wehte auflandig, nur mäßig, aber er blies doch das Geräusch der Brandung bis hier herauf, und der Geruch des Meeres mischte sich mit dem intensiven Aroma des Holzes. Herrlich würziger, einzigartiger Duft nach Natur, nach Leben. Irgendwie deplatziert, dachte Helene, als sie in Alim Tayfurs tote Augen blickte.

Seufzend stieß sie sich von dem Holzstapel ab und trat näher an das Auto heran.

Dr. Asmussen zog sich gerade fluchend den knisternden weißen Schutzanzug aus, griff nach seinem Alukoffer und richtete sich auf. »Lassen Sie alles absuchen«, wandte er sich an Schimmel. »Er ist zwar nicht im Auto ermordet worden, aber als er hineingelegt wurde, war er auch noch nicht lange tot. Dazu ist zu viel Blut im Wagen.«

»Können Sie denn schon mal ein paar Worte zum Todeszeitpunkt fallen lassen, natürlich ohne Garantie?«, fragte Helene vorsichtig.

»Gestern Abend irgendwann«, kam es vom Gerichtsmediziner. »Wenn ich mich weit aus dem Fenster lehnen wollte, würde ich sagen, er ist ungefähr zur gleichen Zeit getötet worden wie diese Clarissa, die ich gestern untersuchen musste.«

»Wie bitte?«, entfuhr es Schimmel. »Ernsthaft, Doktor? Sie behaupten, jemand ersticht das Mädchen, und zur selben Zeit wird ihr Liebhaber woanders erschossen? Also das ist doch ...«

»Hab ich nicht gesagt, Herr Hauptkommissar.« Dr. Asmussen lächelte süffisant, als er das ›Haupt‹ überlaut betonte. »Ich habe ›ungefähr‹ gesagt. Zwischen den beiden Tötungsdelikten könnten durchaus bis zu zwei, drei Stunden liegen, soweit ich das jetzt überhaupt schon beurteilen kann.«

Helene warf noch einen Blick auf den Leichnam und straffte sich. Sie war die ständigen Scharmützel der beiden alten Schlachtrösser herzlich leid. »Hier gibt es im Moment viel mehr Fragen als Antworten. Und je länger ich nachdenke, desto mehr Fragen fallen mir ein. Eins jedenfalls steht fest: Am Leichenfundort von Clarissa hat dieser Mord nicht stattgefunden. Und auch in der unmittelbaren Nähe nicht.«

»Nein, keinerlei Spuren dazu«, bestätigte der Leiter des Spurensicherungsteams, der gerade herantrat.

»Eben«, nickte Helene. »Ich denke, wir kommen erst weiter, wenn wir den Tatort gefunden haben.«

»Irgendwo zwischen der Lichtung und hier muss er erschossen worden sein, das ist wohl klar«, sagte der Graue. »Kann nicht schwer sein, die Stelle zu finden.«

»Nur, wenn er seinen Wagen auch hier abgestellt hatte«, murmelte Helene.

»Hä?« Schimmel fuhr zu ihr herum. »Was willst du damit sagen?«

»Noch nicht allzu viel. Ich denke nur laut. Was ist, wenn der Mörder den Wagen selbst hierhergefahren hat – mit der Leiche hinten drin –, um ihn im Gebüsch hinter dem Holzstoß zu verstecken? Oder anders gefragt: Warum hätte sich Tayfur diese Mühe machen sollen, bevor er sich mit Clarissa getroffen hat?«

»Aber ...«, setzte Schimmel an.

»Und noch 'ne Frage: Wie ist der Täter von hier weggekommen? Und warum ersticht er die eine und erschießt den anderen? Ist es überhaupt derselbe Täter? Und was, zum Teufel, könnte er für ein Motiv haben? Was steckt überhaupt hinter alldem?«

»Dass es zwei verschiedene Täter sind, können wir doch wohl ausschließen, oder?«, warf Dr. Asmussen ein.

»Ja, unwahrscheinlich – aber immerhin möglich«, antwortete Schimmel. »Warum ausschließen, dass Tayfur Clarissa getötet hat und anschließend selbst ermordet wurde? Ich finde, das hat sogar was. Je länger ich darüber nachdenke ... Nehmen wir doch mal an, er wird dabei beobachtet, wie er Clarissa etwas antut – und dafür erschossen. Warum nicht?«

»Von wem?«, schaltete sich Helene wieder ein. Ihr war plötzlich ein Gedanke gekommen. Was, wenn sie beide recht hatten, Schimmel mit seiner Theorie und sie mit ihrer? Was, wenn jemand Clarissa gerächt hatte?

Der Graue warf ihr einen vielsagenden Blick zu. »Das herauszufinden, ist unser Job. Aber dazu müssen wir noch viele Steine umdrehen, fürchte ich.«

»Tun Sie das«, sagte Dr. Asmussen. »Ich fahre jetzt ins Institut, und wenn die Leiche eintrifft, mach ich mich gleich an die Obduktion. Ergebnisse haben Sie morgen früh auf dem Tisch.« Damit drehte er sich um und marschierte den Weg hinunter, der aus dem Wald führte.

»Und wir?«, fragte Helene. »Ich glaube, wir können hier nichts mehr tun. Und sowieso nichts, bevor wir alle Ergebnisse der Spurensicherung kennen – hoffentlich bald auch den Tatort für diesen Mord.«

»So ist es«, bestätigte Schimmel. »Lass uns zurückfahren. Hier stehen wir den Leuten nur im Weg.«

Helene nickte und trat auf den Weg.

Schimmel besprach noch einige Details mit dem Leiter des KTU-Teams und folgte ihr dann zu ihrem Dienstpassat, der außerhalb des Waldes geparkt war.

Als er zu ihr ins Auto stieg, ließ sie den Motor an und sagte: »Wir können die Fahrt genauso gut dazu nutzen, ein bisschen zu spekulieren, was meinst du?«

Schimmel sagte nichts, aber bestimmt verdrehte er die Augen, darauf hätte sie gewettet.

»Okay«, sagte Helene unbeeindruckt, »ich stelle mir gerade vor, wie das alles abgelaufen sein könnte, ich meine erst das Schäferstündchen der beiden dahinten«, sie zeigte in den Wald hinein, »der anschließende Mord an Clarissa, und dann – vielleicht etwas später – der Mord an Tayfur. Alles hängt miteinander zusammen, oder?«

Der Graue fluchte, weil das Schloss seines Sicherheitsgurts klemmte. Schließlich klickte es, und er richtete sich auf. »Von mir aus. Dann fang schon an, aus deiner Glaskugel zu lesen.«

»Na gut, also: Sind wir uns einig, dass – angefangen mit dem Treffen der beiden auf der Lichtung bis zum Mord an Alim Tayfur – das Ganze ein zusammenhängender Fall ist, auch wenn wir noch keinen Schimmer haben, wie die Dinge zusammenpassen?«

»Wahrscheinlich.«

»Hast du eine Idee, wieso der Mörder das Mädchen mit einem Messer getötet hat, ihn aber mit einem Schuss?«

»Ich blicke fasziniert in deine magische Glaskugel und sage: weil es zwei verschiedene Täter waren.«

Helene lachte auf.

»Nein, im Ernst, Helene: Sinn macht das Ganze, wenn überhaupt, doch nur, wenn wir davon ausgehen, dass Tayfur tatsächlich Clarissa getötet hat. Und dafür musste er sterben. Und auch für das, was er ihr vorher angetan hat.« Schimmel wählte seine Worte mit Bedacht, sprach langsam und überlegt. »So bekäme auch dein Verdacht gegen den Vater des Mädchens eine Bedeutung, oder?«

»Du meinst ...?«

»Warum nicht? Wenn er der ist, für den du ihn offenbar hältst, dann könnte er mitgekriegt haben, dass seine Tochter in jemanden aus dem Lager verliebt war, ist ihr gefolgt, kam zu spät, sah aber noch, was der Kerl mit Clarissa gemacht hat – und legte ihn dafür um.«

»Ich weiß nicht ... Ich fürchte, Carl von Sassenheim hat sich an seiner Tochter vergriffen, ja, und das ist schlimm genug, aber warum sollte er sie denn beschatten? Das passt doch nicht.«

»Warum denn nicht?«

»Na, wenn es um Misshandlung geht, ich sage ausdrücklich ›wenn‹, dann findet die in der Regel auf dem Terrain des Täters statt, in seinem Haus also oder auf seinem Grundstück. Da übt er seine Macht aus, da ist er derjenige, der bestimmt – auch über das, was zwischen ihm und dem Kind passiert, dem er immer wieder einschärft, dass das ein Geheimnis bleiben muss.«

»Danke für das Psychogramm. Aber diese Dreckschwei... diese Typen entwickeln auch Gefühle, das weißt du.«

»Gefühle? Mag sein, aber welches könnte so einen dazu veranlassen, seine Tochter zu verfolgen, wenn sie in einem Ferienlager ist?«

Schimmel blieb einen Augenblick lang sehr still, dann wandte er ihr den Kopf zu und sagte: »Eifersucht.«

Das Wort traf Helene wie ein Keulenschlag. Ja, für Carl von Sassenheim mochte das ein Motiv sein – aber nur für den Mord an Alim Tayfur. Und nur, wenn ihr Verdacht sich erhärtete. So wenig sie daran glauben mochte, dass Alim Tayfur Clarissa etwas angetan hatte – nun begann Helene zu zweifeln. Die These des Grauen hatte durchaus etwas für sich.

Ihr Diensthandy, das in der Ablage unter der Mittelarmlehne lag, spielte die Coldplay-Melodie. »Kannst du mal rangehen?«, fragte sie.

Schimmel griff nach dem Gerät und nahm den Anruf an. »Was? Noch mal, bitte«, stieß er nach kurzem Zuhören aus. »Warten Sie, ich stell das laut, damit Kommissarin Christ mithören kann, Augenblick.«

Überrascht hörte Helene die Stimme ihres Kollegen Nissen aus Flensburg: »Okay, also noch mal«, sagte der. »Eben ist eine Mail eingegangen, Absender unbekannt, da steht Folgendes drin – ich lese vor: *An die Kriminaldirektion Flensburg: Carl von Sassenheim hat seine Tochter Clarissa umgebracht! Er wollte verhindern, dass sie ihn anzeigt. Es gibt Beweise.* Das war's schon.«

»Was soll das heißen?«, fragte Schimmel. »Kein Absender, nichts dergleichen?«

»Nein, nichts«, gab der Innendienstler zurück, »nur das, was ich vorgelesen habe.«

»Aber wir können doch herausfinden, von wo das abgeschickt wurde«, rief Helene.

»Ja, wahrscheinlich, aber das dauert noch ein bisschen. Die Kollegen haben Feierabend gemacht – schließlich ist heute Freitag.«

»Irgendwer wird ja wohl aufzutreiben sein, der sich mit so was auskennt«, schnappte der Graue. »Bleiben Sie dran, Nissen!«

»*Herr* Nissen – und ›bitte‹ –, so viel Zeit muss sein, Herr Hauptkommissar.«

»Ach, leck mich doch«, murmelte Schimmel leise, beendete das Gespräch, behielt das Gerät aber in der Hand.

»Ich glaube, ich weiß, wer diese Mail geschickt hat, Edgar.«

»Das dachte ich mir. Hast du die Nummer von seinem Vater gespeichert?«

»Ja.«

»Hätte mich auch gewundert«, bemerkte er süffisant und tippte auf dem Display herum.

»Was hast du vor?«

»Ich rufe ihn an. Er soll sich morgen früh um neun Uhr zu einer Befragung bei uns in der Kriminaldirektion einfinden. Eine Zeugenbefragung natürlich. Jedenfalls erst mal noch …«

»Das wollte ich gerade vorschlagen.«

»Ich weiß.«

12

Frau Sörensen stand breitbeinig auf dem Vordeck und suchte die Schiffe, an denen die *Seeschwalbe* langsam vorbeifuhr, nach Feinden ab. Sobald sich irgendwo ein Bordhund zeigte, legte sie ihre Fledermausohren an, zog die Lefzen hoch, fletschte die Zähne und stieß ein fiepsendes Geräusch aus, das sie vermutlich für furchterregend hielt. Erblickte sie gar eine Katze, brach sie in wütendes Gekläff aus.

»Sie macht sich richtigen Stress!« Helene lachte auf, während sie aufmerksam nach einem Liegeplatz in passender Größe Ausschau hielt.

»Wird immer schlimmer, je älter sie wird«, antwortete Simon, bückte sich und schaltete am Gashebel kurz auf *Rückwärts*, um die Fahrt aus dem Boot zu nehmen. »Hier wird es zu flach für uns, ich dreh um. Wir legen uns lieber längsseits an den ersten Steg, bevor wir uns irgendwo zwischenquetschen.«

Geschickt kurbelte er am Ruderrad, drehte das schwere Boot mit ein paar Vorwärts-rückwärts-Gasschüben herum und fuhr zurück. »Wir legen mit der Backbordseite an, Helene.« Mehr brauchte er nicht zu sagen. Sie war schon zu Frau Sörensen nach vorn gegangen und nahm die Backbordvorleine in die Hand, die sie bereits auf der Klampe belegt hatte, nachdem sie die Segel geborgen hatten und die *Seeschwalbe* unter Motor zwischen den beiden Molenköpfen in den Hafen eingelaufen war.

Von hier vorn am Bug bot sich ein schöner Blick über den kuscheligen Hafen von Høruphav, der zwischen der großen dänischen Insel Alsen im Norden und einer kleinen im Süden namens Kegnaes in einer idyllischen Bucht lag.

»Heute wird aber nicht gekocht«, rief Simon nach vorn, »oder was meinst du?«

»Kein Lust auf Abwasch, wenn du mich fragst. Wir haben ja nur das Wochenende.«

»›Wochenende‹ ist gut«, lachte Simon und ließ das Schiff langsam an den Steg gleiten. »Gerade mal eineinhalb Tage, wenn ich richtig rechne ...«

Helene tat so, als würde sie sich voll auf den richtigen Zeitpunkt zum Absprung konzentrieren, um Simons trockenen Kommentar nicht beantworten zu müssen. Als die Fender fast die Stegkante berührten, sprang sie mit der Vorleine in der Hand den halben Meter hinunter auf den Holzsteg und belegte sie dort. Dann lief sie nach hinten, wo ihr Simon die Achterleine zum Festmachen herunterreichte.

Wenig später standen sie beide landfertig auf dem Steg, und Simon warf noch einmal einen prüfenden Blick auf die Leinen. Vor- und Achterspring waren ebenfalls ausgebracht, und die dicken blauen Fender hingen in der richtigen Höhe, um die hölzerne Bordwand zu schützen. Die *Seeschwalbe* lag sicher vertäut.

»Ich lade dich heute zum Essen ein«, sagte Simon.

»Aha«, gab Helene leicht misstrauisch zurück. »Hat das einen besonderen Grund?«

»Nee, das nicht. Nur ein Versuch, deine Stimmung aufzubessern.«

»Ist die denn so schlecht – mache ich diesen Eindruck?«

»Ach, Helene ...« Mehr sagte er nicht.

Sie hatten sich für das Restaurant in dem altehrwürdigen Hotel auf der Anhöhe gleich oberhalb des Hafens entschieden. Hier wurden traditionelle dänische Gerichte serviert, unter anderem gnadenlos durchgegartes Rindfleisch mit weißlichen Kartoffeln, die in einem Meer aus fettiger schwarzbrauner Soße schwammen, oder Leberpastete mit Pökelfleisch, Gelee und Zwiebeln. Aber es gab auch eine spezielle ›Seglerkarte‹ mit weniger ambitionierten regionalen Raffinessen.

Sie fanden einen ruhigen Tisch in der Ecke mit Blick über den Hafen, der, ein paar Hundert Meter entfernt, unter ihnen lag.

Beiden stand der Sinn nach Fisch, der hier besonders vielseitig zubereitet wurde. Nach kurzer Beratung entschied sich Helene für Schollenfilet und Simon für die gebratenen Bootsmannsheringe.

»Schön sieht sie aus, oder?«, fragte Simon verträumt, als sein Blick die *Seeschwalbe* fand.

»Ja, sie ist wie immer die Schönste im Hafen«, bestätigte Helene und legte ihre Hand auf seine.

Sie wusste, wie sehr er dieses alte Schiff liebte, das ihm bis vor zwei Jahren noch selbst gehört hatte. Einst hatte er es in beklagenswertem Zustand für recht wenig Geld erworben, jahrelang restauriert, hatte den Rumpf ausgebessert, das ganze stehende und laufende Gut des Bootes ausgetauscht, die Bordelektrik neu verlegt und einen modernen Motor eingebaut. Nach drei langen Wintern hatte dann der Segelmacher die neuen Tücher geliefert, und der fünfzig Jahre alte Colin Archer erlebte auf einem langen Törn nach Gotland seine Wiedergeburt.

Heute gehörte die *Seeschwalbe* einem Schrotthändler aus Pankow. Simon hatte sie verkaufen müssen, um wenigstens sein Haus zu retten, als *Simonsen Hoch- und Tiefbau* bereits von der Bank übernommen worden war.

Helene betrachtete sein Profil, während er aus dem Fenster sah. Auch das faszinierte sie an Simon: Nie ließ er erkennen, wie es ihn schmerzen mochte, nicht mehr der Eigner der *Seeschwalbe* zu sein.

Papke, der Schrotthändler, hatte nach einem schwer missglückten Versuch, dem Segeln etwas abzugewinnen, seiner Gattin versprechen müssen, sie nie wieder an Bord eines Schiffes unterhalb von Kreuzfahrergröße zu schleifen. Da Geldsorgen ihn anscheinend nicht belasteten, wollte er aber auf den Besitz eines eigenen Bootes nicht verzichten. Zu gern beschrieb er wohl vor Geschäftspartnern und im Bekanntenkreis ›det jroßartije Sejelschiff, det ick anne Ostsee zu liejen habe‹. Ein, zwei Mal im Jahr kam er mit Freunden für ein paar Tage her und machte kurze Törns, bei denen Simon als Skipper aufpasste, dass sie nicht wieder krachend auf irgendeiner Steinmole endeten.

Simon aber kümmerte sich in seiner Freizeit um das Boot – dafür konnte er es nutzen, wann und wie er wollte. Nur für kleine Ausbesserungen und den von ihm verbrauchten Die-

sel musste er aufkommen, alles andere zahlte Papke an-
standslos.

»Bist du eigentlich sicher, dass du freiwillig hier bist?«,
wagte sich Simon vorsichtig vor, als sie beim Espresso angekommen waren.

»Wie bitte? Wie meinst du das?«

»Du bist nicht gerade gesprächig, seit du heute Mittag an
Bord gekommen bist. Auch jetzt …«

»Meine Güte, ja, du hast recht, ich bin mit meinen Gedanken woanders. Tut mir leid. Eigentlich …« Sie verstummte.

»Ja? Sprich doch weiter. Was ist eigentlich?«

»Ach, Simon, du weißt doch genau, was los ist! Ich habe
das Gefühl, ich sollte meinen Job machen, Wochenende hin
oder her. Aber Schimmel hat mich nach der Befragung eines
wichtigen Zeugen – und der ist wohl eher Täter als Zeuge –
mehr oder weniger rausgeschmissen. ›Wenigstens bis Sonntag‹, hat er gesagt, und dass er sowieso ein schlechtes Gewissen hätte wegen meines ausgefallenen Urlaubs.«

»Der – ein schlechtes Gewissen?«, fragte Simon grinsend
nach. »Solche Anfälle von Menschlichkeit hätte ich dem
alten Knasterer gar nicht zugetraut. Aber nun erzähl mir
schon, was es in eurem Fall Neues gibt. Ich will wenigstens
wissen, was dich so beschäftigt.«

Helene seufzte auf, sah ihn an und nickte. »Na gut, aber
nur, wenn du einen anständigen Rotwein bestellst!«

Das tat Simon, und nach dem zweiten Glas kannte er zwar
keine Namen – da war Helene eigensinnig –, aber wenigstens die Probleme, mit denen sie sich herumschlug. Nachdenklich drehte er den Stiel seines Glases zwischen den Fingern und sagte: »Das hat sich wohl zu einem vertrackten Fall
entwickelt – wenn es denn nur einer ist.«

»Du meinst …?«

»Nein, eigentlich nicht. Vermutlich liegt ihr schon richtig.
Alles hängt hier zusammen. Dennoch kann ich mir einfach

nicht vorstellen, dass jemand, wer auch immer, kurz hintereinander erst mit dem Messer und dann mit der Pistole tötet.«

Sie grinste. »Wenn ich mich nicht irre, kommt bei dir wieder der Hilfssheriff durch, was?«

»Siehst du, jetzt gefällst du mir schon besser«, gab er lachend zurück. »Und du hast gar nicht unrecht: Wenn der Hilfssheriff dir helfen kann, dich etwas zu entspannen, dann mach ich den Job gern.« Er warf ihr einen Kuss über den Tisch zu. »Übrigens: Wisst ihr schon etwas von der Waffe? Und besitzt der ominöse Mann, den ihr heute Morgen vernommen habt, eine?«

»Befragt haben wir ihn – vorerst. Und ja, einen Waffenschein hat er. Zwei Gewehre sind auf ihn registriert. Ein Jäger, ein wackerer Nimrod ist er, der feine Herr. Aber Tay... äh, also das männliche Opfer wurde mit einem Pistolenschuss getötet. Größeres Kaliber. Wir haben noch kein Projektil gefunden ...«

»Kein Wunder, wenn der Fundort nicht der Tatort ist.«

»... und auch keine Hülse. Aber die Tatwaffe war eine Pistole, so viel steht fest.«

»Was sagt der Vater denn nun zu den Vorwürfen, ich meine, was den Missbrauchsverdacht betrifft?«

»Der ist in die Luft gegangen wie eine Rakete! Hat mich für verrückt erklärt, dass ich ihm so etwas vorwerfe. Absurd sei das, alles Hirngespinste, und er werde sofort seinen Anwalt hinzuziehen. Hat mich beschuldigt, ich hätte ihm schon in unserem ersten Gespräch etwas Derartiges in die Schuhe schieben wollen. Mit allen Mitteln würde er um seinen guten Ruf kämpfen, und so weiter ...«

»Verständlich, finde ich, vor allem, wenn euer Verdacht gegen ihn falsch sein sollte.«

»Da hast du recht. Aber dann haben wir ihn mit der Erkenntnis aus der Obduktion konfrontiert, dass seine Tochter keine Jungfrau mehr war. Schon länger nicht.«

Simon lehnte sich gespannt vor. »Wie hat er reagiert?«

»Scheinbar fassungslos zuerst, ungläubig. Und dann, als ihm nichts anders übrig blieb, als es zu akzeptieren, schien er bestürzt zu sein, völlig ratlos.«

»Habt ihr ihn denn gefragt, ob er jemanden kennt – einen Freund, mit dem das Mädchen geschlafen hat?«

Helene hob in einer resignierten Bewegung ihre Arme. »Klar, aber er weiß angeblich von niemandem, mit dem sie ein Verhältnis gehabt haben könnte.«

»Na, das belastet ihn doch erst recht. Einer muss ja schließlich mit ihr ...«

»Eben. Schimmel hat auch sofort etwas von ›biblischen Vorgängen‹ gemurmelt.« Helene lachte freudlos auf. »Dennoch streitet er vehement ab, sich seiner Tochter jemals ›unsittlich genähert‹ zu haben, wie er das ausdrückte. Was sie hinter seinem Rücken ›getrieben‹ habe – auch so ein Ausdruck von ihm –, könne er nicht sagen, aber er jedenfalls habe nichts damit zu tun.«

»Hört sich nach einer Sackgasse an, falls ihr keine anderen Beweise aufbieten könnt, oder?«

»Simon, ich sage dir: Er lügt! Das Theater, das er uns vorgespielt hat, war bühnenreif. Und doch hat er es die ganze Zeit vermieden, uns anzusehen. Ist aufgesprungen, herumgerannt, hat die Hände gerungen, alles mit gesenktem Blick. Nicht ein einziges Mal konnte ich ihm in die Augen sehen.«

»Hm.« Simon schwieg. Er ahnte, was gleich kommen würde.

»Ja, ich weiß, das ist kein Beweis, natürlich nicht. Wenn überhaupt, dann ein Hinweis. Er könnte den Blick auch aus Scham über seine Tochter gesenkt haben, oder weil ... Ach, was weiß ich.« Sie trank einen großen Schluck. Plötzlich fiel ihr etwas ein. »Er hat dann noch eine Frage gestellt.«

»Welche Frage?«

»Was diese angeblich ungeheuerlichen Vorwürfe gegen ihn, die natürlich absoluter Unsinn seien, mit dem Mord an seiner Tochter und ihrem Freund zu tun hätten.«

»Ach, vom zweiten Mord wusste er auch?«

93

»Wir haben ihn damit konfrontiert, ja. Und auch mit Schimmels Eifersuchtstheorie.«

»Wie lautet die denn?«

»Dass er sehr wohl gewusst oder wenigstens geahnt hat, dass seine Tochter ein Verhältnis hatte. Er hat sie beobachtet, bei dem Schäferstündchen ertappt und den Kerl aus Eifersucht getötet.« Helene drehte das Weinglas in ihren Händen und starrte gedankenverloren in den Rest der dunkelroten Flüssigkeit darin. »Aber ich brauche dir sicher nicht zu sagen, dass er das als absolut lächerlich abgetan hat. Außerdem gibt er ja an, er wäre zum fraglichen Zeitpunkt geschäftlich in einer anderen Stadt gewesen. Die Kollegen überprüfen gerade sein Alibi. Wenn das stimmen sollte, was er sagt … ja dann …« Sie zuckte ratlos mit den Schultern.

Simon nickte. »Und was sagt der Kerl zu der E-Mail, von der du mir erzählt hast? Darin wird er immerhin beschuldigt, seine Tochter umgebracht zu haben. Die stammt doch bestimmt von seinem Sohn, oder?«

»Ich bitte dich!« Helene trank ihr Glas aus. »Davon gehe ich zwar auch aus, aber natürlich haben wir die mit keinem Wort erwähnt – ich will doch den Jungen nicht in Gefahr bringen!«

»Aber mit ihm sprechen müsst ihr wohl, oder?«

»Selbstverständlich. Nur ist das nicht so einfach. Der Vater darf davon nichts mitbekommen, sonst findet er einen Weg, das zu verhindern, da bin ich mir sicher. Und die Mutter auch, die erst recht. Sie hat sich schon einmal dahinter verschanzt, dass ihr kranker Sohn angeblich vernehmungsunfähig wäre.« Unwillig stellte Helene ihr Glas ab. »Eine unheilige Allianz ist das zwischen ihr und ihrem Mann. Keine Ahnung, wie viel sie weiß, aber auf keinen Fall wird sie zulassen, dass man hinter die Fassade dieser feinen Familie schaut, so viel steht mal fest. Es ist eben unglaublich schwierig, einen Missbrauch nachzuweisen, wenn das Opfer tot ist und die Familie mauert.«

»Na ja, die ganze Familie offenbar nicht. Wenn die Mail vom Bruder ist … Du sagst doch, der schreibt etwas von Beweisen, oder?«

»Stimmt, Simon«, gab sie zurück und verzog unwillig den Mund, »und deshalb wollte ich ja auch sofort versuchen, irgendwie an den Sohn heranzukommen. Aber Schimmel hat darauf bestanden, dass ich erst mal bis Sonntag freinehme – schlimm genug, dass ich um meinen Urlaub gebracht würde. Die Pressekonferenz sei ja wegen des neuen Mordes erst mal für unbestimmte Zeit verschoben worden, es reiche völlig, wenn ich am Montagmorgen wieder da wäre. Außerdem meinte er, dass die KTU das ganze Wochenende brauchen würde, um zu verwertbaren Ergebnissen zu kommen – bis dahin würde er die Stellung halten.«

»Hat der eigentlich kein Privatleben?«

»Wohl eher nicht«, gab Helene zurück. Was wusste sie schon über den privaten Edgar Schimmel? Dass er in einem Vorort von Flensburg ein Haus besaß, in dem er allein wohnte, seit seine Frau vor einigen Jahren an Krebs gestorben war. Und dass er wohl einen erwachsenen Sohn, aber keinen Kontakt mehr zu ihm hatte, warum auch immer.

»Eigentlich kenne ich ihn gar nicht, fällt mir gerade wieder auf. Echt traurig. Aber ich vermute, er will es nicht anders«, sagte sie nachdenklich. »Der Alte ist keiner, den man mal einfach so nach seinem Privatleben fragt.«

Simon nickte, griff nach ihrer Hand und wechselte das Thema. »Und wenn das eine Sackgasse ist, Helene? Ich meine, wenn die Morde mit diesem vermuteten Missbrauch gar nichts zu tun haben?«

Sie warf ihm einen langen Blick zu. »Eben – was dann? Ich fürchte, dann stehen wir noch schlimmer da. Es macht mich wahnsinnig, Simon: Noch wissen wir nichts, gar nichts.«

13

»Dann leg mal los«, ermunterte Kommissarin Helene Christ ihren Kollegen.

Vor wenigen Minuten erst war sie vom Boot gesprungen, ihre Umhängetasche über der Schulter, und die paar Schritte zum Gebäude der Polizeidirektion Flensburg gelaufen. Simon hatte die *Seeschwalbe* dicht an den Kai der Hafenspitze heranmanövriert.

»Viel Glück!«, hatte er ihr zugerufen, als er schon wieder ablegte. »Ruf mich einfach an, wenn du Schluss machst, dann sag ich dir, wo ich einen Liegeplatz gefunden habe.«

Glück. Ja, sie hätte nichts dagegen, war sich keineswegs sicher, ob sie den wirren Knoten, der sich in diesem Fall gebildet hatte, allein mit kriminalistischer Arbeit würden entwirren können.

Erwartungsvoll lehnte sie sich vor und stützte ihre Ellenbogen auf den Schreibtisch, als Hauptkommissar Edgar Schimmel aufstand und an das Flipchart trat. »Erwarte nicht zu viel, aber ein bisschen weiter sind wir schon gekommen, während du in der Gegend herumgesegelt bist.«

»Nun hör aber mal! Anderthalb Tage – und du selbst hast mich weggeschickt, oder?«, protestierte sie.

»Ich kann mich nicht erinnern …«, entgegnete er grinsend, zeichnete einen Kreis oben mittig auf das Blatt, schrieb *Clarissa* hinein und malte ein Kreuz dahinter. Dann zog er drei kurze Linien nach unten mit jeweils einem Kästchen daran. »Okay, da haben wir zunächst Alim Tayfur.« Den Namen schrieb er ins linke Kästchen. »Nach wie vor können wir nicht ausschließen, dass er seine Geliebte getötet hat, oder?«

»Vielleicht nicht, aber du hast etwas vergessen.«

»Was denn?«

»Das Kreuz hinter seinem Namen.«

»Was nicht ausschließt, dass er es getan hat, bevor er selbst ...« Schimmel ließ den Satz unvollendet, malte aber hinter den Namen ein Kreuz. »Was haben wir, das für ihn als Täter spricht?«, fuhr er fort und beantwortete die Frage gleich selbst: »Sein Sperma war an der Leiche«, er schrieb *Sperma* unter den Tayfur-Kasten, »und ...«

»Was wissen wir denn sonst über ihn, was hat er zum Beispiel für Freunde?«, fiel ihm Helene ins Wort. »In was für einer Gesellschaft hat er sich so befunden – gibt's da irgendwas?«

»Nichts Aktenkundiges bei uns, keine Anzeigen, keine Vorstrafe, nichts. Die beiden Kollegen, die bisher nach ihm gesucht haben, führen jetzt eine Umfeldrecherche durch. Auch sein Zelt im Lager wurde gründlich umgekrempelt und alles auf irgendwelche Spuren oder sonstige Hinweise überprüft. Nichts Auffälliges bisher.« Schimmel hatte begonnen, bei seiner Zusammenfassung vor dem Flipchart auf und ab zu gehen. »Ach ja, in Schleswig beim Berufsbildungszentrum, wo er seine Ausbildung zum Erzieher gemacht hat, sprechen sie nur gut von ihm, du weißt schon: guter Schüler, zuverlässig, kameradschaftlich und so. Das sagen alle, Lehrer und Mitschüler. In seiner Freizeit hat er Handball gespielt, war wohl ein wichtiges Mitglied in der Mannschaft. Auch da nur beste Referenzen.«

»Aha. Bleibt also nach wie vor die Frage nach seinem Motiv – welches soll er denn nun gehabt haben?«, fragte Helene stur.

Der Graue wiegte seinen Kopf. »Ich finde, sein guter Leumund sagt noch nichts darüber aus, was in dieser Situation da oben auf der Lichtung passiert ist«, formulierte er bedächtig. »Selbst der friedlichste Mensch kann mal ausrasten. Wir wissen nicht, ob sie sich vielleicht gestritten haben. Er wollte unbedingt, und sie nicht, warum auch immer. Er hat sie mit Gewalt genommen, und sie hat ihm gedroht, ihn anzuzeigen. Dann ist die Sache so eskaliert, dass er völlig außer sich geriet und zugestochen hat.«

»Hm. Es gibt aber außer den Rötungen in ihrer Vagina keine Hinweise auf eine Vergewaltigung, wie du weißt. Nichts deutet auf Gewalt hin, darauf, dass sie festgehalten oder zu Boden gerissen wurde, nirgends wurden Druckstellen gefunden. Aber selbst wenn es doch sexueller Missbrauch war, warum – und von wem – wurde Tayfur dann anschließend erschossen? Oder glaubst du im Ernst, dass die beiden Morde nichts miteinander zu tun haben?«

Schimmel gab keine Antwort, sondern schrieb *Vater* in das mittlere Kästchen. »Erst sehen wir uns mal deinen Verdächtigen näher an«, sagte er.

»Gut. Konntet ihr schon sein Alibi überprüfen?«

»Konnten wir. Es gibt reichlich Zeugen für seine Besuche bei Kunden in Hamburg und seine Anwesenheit auf einer Konferenz am späten Nachmittag. Keine Lücke länger als eine halbe Stunde dazwischen. Danach war er bei einem Geschäftsessen im feinen *Dim Sum Haus* in der Kirchenallee.«

»Das wie lange ging?«, fragte Helene gedehnt. Sie musste zugeben, dass sie nur ungern von dieser Spur abließ.

»Bis etwa dreiundzwanzig Uhr. Und bevor du fragst: Der Nachtportier im Hotel hat ihn mit dem Taxi ankommen sehen und ihm die Karte für seine Zimmertür ausgehändigt. Dann ist von Sassenheim mit dem Fahrstuhl hochgefahren und erst um halb zehn zum Frühstück wieder heruntergekommen.«

»Und in der Zwischenzeit? Kann er nicht …?«

»Erstens fanden die Morde bereits früher statt, nämlich als er mit sieben oder acht Leuten – alles keine Penner, das bezeugen – beim Essen saß, und zweitens bestätigen die Aufnahmen der Überwachungskameras im Hotel die Aussage des Portiers.«

»Von Sassenheim hat Dreck am Stecken, Edgar, da kannst du sagen, was du willst. Er hat seiner Tochter irgendetwas angetan, da bin ich sicher. Und ich fürchte, wir beide wissen, um was es da geht, oder?«

»Mag sein. Diese anonyme Mail mit dem Hinweis auf Beweise für seine Schuld macht mich auch stutzig – ebenso wie dein Eindruck aus der ersten Befragung bei ihm zu Hause.«

»Danke verbindlichst«, gab Helene sarkastisch zurück. Sie wusste allerdings genau, dass ihre Gefühle, ihre Eindrücke, ihre Mutmaßungen sie nicht weiterbringen würden. »Hier im Präsidium vorgestern war ihm ja nicht beizukommen, das hast du selbst erlebt.«

»Na ja, wir konnten ihm auch nichts Konkretes zu diesem speziellen Verdacht vorhalten. Beim Thema Alibi war er kooperativ – und scheint die Wahrheit gesagt zu haben. Aber er wurde bemerkenswert aggressiv, als du Fragen nach dem Verhältnis zu seiner Tochter gestellt hast.«

»Er mag dieses Wort schon nicht.«

»Das war nicht zu überhören. Also gut«, Schimmel legte den Stift aus der Hand, »wir kommen dennoch nicht daran vorbei, dass er den Mord, beide Morde, nicht verübt hat, oder?«

Helene schürzte die Lippen und schwieg. Nach einer Weile sagte sie leise: »Wenn du mit ›nicht verübt‹ meinst, dass er sie nicht selbst ausgeführt hat, gebe ich dir recht.«

»Was willst du damit sagen?«

»Und wenn er jemanden beauftragt hat?«

Der Alte geriet selten außer Fassung, aber jetzt starrte er sie mit aufgerissenen Augen an. »Entschuldige, aber das ist doch nun wirklich absolut …«

Sie hob die Hand und fiel ihm ins Wort: »Warum denn? Denk doch mal nach. Er hat sie … ja, gehen wir einfach mal davon aus, dass er sie missbraucht hat, vielleicht jahrelang, dass eine … ungesunde Bindung an seine Tochter besteht, dass er plötzlich sieht, wie sie erwachsen wird, einen Freund findet.« Helene sprang auf. Sie konnte sich nun nicht mehr zurückhalten. »Solche Männer sind krank, Edgar, total krank.« Sie atmete tief durch, musste einfach weitermachen. »Er erträgt es nicht, dass sie nicht mehr sein kleines Mädchen ist, dass ein anderer mit ihr schläft. Er lässt sie überwachen, als sie in das Ferienlager fährt. Und er …«

»… lässt sie abstechen, sein geliebtes Mädchen? Das ist doch ausgemachter Unsinn, Helene!«

»Natürlich will er Clarissa nichts antun! Schon gar nicht, wenn er diese unheilvolle Beziehung zu ihr hat. Aber er könnte sie davor gewarnt haben, jemals mit einem anderen zu schlafen. Ihr gedroht haben, sie umzubringen, wenn sie das täte.«

Schimmels Kopf zuckte hoch. »Da kommt mir gerade mein Gespräch mit dieser Gesa in den Sinn, der besten Freundin, die angeblich keine Ahnung davon hatte, dass Clarissa mit Tayfur ein sexuelles Verhältnis hatte. Kann sein, das arme Mädchen hatte eine solche Angst vor dem Vater, dass sie tatsächlich nicht einmal Gesa eingeweiht hat.«

»Und trotz aller Heimlichkeiten kommt der Kerl dann dahinter, dass sie einen Freund hat, mit dem sie intim ist. Damit hat sie für ihn ihre Reinheit verloren, ihre Unschuld …«

Schimmel knurrte unwillig.

»So ticken diese Männer, Edgar. Das mag sich für uns irre anhören, aber leider ist es genau so. Er empfindet das als Verlust, als Erniedrigung. Und weil er es selbst niemals tun könnte, beauftragt er einen anderen, sie umzubringen. In seinen Augen ist sie wertlos geworden – hat ihn und ihre besondere Beziehung verraten. Krank, ja, aber durchaus nicht völlig abwegig.«

»Himmel, ja, Helene, mir sind in all den Jahren auch schon zwei, drei solcher Verrückter über den Weg gelaufen, das darfst du mir glauben.«

Helene nickte. »Kann ich mir denken. Und nun stell dir vor, wie es in so einem aussieht, wenn er von seinem beauftragten ... Beschatter oder ... nenn ihn, wie du willst, erfährt, er habe beobachtet, wie Tayfur seine Tochter erstochen hat.«

»Er gibt ihm den Auftrag, den Mörder zu erschießen – das meinst du doch, nicht wahr?« Der Graue schüttelte den Kopf. »Und das macht der Beschatter natürlich auch pflichtschuldigst. Also wirklich, Helene, das glaubst du doch selbst nicht!« Er ließ sich auf seinen Sessel fallen.

»Ich weiß, es hört sich irre an, kein normaler Detektiv würde das machen. Aber vielleicht geht Carl von Sassenheim noch anderen Tätigkeiten nach, illegalen. Vielleicht hat er Leute, die so etwas für ihn tun. Wir müssen ihn einfach noch einmal ganz genau unter die Lupe nehmen. Der Mann ist nicht sauber, da bin ich sicher, du hast ihn doch erlebt.«

Kopfschüttelnd brummte Schimmel etwas Unverständliches vor sich hin. Er brauchte offenbar Zeit, sich zu sammeln.

»Hat man inzwischen den Tatort gefunden?«, fragte Helene.

»Ja, ungefähr zweihundertfünfzig Meter entfernt zwischen den Bäumen fanden sich Blutspuren. Ausschließlich die des Opfers. Nichts vom Täter, keine Fußspuren zu sichern da auf dem Waldboden, auch nichts anderes, du weißt schon: Kippen, Kleidungsfetzen, Kaugummi oder was weiß ich. Und Körperschuppen, Haare oder so für eine DNA-Analyse erst recht nicht.«

»Also wurde er etwa auf halbem Weg zwischen dem Fundort seiner Leiche und der Stelle ermordet, an der Clarissa getötet wurde, richtig?«

»Genau. Die Spusi hat Schleifspuren gefunden. Der Täter hat die Leiche durch den Wald zu dem Forstweg geschleppt, auf dem das Auto stand.«

»Und da? Was ist denn mit Spuren im Auto?«

Schimmel beugte sich vor. »Die alte Karre strotzt natürlich vor Spuren. Bisher haben sie mindestens zwanzig verschiedene DNA-Proben gesichert. Weiß der Teufel, wer da alles mitgefahren ist. Die werden gerade untersucht, aber das kann noch dauern, vor allem die Abgleiche mit vorhandenen Daten. Allerdings, etwas Interessantes gibt es doch: An den Griffen, am Lenkrad, am Schaltknüppel, überhaupt an allem, was man beim Fahren so anfasst, wurden die Fingerabdrücke weggewischt. Mit feuchten Putztüchern aus Zellulose. Sie haben entsprechende Fasern und chemische Rückstände gefunden.«

»Krass«, stieß Helene beeindruckt aus. »Da hat sich einer viel Mühe gemacht. Hört sich ziemlich professionell an. Das heißt aber doch, der Täter hat Tayfurs Auto tatsächlich …« Sie stockte.

»… selbst dorthin gefahren? Ja, sieht so aus. Sonst macht diese Putzorgie keinen Sinn, aber …« Schimmel brach ab.

»Genau«, sinnierte Helene flüsternd. »Was zum Teufel hat das zu bedeuten?«

»Keine Ahnung. Vielleicht hatte Tayfur den Wagen woanders geparkt, und der Täter musste ihn näher heranfahren, um sein Opfer darin zu verstauen. Was weiß ich.«

»Ich trau mich kaum zu fragen, aber ich geh mal davon aus, dass keine Hülse am Tatort gefunden wurde …?«

»So ist es. Keine Hülse, aber eben auch kein Projektil. Da das aber wieder ausgetreten ist, gibt es dafür nur eine Erklärung, nicht wahr? Zumal die Spusi sich sicher ist, dass das Opfer mit dem Rücken auf dem Boden gelegen hat, als es erschossen wurde. Die Knochensplitter und die Gehirnmasse auf dem Moos würden das eindeutig belegen – und die Abdrücke auf dem Hals, sagen sie.«

»Die Abdrücke auf …?«

»… auf Tayfurs Hals, ja. Spuren einer Sohle. Der Täter hat ihn mit seinem Schuh auf den Waldboden gedrückt, ihm dann eine Kugel in die Stirn gejagt – und dabei wahrscheinlich in die Augen seines Opfers geblickt.«

»Mein Gott!«

»Und direkt an der Stelle war auch ein kleiner Krater im

Moos, den jemand gegraben hat – nur eine Hand breit und etwa fünfundzwanzig Zentimeter tief.«

Auf einmal war es still im Raum. Sie schraken zusammen, als der uralte Salondampfer *Alexandra*, ein Flensburger Wahrzeichen, das unverwechselbar sonore Tröten seines Dampfschiffhorns wie den Ruf aus einer fremden, fröhlichen Welt von unten heraufschickte.

»Tayfur hat ihn angesehen, als er starb«, flüsterte Helene. »Und der Täter hat dann unter der Gehirnmasse nach dem Projektil gegraben ...«

»... und es offensichtlich auch gefunden, ja.« Der Graue wich ihrem Blick aus und starrte angestrengt zum aufgeklappten Fenster hinüber.

Helene räusperte sich. »Haben sie etwas über die Pistole herausgefunden, mit der Alim Tayfur erschossen wurde?«

»Nicht allzu viel«, antwortete Schimmel. »Vermutlich Kaliber neun Millimeter, den Schluss lässt der Schusskanal zu. War übrigens ein aufgesetzter Schuss. Eine Riesensauerei – du hast es ja gesehen.«

Sie stand auf, trat vor das Fenster, lehnte sich an den Rahmen und drehte sich zu ihrem Kollegen. »Du weißt, was das alles heißt, Edgar, oder? Das spricht für einen Profi.«

Schimmel nickte. »Ich sag's ja immer: Miss Marple«, versuchte er es lahm. »Schau noch mal auf das Flipchart, bitte.«

»Ja, ich hatte mich schon gefragt, wieso du drei Striche gemacht hast, also drei Stränge unter der Toten. Das dritte Kästchen ist leer ...«

»Du hast ja auch eben erst erfahren, was die Spusi inzwischen herausgefunden hat. Also: Was, wenn Tayfur Clarissa gar nicht getötet hat und von Sassenheim tatsächlich nichts anderes ist als ein Händler in der Modebranche? Wenn das Mädchen und Tayfur vom selben Täter umgebracht wurden – mit verschiedenen Waffen, warum zum Teufel auch immer?«

»Das liegt nahe. Was hältst du zum Beispiel von dem Gedanken, dass Tayfur und Clarissa miteinander geschlafen haben, also ganz und gar einvernehmlich, er ist anschließend allein gegangen, damit niemand sie zusammen zurückkommen sieht, und kaum war er von der Lichtung verschwunden, wurde sie getötet, warum und von wem auch immer?«

»Und er selbst? Er ist auch tot, Frau Kommissarin Kompliziert!«

»Er kann etwas gehört haben, war vielleicht noch in der Nähe. Sie hat geschrien, und er ist zurückgerannt, um ihr zu helfen, ist auf den Täter getroffen, und der hat ihn beseitigen müssen. Oder so.«

»Oder so.« Da war wieder einmal dieses fiese Grinsen im faltigen Gesicht des Alten. »Scio me nihil scire«, deklamierte er dramatisch und starrte angelegentlich an die Decke.

»Was sagst du da?«

»Ich weiß, dass ich nichts weiß«, antwortete Schimmel betont beiläufig. »Geflügeltes Wort der Antike.«

»Angeber!« Mit ihrem Lachen verflog ein großer Teil der Niedergeschlagenheit, die sie angesichts der mageren Erkenntnisse in diesem Fall ergriffen hatte. »Im Ernst: Du ziehst also einen anderen Täter in Erwägung, richtig? Für den hast du das dritte Kästchen gezeichnet – für den ... den verdammten großen Unbekannten.«

»Den wir nur noch finden müssen«, stimmte Schimmel ihr zu und nickte gewichtig.

»Kein Problem für uns, oder?« Sie lachte hämisch auf. »Wir haben zwar keinen Schimmer, wer das sein könnte und wo wir nach ihm suchen müssen, aber ... Ach, Scheiße.«

»Im Augenblick haben wir nichts Belastbares gegen von Sassenheim in der Hand. Und das Motiv, das man Tayfur für den Mord unterstellen könnte, ist mehr als wackelig, das muss ich zugeben. Wir dürfen die beiden natürlich nicht aus den Augen verlieren bei unseren Ermittlungen. Aber die Vermutung, da könnte noch ein Dritter im Spiel sein, jemand mit auffallend professioneller Handschrift, erscheint mir nicht so abwegig, was meinst du?«

»Und wie wollen wir vorgehen, um den zu finden? Gut, wenn es jemand ist, den von Sassenheim gedungen hat, dann kriegen wir das raus. Aber wenn nicht, wenn da jemand mitspielt, von dem wir nichts wissen, nicht mal ein denkbares Motiv …«

»Wird schwer«, bestätigte der Alte, »aber wir sind noch ganz am Anfang, Helene. Hab ein wenig Geduld. Wir müssen weiter in diese Richtung ermitteln, Fragen stellen, einfach unsere Arbeit machen.« Er blickte seine junge Kollegin an. »Wir finden ihn, Helene. Wenn es ihn gibt, finden wir ihn auch.« Schimmels Stimme war rau, aber fest. »Wir werden ihn kriegen.«

Neugierig blickte sie ihm ins Gesicht. Für einen Moment war das Grau daraus gewichen, und seine Augen blitzten. Sie sah das nicht zum ersten Mal.

14

»Bist du lebensmüde?«

Leise war die Stimme, hatte dennoch den Klang klirrenden Eises, fuhr dem Mann im Auto schneidend unter die Haut.

Er schwieg, wusste genau, wann er reden durfte und wann nicht.

»Wie kann man so blöd sein«, zischte die Stimme, »so unglaublich blöd? Du bist doch so stolz darauf, ein Profi zu sein. Ich hätte den Auftrag besser einem anderen geben sollen.«

»Es tut mir leid, es war ein Irrtum, ich weiß. So was passiert eben mal. Aber es ist wirklich nicht so schlimm, wie es aussieht. Ich hab alles im Griff.« Mein Gott, die Furcht ließ ihn lauter dummes Zeug plappern. Er riss sich zusammen. »Du wirst sehen, ich schaff das, der Auftrag ist so gut wie ausgeführt, verlass dich ganz auf mich«, fügte er noch schnell hinzu. Er musste auf der Hut sein – Telefongespräche konnten abgehört werden.

»Du hast mir versichert, dass es schnell und reibungslos über die Bühne gehen würde!«, brüllte die Stimme plötzlich.

So war es immer, dachte der Mann im Auto. Er kannte diese Wutausbrüche nur zu gut, von Kindesbeinen an. Und hielt den Mund – heute so wie damals.

»Und dann gleich zwei Tote – als hätte dein erstes Versagen nicht gereicht.«

»Musste sein, leider. Mehr will ich am Telefon nicht sagen. Gibt aber keine Probleme deswegen.«

»Keine ... Du spinnst wohl! Wenn ich das schon höre! Es gibt immer Probleme, wenn Fehler gemacht werden! Nach zwei Tagen solltest du alles erledigt haben – und jetzt?«

»Es war ein Patzer, eine verdammte, blöde, beschissene Verwechslung«, platzte es aus dem Mann im Auto heraus. »Mein Gott, auch mir passiert halt mal ein Fehler. Ich mach es wieder gut, ich bring das in Ordnung.«

»Wie stellst du dir das denn vor, du Kretin? Du hast es doch schon versaut! Hast du eine Ahnung, wie lange ich auf diesen Tag gewartet habe – und was es mich gekostet hat, endlich an ihn heranzukommen?« Blanke Wut ließ die Stimme jetzt fast überschnappen.

Besser, er hielt erst mal den Mund. Er kannte die Stimme zu gut – und den, dem sie gehörte.

Lange Zeit herrschte unheilvolles Schweigen. Nur das Hintergrundrauschen zeigte ihm, dass noch nicht aufgelegt worden war. Aufmerksam ließ er seinen Blick über den Rastplatz an der B 76 wandern. Nichts. Keine Gefahr. Niemand war ihm auf den Fersen – wieso auch? Trotzdem fühlte er ein schmerzhaftes Ziehen im Bauch, unkontrollierbar, das ihn am ganzen Leib beben ließ. Er zerrte sein Taschentuch hervor und wischte sich den kalten Schweiß von der Stirn, aus dem Nacken. Und auf einmal roch er sie auch. Die Angst. Ekelhaft.

Dann kam die Stimme zurück, wieder eiskalt. Der Anrufer hatte sich gefasst. Lauernd fragte er: »Was willst du jetzt machen? Aber sei vorsichtig mit dem, was du sagst!«

»Vertrau mir noch ein einziges Mal, bitte. Ich werde es zu deiner Zufriedenheit erledigen, ganz sicher.«

Aufschnauben am anderen Ende der Leitung, dann: »Na gut. Ich will es hoffen – für dich. Deine letzte Chance. Du weißt, was sonst passiert ... Ich habe zu lange nach ihm gesucht, um es mir jetzt verpfuschen zu lassen.«

Der Mann im Auto konnte das Zittern kaum kontrollieren, das ihn jäh überfiel. Das schweißnasse Handy rutschte ihm fast aus der Hand. Dann schaffte er es doch noch, ein paar Worte hervorzuwürgen: »Die Zielperson ist schon so gut wie tot. Verlass dich drauf. Spätestens in drei Tagen melde ich Vollzug.«

Das unwillige Schnauben hörte er noch, dann ein Knacken in der Leitung. Stille.

Mit fliegenden Fingern schaltete er das Handy aus, eine Vorsichtsmaßnahme, die ihm in Fleisch und Blut übergegangen war, seit Jahren schon. In seinem Job kam es darauf an, keine Spuren zu hinterlassen, keine Bewegungsprofile zu ermöglichen, keine Ortung zuzulassen – kurz: keine Fehler zu machen.

Doch genau das war ihm diesmal passiert: ein Fehler. Das verfluchte Handy. Schlimm, unverzeihlich. Zum ersten Mal nach all den Jahren, nach all den Aufträgen, die er stets sauber erledigt hat, geräuschlos, präzise, effektiv. Professionell eben.

Lange saß er still da, rauchte eine Zigarette. Beide Seitenfenster waren halb heruntergelassen, er spürte den warmen Spätsommerwind als angenehm kühlende Zugluft auf der Haut. Sein Atem wurde tief und gleichmäßig. Der Angstschweiß trocknete.

Er hatte alles im Griff.

Seine Hände waren wieder ruhig, als er den Motor des

Mietwagens startete, eines unscheinbaren silbergrauen Hyundais. Ein prüfender Rundumblick über den Parkplatz, dann legte er den ersten Gang ein, ließ die Kupplung kommen und fuhr los. Es war nicht weit bis zu seinem Ziel.

Diesmal würde er nicht durch den Wald kommen. Zu weit entfernt müsste er den Wagen parken. Polizei und Spurensicherung fuhren da herum, hatten immer noch alles abgesperrt und durchkämmten die Gegend.

Den ganzen Tag hatte er damit verbracht, nach einer Alternative zu suchen. Dann war es ihm eingefallen: Wer nicht von vorn kommen konnte, der musste es von hinten versuchen – logisch eigentlich. Und in diesem Fall auch ganz einfach – wenn er ein Boot finden konnte.

Stundenlang war er auf kleinen Nebenstraßen an der Küste herumgefahren, immer wieder ausgestiegen, um Ausschau zu halten. Schließlich hatte er es entdeckt: Ein kleines Ruderboot, das weit entfernt hinter einem abgelegenen Haus im Wasser dümpelte, angebunden an einen schiefen Holzsteg. Das Haus hatte er weiträumig umgangen, war direkt vom Strand her im Sichtschutz der dicht mit Sträuchern bewachsenen Steilküste zum Steg geschlichen. Ihn konnte nichts aus der Ruhe bringen – fast nichts, gestand er sich widerwillig ein und dachte an das Telefonat –, aber er erinnerte sich noch gut an den heftigen Freudensprung, den sein Herz bei der Entdeckung der Ruder gemacht hatte, die im Boot lagen.

Dann war er noch mal losgefahren, hatte eine passende Stelle gesucht, an der er nachher anlanden könnte. Hierher an den Steg würde er das Boot natürlich nicht zurückrudern. Nur etwa drei Kilometer weiter, auf der anderen Seite der kleinen Bucht, auf deren Steilküste die Zelte standen, war er fündig geworden. Auf einem Hohlweg, der zum Strand hinunterführte, hatte er das Auto abgestellt, unweit des Schilfgürtels, in dessen Schutz er später wieder an Land gehen wollte. Wenn er alles erledigt hätte. Wenn alles wieder gut wäre.

Fast beschwingt war er anschließend entlang der Küste hierher zurückgewandert, während es allmählich dunkel wurde.

Ganz still stand er jetzt da und lauschte. Nichts rührte sich, kein Mensch war um diese Zeit am Strand. Sein Blick ging hinüber zu dem kleinen Häuschen oben auf der Kante der Steilküste. Schwach schien das Licht aus den beiden Fenstern durch die Büsche. Die brauchten ihr Boot heute Nacht bestimmt nicht mehr. Und wenn schon … In wenigen Minuten würde er außer Sicht sein, heraus aus der kleinen Bucht und um die Landzunge herum. Akribisch hatte er die Karte studiert und sich die Küste eingeprägt, als es noch hell war. Keine Fehler mehr.

15

Gesa Friesing stocherte lustlos in ihrem Hühnerfrikassee herum, nahm hin und wieder einen kleinen Bissen auf die Gabel und schob ihn sich in den Mund. Dabei war Hühnerfrikassee nicht nur ihre Leibspeise, auch bereitete niemand dieses Gericht so köstlich zu wie Bille, die Lagerköchin.

Es wollte ihr nicht schmecken. Erst vor einer halben Stunde war ihre Diskussionsrunde zu Ende gegangen. Alle waren zusammengekommen, Teamer wie Lakis, und Zorro hatte gefragt, ob sie das Lager vorzeitig abbrechen wollten. Die Stimmung sei nach Clarissas und Alims Tod auf dem Tiefpunkt, und drei Mädchen und ein Junge seien sowieso schon von ihren besorgten Eltern nach Hause geholt worden.

Eine fröhliche Ferienzeit, ein unbeschwertes Lagerleben sei nicht mehr möglich, hatte auch Emma traurig festgestellt und gesagt, man wolle es nach Absprache mit dem Landessportverband den Jugendlichen überlassen, eine Entscheidung zu treffen. »Die Polizei haben wir natürlich auch um Rat gefragt, wie wir uns verhalten sollen«, berichtete sie, »und ob sie eine Gefahr darin sieht, wenn wir im Lager bleiben. Schließlich ist der Mörder noch nicht gefasst, der kaum einen Kilometer von hier entfernt Clarissa und Alim getötet hat.«

Man suche fieberhaft nach dem Täter, habe der Hauptkommissar sie wissen lassen, er sehe aber keinen Grund, warum sie das Lager abbrechen müssten. Er hatte zugesagt, dass in den folgenden Tagen – auch bei Nacht – eine Streife mehrmals zu unregelmäßigen Zeiten die Gegend überwachen würde. Das sei aber eine reine Vorsichtsmaßnahme. Außerdem seien die Verbrechen ja nicht im Lager selbst verübt worden, sondern ein ganzes Stück außerhalb. Man wisse zwar noch nicht, warum Clarissa und Alim getötet wurden, aber das bedeute nicht, dass andere hier ebenfalls in Gefahr wären. Allerdings hatte er dringend empfohlen, das Lager bis auf Weiteres nicht allein zu verlassen.

Die anschließende Diskussion war müde ausgefallen, nichts war übrig geblieben von der überschäumenden Debattierfreude, die sie sonst an den Tag gelegt hatten. Am Ende wurde sich darauf geeinigt hierzubleiben.

»Was soll ich zu Hause?«, hatte Gesa gefragt. »Schon der Gedanke, für den Rest der Ferien allein in meiner Bude zu sitzen und Trübsal zu blasen … Nee, da bin ich doch lieber noch ein paar Tage hier.«

Genau das hatte sie auch zu ihren Eltern gesagt, die gerade hergekommen waren, um ihr das alte Handy zu bringen, das sie noch aufbewahrt hatte. Ihre Mutter hatte eine Prepaid-SIM-Karte gekauft und schon vom Provider freischalten lassen. Die neue Mobilfunknummer war natürlich Mist, aber Gott sei Dank gab es wenigstens keinen Ärger wegen ihres nagelneuen Smartphones, das sie Clarissa geliehen hatte. »Du kannst nichts dafür, dass es weg ist«, hatte Hubert

Friesing, ihr Vater, sie getröstet. »Wir kaufen ein neues, wenn du wieder zu Hause bist, okay?«

Ob sie denn wirklich sicher sei, dass sie hierbleiben wolle, hatten ihre Eltern gefragt und sie besorgt angesehen. Besonders ihrem Vater schien es schwerzufallen, sein kleines Mädchen zurückzulassen. »Mir ist nicht wohl dabei, dass du nachts hier schläfst, Gesa«, hatte er gesagt. »Bitte komm mit nach Hause, da kann ich besser auf dich …«

»… aufpassen – meinst du das?«, hatte sie ihn ungläubig unterbrochen. Sie war doch keine fünf mehr!

»Das wollte ich so nicht …« Ihm war wohl aufgefallen, dass er sich ungünstig ausgedrückt hatte. Mit fahrigen Bewegungen hatte er eine Zigarette aus der Schachtel gefischt, sie aber nicht angezündet. »Nein, nein, es ist nur … Ich muss immer an Clarissa denken.«

Gesa hatte ihn verwundert beobachtet. Die Sache mit ihrer Freundin schien ihren Vater tief getroffen zu haben. So unruhig, geradezu furchtsam kannte sie ihn gar nicht. »Macht euch keine Sorgen«, war ihre Antwort gewesen, und sie hatte die Worte wiederholt, die sie vorher schon in der Gesprächsrunde beigesteuert hatte.

»Na gut, deine Entscheidung. Ich werde dich nicht zwingen, wenn du partout nicht willst, auch wenn mir das gar nicht lieb ist«, hatte ihr Vater schließlich eingewilligt. »Aber pass auf dich auf, verlass vor allem den Lagerbereich nicht – und ruf Mama oder mich regelmäßig an, bitte!«

Nach einigen ziemlich nervigen Umarmungen waren sie wieder gefahren, und Hubert Friesing hatte noch versichert, dass er mit der Polizei reden werde. »Die müssen dafür sorgen, dass ihr hier rund um die Uhr bewacht werdet, wenn sie schon das Lager nicht schließen.«

Jetzt saßen alle in der Abenddämmerung auf dem Vorplatz vor der Baracke um den langen Tisch herum und aßen Hühnerfrikassee, eigentlich das Mittagessen. Das hatte Bille kurzerhand auf den Abend verschoben und durch ein paar belegte Brötchen ersetzt. Zu viel Durcheinander hatte hier die letzten Stunden geherrscht, bis alle Befragungen beendet waren und auch die Polizisten mit ihren Suchhunden endlich abgezogen waren. Alims Zelt hatten sie komplett zerlegt und alle seine Sachen mitgenommen. Zorro und Emma hatten in den letzten zwei Tagen eine Menge Telefonate geführt – mit dem Verband in Kiel, vor allem aber mit besorgten Eltern.

Aber nun endlich war Ruhe eingekehrt. Eher Grabesstille, dachte Gesa, als sie den Tisch entlang auf die schweigenden Esser schaute und ihr Blick an dem Stuhl rechts neben ihr hängenblieb. Er war leer. Auf dem Tisch davor lagen selbst gepflückte Blüten von Mohn, Gänseblümchen und Kornblumen, und eine Menge Kerzen, deren Flammen in der leichten Abendbrise flackerten. Jemand hatte mit kleinen weißen Muscheln im Halbkreis den Namen Clarissa auf ein breites schwarzes Stück Pappe gelegt.

Gesa starrte die Muschelbuchstaben gedankenverloren an, bis sie im Flackerlicht vor ihren Augen verschwammen. Vielleicht hätte sie besser doch nach Hause fahren sollen.

Sie sah ihn, als sie aus dem Anbau hinter dem Holzhaus trat, in dem die Waschräume untergebracht waren.

Zufällig streifte der Lichtkegel ihrer Taschenlampe den Stamm des vordersten Baumes, der etwa fünfzig Meter entfernt aufragte. Dahinter begann der schmale Saum aus Mischwald, der bis an die Kante der Steilküste reichte. Für Sekundenbruchteile glaubte sie, einen dunkel gekleideten, nicht allzu großen Mann dort stehen zu sehen, dann war er hinter dem dicken Stamm verschwunden.

Kurz nach vier Uhr morgens. Noch hatte die Dämmerung nicht eingesetzt, und die feuchte Nachtkühle ließ sie frösteln. Nochmals ließ sie den Strahl der Taschenlampe am Waldsaum entlanggleiten.

Nichts.

Hatte sie sich geirrt? Wer sollte sich um diese Zeit da …

Sie erstarrte. Wer wohl?

Panische Angst überfiel sie unvermittelt. Von hier konnte sie die Zelte nicht sehen; die lagen auf der Vorderseite der Baracke. Aber natürlich würden alle aufwachen, wenn sie kräftig schrie, ganz bestimmt ... Oder würde das breite Holzhaus jedes Geräusch so abschirmen, dass nichts laut genug nach vorne drang, um jemanden zu wecken? Vielleicht warnte sie auch bloß den ... den Kerl in seinem Versteck, wenn sie hier sinnlos herumschrie. Niemand würde sie hören, und er hätte genug Zeit, die paar Schritte zu ihr herüberzulaufen und ...

Und was?

Sie musste schnell um das Haus herum nach vorn auf den Sandplatz rennen, dann wäre sie in Sicherheit. Ganz klar – so würde sie es machen. Doch ihre Beine gehorchten ihr nicht. Wie angewurzelt stand sie da und starrte auf den Waldrand, während der Lichtkegel ihrer Lampe an der Stelle hin und her zitterte, wo die Gestalt verschwunden war.

Nichts war da, gar nichts.

Tief Atem holen, nicht durchdrehen, befahl Gesa sich. Langsam kehrte Leben in ihre Glieder zurück, und sie konnte wieder klar denken. Sie knipste die Lampe aus und zwang sich, ganz still stehen zu bleiben, nur zu lauschen.

Kein Geräusch, nichts. Nur das Rauschen des Meeres drang schwach von unten herauf. Nachdem sie still bis hundert gezählt hatte, schaltete sie die Lampe wieder ein und leuchtete den Waldsaum ab.

Da war gar nichts.

Ach, Clare ... Kein Wunder, dass sie Gespenster sah – nur zu verständlich, machte sie sich Mut. Sie würde jetzt einfach zum Teamerzelt laufen und Zorro wecken. Konnte ja nicht schaden, wenn man wenigstens einmal nachsah. Nur zur Beruhigung ...

Leise setzte Gesa einen Fuß vor den anderen. Als sie um die Ecke des Hauses bog, raschelte es plötzlich direkt hinter ihr. Gleichzeitig fiel das Licht der Taschenlampe auf einen Gegenstand vor ihren Füßen. In einem Reflex bückte sie sich und hob den abgebrochenen Griff eines der Zwanzig-Liter-Kochtöpfe aus der Lagerküche auf, den hier wohl jemand auf dem Weg zum Müllcontainer verloren hatte – dann fuhr sie herum.

Er war nur noch drei Schritte entfernt, ein kaum mittelgroßer Mann, völlig in Schwarz gekleidet. Geräuschlos und mit erhobenem Arm flog er auf sie zu. Etwas Langes in seiner Hand blitzte bösartig auf, als der Schein der Taschenlampe darauffiel.

Gesa stieß einen gellenden Schrei aus. Wie in Zeitlupe sah sie ihre eigene Hand hochschnellen, sah Blut aus seiner Wange hervorquellen, dort, wo die ausgezackten Enden des Stahlgriffes in sein Gesicht fuhren.

Sie meinte noch, laute Rufe zu hören, hinter sich, wo die Zelte standen. Dann traf sie ein harter Schlag auf die Brust, ein heißer Schmerz durchfuhr ihren Körper, und sie verlor das Bewusstsein.

16

»Helene, wach auf!« Simon rüttelte unsanft an ihrer Schulter. »Meine Güte, wie kann man so fest schlafen …«

Unwillig knurrte sie und drehte ihren Kopf in seine Richtung, hielt die Augen aber trotzig zugekniffen. »Was, zum Teufel …« Von oben drang Frau Sörensens heiseres Bellen an ihre Ohren. »Was hat sie denn? Was ist …?«

»Schatz, es tut mir ja leid …«, vor allem, dass du so einen Scheißberuf hast, dachte er, behielt diese Worte jedoch tunlichst bei sich, »… aber da steht ein Polizeiwagen auf dem Kai. Man verlangt nach dir.«

»Hä?« Schon beim Wort ›Polizeiwagen‹ waren ihre Augen

aufgegangen. »Ein Polizeiwagen – wer ... wieso? Was ... äh, wie spät ist es denn?«

»Gleich fünf Uhr.«

»Und wer will da was von mir?«

»Deine reizenden Kollegen möchten dich abholen. Angeblich ist etwas passiert.« Simon fuhr sich raschelnd mit der Hand über das unrasierte Kinn. »Und ohne die geniale Kommissarin Christ kann hierzulande keine Untat aufgeklärt werden, das weißt du doch ...«

Irgendwie war da ein leicht gehässiger Unterton in seiner Stimme, fand Helene. Für eine scharfe Antwort, sogar für einen bösen Blick aber war es ihr noch entschieden zu früh am Tag. »Was sagen sie denn?«

»Man will dich zu dem Ferienlager da draußen bringen, sagt der dicke Uniformierte, der die ganze Zeit mit einem Knüppel gegen das Schiff gewummert hat.«

»Hab ich nicht gehört.«

»Hab ich gemerkt.«

»Sag ihm bitte, ich zieh mich an und komme.« Sie wälzte sich aus der Koje. »Nur schnell ein bisschen frisch machen«, fügte sie hinzu und verschwand in der Nasszelle. »Und ruf mal den Hund runter, der weckt ja die ganze Stadt auf!«

Simon rief streng nach Frau Sörensen, und Sekunden später hörte Helene ihre Krallen auf der hölzernen Niedergangstreppe klappern. »Bleib jetzt hier unten und gib endlich Ruhe, alte Ziege«, befahl Simon.

Während sie versuchte, ihre weißblonde Mähne mit der Bürste notdürftig zu zähmen, und sich dabei im Spiegel über dem Waschbecken beobachtete, stellte Helene erstaunt fest, dass das Gekläff tatsächlich aufhörte.

»Ist Kaffee 'ne gute Idee?«, tönte jetzt Simons Stimme in den kleinen Waschraum. »So viel Zeit müsste selbst für den Schrecken des internationalen Verbrechertums noch drin sein, oder?«

»Armleuchter!«, antwortete sie mühsam mit der Zahnbürste im Mund. »Statt lästerliche Reden zu führen, hättest du schon lang das Wasser aufsetzen können.«

»Schon geschehen – kocht bestimmt gleich, mein Liebling, anmutige Zierde der Kriminalistik«, rief er mit zuckersüßer Stimme, und kurz darauf begann auch schon der Kessel auf dem Gasherd, fröhlich in den Morgen zu pfeifen.

»Was ist denn eigentlich passiert?«, fragte Helene, als sie in den Salon trat und nach ihrem Smartphone griff, das auf dem Kartentisch lag. Das Display zeigte mehrere verpasste Anrufe von Schimmel. Sie hatte das Gerät gestern Nacht stumm geschaltet, als sie zu Simon in die Koje gekrochen war. »Hat der Kollege da draußen sich näher geäußert?«, fragte sie.

Simon musterte Helene mit offensichtlichem Vergnügen von oben bis unten, wie sie aus den Augenwinkeln registrierte. Anscheinend sah sie sogar nach dieser Katzenwäsche noch halbwegs ansprechend aus, jedenfalls schien er Gefallen an ihrem Anblick zu finden. »Frisch wie der junge Morgen, meine knackige junge Kommissarin«, bestätigte er prompt ihre Vermutung. »Da fallen mir ganz spontan ein paar feine Sachen ein, ich meine, wenn wir für ein paar Minuten in die Koje zurückkehren würden ...«

Sie nahm ihm den Kaffeebecher aus der Hand, den er ihr hinhielt, und schüttelte in gespielter Entrüstung den Kopf. »Was macht man bloß mit so einem Lustmolch? Ich erinnere mich schwach, dass wir heute Nacht recht spät zum Einschlafen gekommen sind ...« Sie drückte auf dem Display herum, um die SMS zu lesen, die ihr entgangen war. »Red doch weiter, los, nur keine Scham. Das bringt dich vielleicht noch mal in Stimmung. Ich meine, ein bisschen können die Kollegen da draußen wohl auf dich warten, oder?«

»Nun hör aber auf«, tat sie genierlich und setzte forsch hinzu: »Außerdem steh ich nicht so auf Quickies, das solltest du eigentlich wissen.«

»Von mir aus darf es gern auch ein Longie sein ...«

Doch da hörte sie ihm schon nicht mehr zu, sondern las die Nachricht von Edgar Schimmel. »Scheiße ...«, murmelte sie, steckte das Smartphone in ihre Umhängetasche, nahm rasch noch einen Schluck aus dem Becher und schlüpfte in ihre Bootsschuhe. »Ich muss sofort los, Simon, es hilft nichts. Schimmel schreibt, dass es im Zeltlager einen Mordversuch gegeben hat.«

»Einen ... Wann denn?«

»Vor einer Stunde etwa. Das Mädchen wurde in die Zentrale Notaufnahme gebracht, hierher nach Flensburg. Sieht wohl gar nicht gut aus ...« Sie drückte ihm einen flüchtigen Kuss auf die Wange und stieg die Niedergangstreppe hoch.

Simon folgte ihr. »Pass auf dich auf, mein Mädchen«, raunte er ihr heiser zu, als sie über die Reling stieg und auf den Kai sprang, wo sie bereits von einem Polizisten in Uniform erwartet wurde. Sie wandte sich noch einmal um und winkte ihm kurz zu, bevor sie in den wartenden Wagen stieg.

Mit klopfendem Herzen blickte sie aus dem Seitenfenster und sah Simon in der Morgendämmerung unbeweglich an Deck stehen. Das zuckende Blaulicht des Wagens beleuchtete die *Seeschwalbe* gespenstisch, als das Auto sich in Bewegung setzte.

Zwanzig Minuten später zwängte sich der Streifenwagen an mehreren Autos vorbei, die am Rand des schmalen Feldwegs geparkt waren, bis er schließlich auf dem Platz zwischen der Baracke und den Zelten hielt. Als Helene ausstieg, ging gerade die Morgensonne über der Steilküste im Osten auf. Noch war es kühl, und sie war froh, ihre wärmende Sportjacke angezogen zu haben. Auf den Grashalmen und den Blättern an Büschen und Bäumen schimmerten die Tautropfen, und auch der graue Staub zu ihren Füßen schimmerte dunkel von der Feuchtigkeit des Spätsommermorgens. Doch der Himmel war wolkenlos, hellblau, und wenn die Sonne erst höherstieg, würde sie die klamme Nässe rasch trocknen.

Jetzt erkannte Helene auch den Grund für die Fahrzeug-ansammlung vor dem Lagertor: Offenbar waren viele Eltern gekommen, um ihre Kinder abzuholen. Aufgeregt diskutierend standen sie mit den Mädchen und Jungen in Gruppen herum. Vor allem vor dem Treppchen zur Tür des Holzhauses, auf dem Torsten Rast stand, hatte sich eine Traube gebildet, und der Lagerleiter wurde mit lauten Fragen bestürmt. Andere Jugendliche – anscheinend die, deren Eltern nicht anwesend waren – standen etwas abseits und unterhielten sich mit gedämpften Stimmen. Zwischen ihnen erkannte Helene Emma Velten, die stellvertretende Lagerleiterin. Sie redete gerade auf zwei Mädchen ein, die sich weinend aneinander festklammerten. Neben dem Holzgebäude war Trassierband gespannt, das offenbar den Tatort absperrte. Dahinter knieten drei Beamte der Spurensicherung in ihren weißen Schutzanzügen und untersuchten den Boden, während ständig grelle Blitze aus dem Apparat des Polizeifotografen aufzuckten.

Edgar Schimmel unterbrach das Gespräch, das er gerade mit dem Chef der Spurensicherer führte, und kam zu ihr herüber. Eine knarzende Stimme ertönte aus dem BOS-Sprechfunkgerät, das er in der Hand hielt. Erst kürzlich war die Ausrüstung der Polizei mit BOS abgeschlossen worden, sodass man nun abhörsicher miteinander kommunizieren konnte, weil man nicht mehr auf das öffentliche Netz angewiesen war.

Schimmel hörte kurz zu, sagte knapp: »Gut, melden Sie sich, sobald sie mehr wissen, Ende«, und steckte das handliche Gerät tief in seine ausgebeulte Jackentasche, sodass nur noch die kurze Stummelantenne herausragte.

Helene erwartete nun eigentlich eine bissige Bemerkung darüber, dass er sie telefonisch nicht hatte erreichen können, aber er überraschte sie. Wieder einmal.

»Moin, Moin, Helene. Tut mir leid, dich so ärgern zu müssen, aber ich dachte mir, dass du bestimmt dabei sein willst.«

Sie nickte. »Schon gut, das hast du ganz richtig gesehen. Ich hatte bloß mein Handy leise gestellt ...«

»Dein gutes Recht. Eigentlich hättest du ja schon ... ach, was soll's.« Der Alte – im Morgenlicht sah er sogar noch grauer aus als sonst – zuckte fröstelnd mit den Schultern und knöpfte sein verknittertes Jackett zu.

»Wann hat man dich denn rausgeklingelt?«

Er winkte müde ab. »War nicht zu Hause. Hab mich im Büro ein bisschen mit den Akten beschäftigt, die liegen geblieben sind.«

»Was – die ganze Nacht?«, fasste sie nach.

Wieder diese wegwerfende Handbewegung. Dann in scheinbar munterem Ton: »Alte Leute brauchen eh nicht mehr so viel Schlaf.« Und sein warnender Blick, den sie schon kannte.

Sie wechselte das Thema: »Also, was ist denn hier nun genau passiert? Verdammt, das darf doch alles nicht wahr sein!«

Er wiegte den Kopf hin und her. »Ist es aber dennoch – leider. Und jetzt fällt mir auch nichts mehr ein. Es sieht tatsächlich alles nach dem verfluchten großen Unbekannten aus, fürchte ich.«

»Na ja«, dachte Helene laut, »immerhin gibt es eine Verbindung von Gesa zu Clarissa, nicht wahr? Sie war ihre beste Freundin. Und wenn sie ihr für das Treffen mit Alim nicht ihr Handy geliehen hätte ...«

Der Graue bedachte sie mit einem anerkennenden Blick. »Red weiter!«

»Ich weiß nicht ... Jedenfalls ist dieser Mordversuch an Gesa irgendwie mit den vorherigen Taten verknüpft, scheint mir. Wer weiß, wohin uns das führen wird, wenn wir diesen Gedanken zu Ende spinnen.« Helene ballte kurz eine Faust, nickte entschlossen und sagte: »Aber nun erzähl mir bitte erst mal, was hier passiert ist.«

»Also, hör zu ...«

Es musste noch ziemlich dunkel gewesen sein, berichtete

Schimmel, als Gesa Friesing ihr Zelt verlassen hatte, um auf die Toilette zu gehen. An der Ecke der Baracke – er zeigte auf den abgesperrten Tatort – sei sie überfallen worden. »Sie hat sich aber noch wehren können«, sagte er, »und zwar mit dem abgebrochenen Henkel eines der großen Töpfe, die sie hier in der Lagerküche verwenden. Und …«

»Was? Hat sie einen alten Topfhenkel zur Toilette mitgenommen?«

»Nein, der hat wahrscheinlich da herumgelegen, wo sie entlanggegangen ist, auf dem Trampelpfad – oder daneben. Rast, der Lagerleiter, hat mir erzählt, dass gestern eine neue Küchenausrüstung geliefert wurde, Kochgeräte, Pfannen, Töpfe und so. Das alte Zeug haben sie abgefahren, dabei wird wohl der Griff von einem der Töpfe abgebrochen und heruntergefallen sein. Und das Mädchen hat das Ding wahrscheinlich gefunden und aufgehoben. Ihre Hand hielt den Henkel noch umklammert, als sie zu Boden ging, und zwar mit …«, er verzog angewidert die Mundwinkel und schnaubte auf, »…mit einem Messerstich in der Brust.« Er räusperte sich. »Eben hab ich mit einer Ärztin in der Notaufnahme telefoniert. Du kannst dir vielleicht denken, was die zur Art der Verletzung gesagt hat.«

»Tiefer Einstich, lange, sehr breite Klinge …«

Schimmel nickte. »So ist es. Derselbe Kerl, der Clarissa von Sassenheim getötet hat. Na ja, zumindest dieselbe Tatwaffe – aller Wahrscheinlichkeit nach.«

»Aber Edgar, das ist doch … Wahnsinn. Wieso …?« Sie brach ab.

»Wieso, wieso?«, wiederholte er unwirsch. »Ich habe nicht die mindeste Idee, was hier vorgeht. Aber du liegst auf jeden Fall richtig: Da gibt es eine Verbindung, ganz sicher.«

Ein uniformierter Kollege trat zu ihnen, in beiden Händen einen Becher. »Die haben Kaffee gekocht«, sagte er. »Wollen Sie? Bald gibt es auch ein paar Brötchen, hat die junge Frau in der Küche gesagt.«

Dankbar griffen die Kommissare nach den Bechern. Helene nahm einen vorsichtigen Schluck von dem kochend heißen Getränk und sah Schimmel über den Becherrand an. »Was sagt die Notärztin denn? Ich meine, kommt Gesa durch?«

»Will sich nicht festlegen. Sieht wohl schlecht aus. Sie operieren sie gerade. Kann Stunden dauern, sagt sie.«

»Was haben wir denn bisher eingeleitet?«

»Blut des Täters ist reichlich vorhanden, vor allem an dem Topfgriff, aber auch ein paar Spritzer auf dem Boden. Die Probe wurde bereits nach Kiel geschickt. Das geht jetzt schnell. Wenn er in der Datei steht, wissen wir in zwei, drei Stunden, wer er ist.«

»Wenn …« Helene ließ das Wort vielsagend in der Luft hängen.

Schimmel zuckte wieder mit den Schultern. »Falls es irgendein Irrer ist, ein Amokläufer im Blutrausch, der bisher als braver Bürger gelebt hat, irgend so was, dann haben wir natürlich Pech. Aber das glaub ich nicht …«

»Donnerwetter, du glaubst etwas – oder auch nicht?«, fragte Helene gedehnt, stellte aber sofort fest, wie deplatziert ihr Spott war. Rasch schloss sie die Frage an: »Und der Kerl ist geflüchtet, nachdem er einmal zugestochen hat?«

»Ja, Gott sei Dank wurden ihre Schreie gehört. Vom guten Zorro – der übrigens mit seinen Nerven endgültig am Ende ist und dringend hier raus muss, wenn du mich fragst.«

»Kein Wunder«, bemerkte Helene trocken und warf einen Blick hinüber zu dem Lagerleiter, der immer noch auf dem Treppchen stand, belagert von aufgeregten Eltern.

»Hm. Jedenfalls hat er ausgesagt, dass er sowieso wach war, wegen all der Probleme nicht schlafen konnte und gerade aufstand, um draußen eine Zigarette zu rauchen. Er hat Hilfeschreie gehört und selbst irgendwas gerufen – ›Was ist los?‹ oder ›Wer hat da geschrien?‹ oder so was. Das muss den Täter verschreckt haben, und er ist abgehauen. Vielleicht hat er auch gehört, dass genau in diesem Moment der Wagen mit der Polizeistreife den Weg hochkam – glücklicher Zufall. Da hatte er wohl keine Zeit mehr, um festzustellen, ob sein Opfer wirklich tot war. Die Jungs von der Streife haben noch eine dunkel gekleidete Gestalt gesehen, die in den Wald geflüchtet ist, in Richtung Steilküste.«

»Haben die sich nicht sofort an ihre Fersen geheftet?«

»Zwecklos. Zu weit weg, der Kerl. Außerdem mussten sie sich um das Opfer kümmern, den Notarzt rufen und so. Aber ein Zug Bereitschaftspolizisten mit Suchhunden ist vor einer halben Stunde eingetroffen. Die Hunde haben die Spur des Täters aufgenommen.«

»Meine Güte, das hast du alles in der kurzen Zeit schon organisiert?«

»Was bleibt mir übrig – du pennst ja immer bis Mittag.«

Helene sah, dass seine Mundwinkel verdächtig zuckten, aber er sah sie nicht an, sondern starrte auf den Waldsaum etwa fünfzig Meter entfernt, auf die Stelle, vermutete sie, wo der Täter im Gehölz verschwunden war. Er wies auf das Sprechfunkgerät in seiner Tasche. »Der Führer des Suchtrupps hat gerade gemeldet, dass sie der Spur bis zum Wasser hinunter haben folgen können. Anscheinend ist er die Steilküste hinabgeklettert. Im Moment suchen sie den Strand ab, aber da scheint es ein Problem zu geben. Seine Spur endet dort.«

»Heißt das etwa das, was ich denke?«, fragte Helene ungläubig.

»Dass er mit einem Boot geflüchtet ist?« Schimmel nickte. »Sieht so aus. Und das, Helene, spricht nicht gerade für einen Verrückten, der im Blutrausch geifernd durchs Unterholz bricht, oder? Ich bin mir sicher ...«

»Lager Eins von Suchtrupp, kommen!«

Der Graue nestelte das Handgerät aus seiner Jacketttasche hervor. »Lager Eins hört.«

»Ein Boot, nicht allzu groß«, kam es quakend aus dem

kleinen Lautsprecher. »Wir haben tiefe Rillen im nassen Sand gefunden, auch Abdrücke vom Rumpf, wo er den Kahn hat auflaufen lassen. Und Schuhabdrücke.«

»Ich schicke die Spusi runter, damit sie die sichert«, gab Schimmel zurück. »Was sonst?«

»Nichts. Weit und breit niemand auf dem Wasser.«

»Danke. Ich verständige die Wapo. Ende.« Er sah zum Tatort hinüber, wo einer der Spusi-Leute ihm zuwinkte und etwas rief. »Die scheinen noch was gefunden zu haben. Okay, kannst du das übernehmen? Ich telefoniere inzwischen mit den Kollegen von der Wasserschutzpolizei und organisiere einen Hubschrauber für die Suche. Weit kann er ja noch nicht gekommen sein.«

»Alles klar.« Helene wandte sich zum Gehen. Dann blieb sie noch einmal stehen und blickte Schimmel ins Gesicht. »Ich hab ein ganz mieses Gefühl, Edgar. Irgendwas ist hier … falsch. Und unheimlich.«

Er rieb sich mit der Hand über das erschöpfte Gesicht. Als sie seine Augen wieder sehen konnte, schien alle Müdigkeit aus ihnen verschwunden. »Mag sein. So was hab ich auch noch nie erlebt, nicht in all den Jahren. Aber denk dran: Ich hab's dir gesagt …«

»Was?«

»Wir kriegen ihn, Helene, auch wenn's im Moment noch nicht danach aussieht. Und sei es nur, weil ich mir von so einem Dreckschwein kurz vor der Pensionierung nicht meine Bilanz kaputtmachen lasse.« Damit stapfte er in Richtung der Lagerbaracke davon.

Sie sah ihm nach. Manchmal konnte man sich über ihn nur wundern. Eigentlich sogar ziemlich oft.

17

Der mächtige Gebäudekomplex am Ende der Thaerstraße, einer mit Kameras rund um die Uhr überwachten Sackgasse in Wiesbaden, erwachte gerade erst zum Leben, als Jochen Liebelt, Direktor beim Bundeskriminalamt, eine Tür im dritten Stock aufschloss. Er durchquerte eilig das zu dieser frühen Stunde noch verwaiste Vorzimmer, tippte den Code in ein kleines Kästchen neben der schalldichten Tür, drückte die Klinke herunter, als das leise Summen im Schloss ertönte, und betrat sein Büro.

Ein Anruf auf der sicheren Leitung in seiner Wohnung in der Kapellenstraße, kaum einen halben Kilometer entfernt von seinem Schreibtisch hier im Amt, hatte ihn vor einer halben Stunde unsanft aus dem Bett geholt. Noch bevor er ins Bad gegangen war, hatte er von demselben abhörsicheren Telefon kurze Gespräche geführt. Wenig später war er vor der Haustür an dem erstaunten Zeitungsboten grußlos vorbeigelaufen, hatte sich auf sein Fahrrad geschwungen und dann auf der kurzen Strecke einen neuen persönlichen Geschwindigkeitsrekord aufgestellt.

Kaum zwei Minuten saß er auf seinem Sessel, hatte gerade den Computer hochgefahren, da blinkte eine Lampe über dem kleinen Monitor auf, und die Kamera schickte ein Bild der bemerkenswerten Gestalt vor der Tür auf den Schirm. Liebelt drückte auf einen Knopf unter der Kante der Schreibtischplatte, die Tür sprang schnappend auf, und Michalsky trat ein, Erster Kriminalhauptkommissar und der Mann für besondere Fälle in der Abteilung ZD – Zentrale kriminalpolizeiliche Dienste.

Der Abteilungsdirektor musste sich trotz der Sorgen, die ihn seit dem nachtschlafenden Anruf quälten, ein Grinsen verkneifen, als Michalsky näher kam. Eigentlich hätte er sich schon lange an diesen Anblick gewöhnen müssen, aber der schwarze Anzug, das weiße Hemd und die dunkle Krawatte, die sein klapperdürrer Mitarbeiter unbeirrbar täglich trug, faszinierten ihn stets aufs Neue. Nie hatte Liebelt irgendjemanden gesehen, der derart klischeehaft dem Bild eines Bestatters entsprach. Zu allem Überfluss bewegte sich Michalsky scheinbar träge und sprach mit entnervend leiser Stimme, der niemals irgendwelche Gefühlsaufwallungen anzumerken waren.

Der Abteilungsdirektor versuchte es mit einem leutseligen »Guten Morgen, Herr Michalsky – auch wenn's ein früher ist«, wies nach der höflichen Grußerwiderung des Schwarzgewandeten auf einen der bequemen Sessel vor seinem Schreibtisch und sagte: »Setzen Sie sich bitte. Gut, dass Sie mich sofort angerufen haben.«

»Ich wurde alarmiert, als man nach dem DNA-Abgleich die Personendaten des mutmaßlichen Täters abgefragt hat. Die da oben in Flensburg kennen jetzt seinen Namen, wissen auch, wer er ist, in welchem Umfeld er sich bewegt, aber natürlich haben sie keinen Schimmer, was dahintersteckt. Diese Informationen sind alle unter Verschluss.«

»Sagen wir lieber: wer dahintersteckt, wer den Killer beauftragt hat.«

Der Erste Kriminalhauptkommissar nickte nur knapp.

»Unser Warnsystem hat also funktioniert«, stellte Liebelt.

»Ja, hat es – zur Abwechslung mal«, gab der Schwarzgewandete fast tonlos von sich, nahm in aufrechter Körperhaltung auf der äußersten Kante der Sitzfläche Platz und strich sich mit seiner blassen Hand eine Haarsträhne aus der Stirn. »Die Angelegenheit ist ernst, und ich muss einräumen, dass uns das kalt erwischt hat, Herr Direktor.«

Liebelt versuchte gar nicht erst, den ›Totengräber‹ – wie auch anders hätte ihn das gesamte BKA wohl nennen sollen? – erneut darum zu bitten, ihn einfach mit Namen anzusprechen. Alle seine diesbezüglichen Vorstöße waren erfolglos geblieben.

Michalsky war zwar erst Mitte vierzig, aber sein Hierarchieverständnis schien noch aus der Kaiserzeit zu stammen. Wer jedoch auf die gefährliche Idee kam, diesen Sonderling zu unterschätzen – und selbst einigen höchst gerissenen Schwerstkriminellen war dieser Fehler schon passiert –, der erlebte sein ganz persönliches Waterloo. Die Kaltblütigkeit, die Intelligenz und, wo erforderlich, die Rücksichtslosigkeit des Totengräbers waren bereits zu seinen Lebzeiten Legende. Zumindest im gesamten BKA und bei dessen ›Kundschaft‹.

»Was sagen unsere Leute in Meckenheim zu der Sache?«, fragte Liebelt. »Sie haben inzwischen doch sicher mit denen gesprochen.«

»Natürlich. Die hatten schon ein paar erste Informationen von ihrem Referatsleiter.«

»Den hab ich vorhin noch von zu Hause aus angerufen.«

»Dachte ich mir.« Michalsky machte es sich bequem, das hieß, er rutschte mit seinem knöchernen Hintern etwa drei Zentimeter tiefer in den Sessel. »Die Sache da oben an der Küste ist ... sagen wir mal brisant, Herr Direktor. Auch in Meckenheim ist man besorgt. Wir alle können uns noch nicht erklären, wie es gelungen ist, die Tarnung der Zielperson zu knacken – nach so langer Zeit.«

Das Referat ZD 36, für Organisation und Überwachung von Zeugenschutzprogrammen zuständig, gehörte zwar zu Liebelts Abteilung, saß aber mit seiner Dienststelle in Bonn-Meckenheim. Eine politische Entscheidung, welche die Arbeit nicht gerade erleichterte – fand jedenfalls der Abteilungsdirektor. »Was schlagen Sie also vor?«, fragte er.

»Wir fliegen nach Flensburg«, kam die prompte Antwort. »Homann und Krafft vom ZD 36 kommen aus Meckenheim direkt nach Frankfurt zum Flughafen. Dort treffe ich mit ihnen zusammen. Die Maschine steht bereit. Wenn Sie einverstanden sind ...«

»Und Sie sind ganz sicher, dass dieser Aufwand wirklich nötig ist? Man könnte doch auch sehr viel über sichere Leitungen abklären und organisieren, oder?«

Michalsky verzog keine Miene. »Die armen Leute an der Ostsee haben keine Ahnung, worin sie gerade herumstochern. Ein Hauptkommissar kurz vor der Pensionierung und eine junge Kollegin, die noch grün hinter den Ohren ist. Wenn wir die nicht an die Kette legen ... nicht auszudenken.«

»Was wissen Sie über den Zustand des Mädchens?«

»Wird wohl immer noch operiert. Keine Ahnung, welche Chancen sie hat. Und«, der Totengräber straffte sich und fixierte seinen Chef mit einem stechenden Blick, »es steht weit mehr auf dem Spiel als das Leben dieses Mädchens.«

»Allerdings. Unglaublich, dass die Tarnung aufgeflogen ist. Es flößt mir fast schon Respekt ein, dass ...« Liebelt stockte. Namen wurden, trotz aller Sicherheitsvorkehrungen, trotz des perfekten Abhörschutzes in diesem Raum, nur genannt, wenn es sich gar nicht vermeiden ließ. »Nun, wir wissen bei-de, wer dahintersteckt, oder sind Sie da anderer Meinung?«

»Keineswegs.« Michalsky schüttelte den Kopf. »Kein anderer weit und breit hat diese fanatische Verbissenheit – und natürlich die Mittel, um so etwas zu schaffen. Dieser Rachedurst, die Gnadenlosigkeit – das ist seine Handschrift.«

»Gibt es denn gar keinen Anhaltspunkt, wie er entdeckt hat, wer das Mädchen ist?« Der Kriminaldirektor atmete schwer.

»Wir sind dabei, das herauszufinden. Was weiß ich, welchen Fehler die Zielperson gemacht hat. Denn dass der Bursche einen gemacht hat, steht ganz außer Frage. Von unserer Seite aus war alles perfekt. Er hätte bis an sein seliges – oder besser unseliges – Ende dort oben in der Provinz leben können, und niemand wäre ihm jemals auf die Spur gekommen.« Michalsky strich sich wieder eine Strähne aus der Stirn. »Aber im Moment ist wichtiger, wie wir ihn und seine Familie schützen können.«

»Kommt mir alles nur zu bekannt vor. Sie haben recht, das ist haargenau sein Stil, seine Form von Rache und Vergeltung. Erst setzt er ein Zeichen, lässt das Mädchen ermorden, damit dem Verräter klar wird, dass er aufgeflogen ist. Und dann …«

»… wird auch die Zielperson sterben. Nein«, korrigierte sich der Totengräber sofort, »erst seine Frau, damit er noch mehr leidet, und zum Schluss er selbst.«

Liebelt sagte nichts, nickte nur.

»Allerdings bin ich mir absolut sicher, dass er nicht mit einem leichten Tod davonkommen würde. Sie würden ihn so lange foltern, bis sie aus ihm herausgepresst hätten, was genau damals passiert ist. Wie er alles eingefädelt hat, ob noch andere Leute daran beteiligt waren … Sie wissen schon, Herr Direktor: Details, Namen – die vor allem. Und das würde ihnen auch noch Spaß machen, fürchte ich.«

Alarmiert fuhr Liebelt aus seinem Sessel hoch und stützte sich auf die Schreibtischplatte. »Mein Gott …«

»Die Maschine ist schon geordert. Ein Dienstwagen nach Frankfurt zum Flughafen steht bereits unten vor der Tür. Und nach Flensburg-Schäferhaus braucht der Flieger nicht mal anderthalb Stunden.«

»Gut, sehr gut, Herr Michalsky. Also los, fliegen Sie mit den Kollegen hin und sehen Sie zu, dass Sie alles unter Kontrolle kriegen. Ich verlasse mich auf Sie – und Sie haben freie Hand, auch was die Kosten der Aktion angeht. Ich erwarte Ihren Anruf noch heute Nachmittag.«

Der Totengräber erhob sich ohne Eile, nickte seinem Chef zu und ging.

Liebelt sank in den Sessel zurück. Seit seiner Beförderung und der Versetzung auf diesen Dienstposten vor drei Jahren hatte er sich noch niemals solche Sorgen gemacht.

18

Er hatte nicht geahnt, wie laut es auf einer Intensivstation war. Immer hatte er sich vorgestellt, die Patienten lägen inmitten vieler hochmoderner Geräte in ihren Betten, viele Monitore flackerten in einem abgedunkelten Saal und ständig würden geschäftige Gestalten in raschelnder Schutzkleidung auf leise quietschenden Gummisohlen durch die gespannte Stille huschen.

Weit gefehlt, stellte er jetzt fest. Das klackende Lärmen der Beatmungsmaschinen, das ständige Piepsen unzähliger Messgeräte, das stetige Brummen der Absauganlage, das alles mischte sich zu einer Geräuschkulisse, deren anhaltend lauter Pegel zudem immer wieder unvermittelt durch aufkreischende Warntöne an irgendeinem der unzähligen Wunderwerke der Medizintechnik in dem großen Raum verstärkt wurde.

Kein gesunder Mensch hätte hier Ruhe finden, geschweige denn schlafen können, ging ihm nicht zum ersten Mal durch den Kopf, seit er auf dem Stuhl am Bett seiner Tochter saß. Aber dieses Problem hatte hier kaum einer der Patienten. Die allermeisten waren narkotisiert, zumindest aber sediert. Einige lagen sogar im Koma, wurden künstlich beatmet – wie Gesa.

Der Mann, der seit zehn Jahren Hubert Friesing hieß, saß schon eine Stunde lang in diesem Inferno und hielt seinen Blick auf das schmale blasse Gesicht seiner Tochter gerichtet, das unter der unförmigen Atemmaske kaum erkennbar war. Gleichmäßig hob und senkte sich ihr Brustkorb unter der dünnen Decke im laut schlagenden Takt der Beatmungspumpe und zum Zischen der Sauerstoffschübe.

Gesa, mein kleines Mädchen ...

Er allein trug die Verantwortung für das, was man ihr angetan hatte, daran gab es keinen Zweifel. Seine Zeit war abgelaufen, das wusste er. Seit gestern. Seit dem Racheanschlag auf seine Tochter.

Wo war ihm der Fehler unterlaufen, welche Spur hatte er versehentlich gelegt, fragte er sich zum hundertsten Male. Oder aber: Wer hatte ihn und seine Familie verraten?

Friesing richtete seinen Blick auf einen der Monitore. Gesas Herz, an dem die Messerklinge um wenige Millimeter vorbeigefahren war, schlug schnell, aber gleichmäßig. Der Blutdruck lag bei 110 zu 60.

Die Oberärztin sei sich keineswegs sicher, ob Gesa überleben würde, hatte ihm seine Frau vorhin bei der Ablösung am Krankenbett mitgeteilt, aber Hoffnung dürften sie haben. Es sei auch nicht völlig aussichtslos, habe sie immerhin gesagt, trotz der schlimmen inneren Verletzungen – die Operation habe fast fünf Stunden gedauert – und des massiven Blutverlustes.

Friesings Augen gingen hoch zu dem Beutel mit der dunkelroten Flüssigkeit, aus dem der Infusionsschlauch bis in den Venenkatheter an Gesas Unterarm führte.

Was habe ich dir angetan, mein Kind?

Warum nur hatte er nicht darauf bestanden, sie nach Hause zu holen, statt ihr zu erlauben, weiter in diesem verfluchten Lager zu bleiben? Er hätte seinem Gefühl vertrauen müssen – unbedingt.

Sicher, die Vernunft hatte ihm immer wieder gesagt, dass der Mord an Clarissa nichts zu tun haben könne mit … dem. Aber tief in seinem Herzen war doch diese Ahnung gewesen, dieser furchtbare Verdacht, und das Gefühl der Bedrohung war geradezu körperlich geworden – er hätte es mit Händen greifen können … nein, sollen!

Doch seine Frau hatte ihn für verrückt erklärt, seine Ängste auf den Verfolgungswahn geschoben, dem er im Laufe der Jahre angeblich immer stärker verfallen sei.

Er hatte es besser gewusst – und trotzdem schon wieder alles falsch gemacht. Das musste sich ändern!

Aus den Augenwinkeln sah er, dass einer der Intensivpfleger auf Gesas Bett zusteuerte. »Sie müssen jetzt bitte gehen, Herr Friesing«, sagte der bärtige junge Mann. »Eigentlich dürften Sie gar nicht so lange hier …«

»Ich weiß, ja, danke dafür.« Friesing erhob sich, ohne den Blick von dem zwischen all den Geräten winzig erscheinenden Gesicht abzuwenden, und berührte die schmale Hand auf dem Laken mit einer scheuen, flüchtigen Bewegung.

Kämpf dich durch, kleines Mädchen, bitte, du musst es schaffen! Du willst doch leben, du musst leben! Tu's auch für deine Mutter – aber vor allem für mich. Ich liebe dich, meine Gesa!

Er wandte sich um, nickte dem Pfleger kurz zu und ging mit festen Schritten hinaus, zog in der Schleuse den Kittel aus, warf Schutzhandschuhe, Kopfbedeckung und Mundschutz in den bereitstehenden Eimer und trat auf den Flur. Statt den Fahrstuhl zu nehmen, lief er durch das menschenleere Treppenhaus das eine Stockwerk hinunter ins Erdgeschoss und durch die Eingangshalle hinaus in die frische Luft des heraufdämmernden Spätsommertages. Der Morgen graute schon, als er in seinen Wagen stieg.

Er wusste, was er zu tun hatte.

19

»Wie war das?« Sie starrte Schimmel mit offenem Mund an. »Sag das noch mal!«

»Du hast ganz richtig gehört: Wir bekommen keine weiteren Auskünfte zu seiner Person.« Er wedelte mit dem Blatt Papier, das er in der Hand hielt. »Nur diesen Namen – mehr nicht, jedenfalls nicht viel mehr. *Streng geheim – Daten ge-*

schützt, sagt das System. Und dann steht da: *Information über Anfrage an BKA.*«

»Und das heißt ...?«

»... dass die Jungs in Wiesbaden nun davon Kenntnis haben, dass wir uns für den Herrn interessieren. Warum auch immer die das wissen wollen.«

»Sag noch mal den Namen, bitte.«

Schimmel sah auf den Zettel. »Hörst ihn wohl gern, was? Schöner italienischer Klang – wie in der Oper. Gian-Luca di Valpecca heißt er, genannt ...«

»... ›Macellaio‹ – ›der Metzger‹«, beendete Helene den Satz mit flacher Stimme.

»Sie haben einen Sinn für deftige Bilder, das muss man diesen Leuten lassen«, stellte der Alte fest. »Der Metzger – wegen seiner bevorzugten Mordwaffe, nehme ich an. Aber zur Not knallt er seine Opfer auch mit einer Neun-Millimeter-Kanone ab, wie wir wissen.«

»Und über sein Strafregister ist nichts zu erfahren?«

»Nichts, keine weiteren Informationen zu ihm. Ein Foto, sein Name, sein Alter, die Körpergröße und so was. Auch sein Daktylogramm aus der AFIS-Datenbank des BKA. Sonst aber nichts. Alles geheim.«

»Seine Fingerabdrücke können wir immerhin schon mal mit denen aus Alim Tayfurs Auto vergleichen. Dann haben wir auch für den Mord einen Beweis.«

»Läuft schon. Außerdem haben die Kollegen, die sich überall nach ihm erkundigen, jetzt sein Foto, du weißt schon, auf den Flughäfen, bei den Autovermietern und so weiter.« Schimmel ließ sich auf seinen Schreibtischstuhl fallen und lockerte den Knoten der Krawatte. »Meine Güte, wieviel Grad hat's denn hier drin? Unangenehm, schon morgens diese Hitze ...«

Die Luft in ihrem Büro war tatsächlich stickig. Helene ging zum Fenster, riss beide Flügel weit auf und atmete gierig die frische Luft des Spätsommermorgens ein. Der

Himmel über der Stadt strahlte in hellem Blau, allerdings lag eine dünne Schicht von feinem Grau auf dem Horizont, die Helene das hohe Hallendach auf dem Gelände der Werft der *Flensburger Schiffbau-Gesellschaft* wie durch einen nebligen Schleier sehen ließ. »Gibt wohl noch ein Gewitter heute«, murmelte sie gedankenverloren.

»Kann gut sein«, bestätigte Schimmel scheinbar amüsiert, »aber nicht nur in der Atmosphäre.«

Helene drehte sich um und fragte misstrauisch: »Wie meinst du das?«

Er hob die Schultern, und sein Gesicht bekam einen fast verträumten Ausdruck. »Sollte mich wundern, wenn wir nicht sehr bald einen Anruf aus Wiesbaden bekämen.«

»Im Ernst? Du meinst, die …«

»… werden wissen wollen, warum wir den Kerl im Visier haben, sicher. Ganz offensichtlich haben wir mit unserer Personenüberprüfung in ein Wespennest gestochen. ›Macellaio‹ – du lieber Himmel. Und dann noch der italienische Name und die Informationssperre … Ich tippe auf Mafia, Helene. Und das heißt eben: ein Fall fürs BKA!«

Helene ging hinüber zu ihrem Schreibtisch, setzte sich auf die Tischplatte und sah ihren Kollegen an. »Sieht ganz danach aus. Aber hast du auch nur die geringste Idee, was unsere Morde – und der Mordversuch – mit der Mafia zu tun haben sollen? Mag sein, dass der Kerl eine solche Vergangenheit hat, mag sein, dass man seine Daten schützt, weil da noch Ermittlungen laufen, was weiß ich … Aber das alles hier … also hör mal, das kann doch einfach nichts mit der Mafia zu tun haben, oder?«

»Ich habe keine Ahnung, was hinter der Sache steckt. Auf jeden Fall wissen wir jetzt, dass …« Er griff zum Telefon, das zu klingeln begann, meldete sich und hörte eine Weile zu. Nach zwei Rückfragen sagte er: »Gut gemacht. Blutspuren und Reifenabdrücke, sagen Sie? Sehr gut! Sichern Sie die Fundstelle, wir kommen zu Ihnen. Die Spusi soll schon mit der Arbeit anfangen. Bestimmt finden wir auch seine Fingerabdrücke im Boot. Und die KTU soll diese Fahrzeugspuren haargenau untersuchen, jeden Millimeter. Wir müssen endlich wissen, womit er sich fortbewegt – was das für ein Auto ist, mit dem er unterwegs ist.«

Wie in Zeitlupe legte Schimmel den Hörer auf und nickte nachdrücklich. »Sie haben das Boot gefunden – mit Blut drin, ein paar Tropfen. Im Schilf nordwestlich vom Lager. Und deutliche Reifenspuren auf dem Strandweg. Vielleicht können wir damit endlich etwas anfangen. Zeit wird's jedenfalls.«

Helene schwieg und starrte auf ihre Finger, zwischen denen sie einen Kugelschreiber artistisch hin– und herwandern ließ.

»Worüber grübelst du denn? Lass uns lieber zur Fundstelle fahren.«

»Nachher. Die Techniker kommen auch ohne uns klar.« Sie holte tief Luft. »Das Motiv, was ist mit dem Motiv? Wir wissen zwar, wer der Täter ist, wissen, was er getan hat, aber … warum, zum Teufel? Dieser Metzger macht das doch nicht auf eigene Rechnung, das ist ein professioneller Killer, der tötet auf Anweisung, oder? Ist doch sein Beruf, wenn ich alles richtig verstanden habe!« Sie warf den Kugelschreiber auf den Tisch.

Plötzlich musste sie an ihren kurzen Besuch im Krankenhaus in der vergangenen Nacht denken, wo sie sich persönlich davon überzeugt hatte, dass die Intensivstation von den Kollegen der Bereitschaftspolizei so sorgfältig bewacht wurde, wie die Kripo es gefordert hatte. Auf dem Gang hatte sie mit einem der Ärzte sprechen können, die Gesa stundenlang operiert hatten. Nichts wolle er derzeit zu Gesas Überlebenschancen sagen, gar nichts, hatte sich der Chirurg auf Helenes wiederholte Fragen widerwillig abgerungen. Der Zustand der Patientin sei äußerst kritisch, frühestens in vierundzwanzig Stunden werde man vielleicht klarer sehen – falls sie nicht vorher …

»Also: Wer hat ihn beauftragt – und warum?«, stieß sie wütend hervor. »Warum diese drei jungen Menschen, wo ist da der Zusammenhang? Ich begreife es einfach nicht.«

»Ich auch nicht. Noch nicht. Ach, verdammt«, fluchte Schimmel, »hast du eine Zigarette?«

»Ich rauche nicht, Edgar, das weißt du doch. Und du auch nicht, wenn ich dich erinnern darf.«

»Scheiße, ich will jetzt aber ... Hätte es mir gar nicht abgewöhnen sollen.«

»Wie lang ist das her?«, fragte sie erstaunt. Sie kannte ihn jetzt über ein Jahr und hatte ihn noch nie rauchen gesehen.

»Acht Jahre, sieben Monate und ein paar Tage«, kam es wie aus der Pistole geschossen.

»Das weißt du so genau? Nicht zu fassen ...«

»Für jemanden, der nie leidenschaftlicher Raucher war, vielleicht.« Er zog eine Schublade seines Schreibtisches auf, nahm die Dose mit den Gummibärchen heraus und stopfte sich eine Handvoll in den Mund. »Na gut, überredet«, stieß er mampfend hervor. »Ist wohl auch besser – von wegen lange Pensionszeit und so ...«

Helene ging auf den lockeren Ton nicht ein. Ihr Gehirn arbeitete auf Hochtouren. Schließlich sagte sie: »Wir brauchen uns wahrscheinlich nicht mit der Frage herumzuschlagen, welches Motiv der Täter hatte. Er hatte nämlich gar keins – allenfalls hat sein Auftraggeber eines. Wir brauchen diesen verfluchten Metzger. Nur der kann uns sagen, was dahintersteckt.«

Schimmel nickte nur, stocherte – nach der ersten Fuhre offenbar wählerisch geworden – mit den Fingern zwischen den Gummibärchen herum, schob sich die herausgeklaubten in den Mund und murmelte kauend: »Die Gelben und die Orangenen sind die besten. Übrigens: Du hast dich doch um die Autovermietungen gekümmert. Gibt es da etwas Neues?«

»Noch nicht. Aber seine Fotos sind ja auch erst seit ein paar Stunden im Umlauf. Ich hoffe ...«

Die Tür wurde mit Schwung aufgestoßen, ohne dass Helene ein Anklopfen gehört hätte. Überrascht blickte sie auf die merkwürdige Prozession, die sich in den Raum schob. Aus den Augenwinkeln sah sie, dass Schimmel vor Erstaunen der Mund voller Gummibären offen stand. Von den vier Personen war ihr nur Oberstaatsanwalt Petersen bekannt, der die Gruppe anführte. Er begrüßte sie und Schimmel mit höflichem Kopfnicken und murmelte ein reserviertes: »Guten Morgen«, während die übrigen drei Herren abwartend und mit unbeweglichen Mienen nebeneinander Aufstellung nahmen.

»Die Kollegen sind vom Bundeskriminalamt«, erklärte Petersen feierlich. »Sie sind gerade mit einer Chartermaschine in Schäferhaus gelandet und wollen dringend mit Ihnen sprechen.«

Schimmel klappte den Mund wieder zu, schluckte heftig und sagte: »Aha«, während Helenes Blick fasziniert auf einem der Besucher ruhte. Die beiden anderen waren mit unauffälligen Straßenanzügen bekleidet, der spindeldürre Kerl in Schwarz aber, der seine Kollegen um Haupteslänge überragte, erinnerte sie stark an eine Wiedergeburt des seligen Karl Valentin. Nur fehlte ihm alles Komische. Als Ersten Hauptkommissar Michalsky stellte der Oberstaatsanwalt ihn vor, der von seinen Kollegen Krafft und Homann vom BKA begleitet werde.

»Aha«, sagte Schimmel erneut.

Nachdem er die gegenseitige Vorstellung beendet hatte, ließ sich Oberstaatsanwalt Petersen in einen der Stühle am ovalen Besprechungstisch fallen und wies auf die anderen freien Plätze.

Krafft und Homann setzten sich, Michalsky aber sagte: »Ich stehe lieber, wenn es Sie nicht stört. In dem kleinen Flieger war es ziemlich eng.«

»Gewiss, gewiss«, entgegnete Petersen zerstreut und wandte sich an Helene: »Können Sie einen Kaffee kochen?«

»Sicher, Herr Oberstaatsanwalt«, erwiderte sie strahlend, setzte sich an ihren Schreibtisch, faltete die Hände vor sich auf dem Tisch und sah erwartungsvoll auf die Besucher.

»Äh ... ja. Das ist ... ich meine natürlich ... äh, wären Sie wohl so freundlich ...«, stammelte Petersen verlegen.

Schimmel wurde von einem stummen Lachanfall geschüttelt, griff zum Telefonhörer, drückte eine Taste und sagte: »Holen Sie uns bitte sechs Becher Kaffee aus der Kantine, Jens, wir haben Besuch bekommen, danke. – Was? Nein, keinen Kuchen, Mann, nur Kaffee, danke.«

Die beiden am Tisch sitzenden Herren des BKA lächelten leicht, der Schwarzgewandete jedoch marschierte mit ausdruckslosem Gesicht neben dem Tisch auf und ab. Plötzlich blieb er stehen und fragte scharf: »Sind wir nun so weit?«

»Selbstverständlich«, antwortete Petersen. »Sie können beginnen.«

»Danke.« Michalsky blieb stehen, lehnte sich mit dem Rücken an die Wand und ließ seinen kalten Blick zwischen Helene und Schimmel hin- und herwandern, die hinter ihren Schreibtischen sitzen geblieben waren. »Wir können es kurz machen: Sie berichten uns, wo Sie in Ihren Ermittlungen zur versuchten Tötung zum Nachteil der Gesa Friesing stehen, und zwar detailliert. Danach sind Sie raus. Wir übernehmen den Fall.«

»Aha«, kam es zum dritten Mal von Schimmel.

»Sie wiederholen sich, Herr Hauptkommissar«, blaffte Oberstaatsanwalt Petersen.

»Entschuldigung, das kommt mit dem Alter«, gab der Graue ungerührt zurück.

»Hab ich das richtig verstanden«, fragte Helene, um Fassung ringend, »das BKA will ab sofort nicht nur den Mordversuch an Gesa Friesing aufklären, sondern auch die Morde an Clarissa von Sassenheim und Alim Tayfur?«

»So ist es, Frau Kommissarin Christ«, wehte es kühl von Michalsky zu ihr herüber. »Mit der Identifizierung des mutmaßlichen Täters hat sich die weitere Arbeit für Sie erledigt.«

»Was der Kollege sagen will«, versuchte es der BKA-Mann Krafft mit gewinnender Stimme, »ist, dass wir di Valpecca bei allen drei Verbrechen als Täter sehen. Vorgehensweise und Spuren lassen keinen anderen Schluss zu, auch wenn wir noch nicht wissen, warum er die beiden Morde begangen hat.«

»Aber bei dem Mordversuch an Gesa Friesing kennen Sie sein Motiv?«, fragte Helene misstrauisch.

»Durchaus«, gab Michalsky frostig zurück, »aber damit brauchen Sie sich nicht zu belasten.«

»Sie weisen uns jetzt einfach in den aktuellen Stand Ihrer Ermittlungen ein«, meldete sich der BKA-Beamte, der ihnen als Homann vorgestellt worden war, »und wir entlasten Sie dann, indem wir die Leitung der Ermittlungen übernehmen. Sie können …«

»… nach Hause gehen«, ergänzte Schimmel. Alarmiert beobachtete Helene, wie sich das Gesicht des Alten rötlich einfärbte, als er sich zu ihr hindrehte. »Dann darfst du ja endlich deinen Urlaub antreten. Wenn wir das vorher ge-wusst hätten, könntest du schon seit drei Tagen auf See sein. Wie findest du das?«

Helene sah den Oberstaatsanwalt an und fragte leise: »Was ist hier eigentlich los – können Sie uns das vielleicht sagen?«

»Leider bin ich nicht befugt …«, begann Petersen, der sich sichtlich unbehaglich fühlte. »Sie müssen verstehen, dass es sich hier um eine höchst brisante Angelegenheit handelt, die unmittelbar die Belange des Staatsschutzes berührt. Auch ich weiß nicht viel mehr, und deshalb müssen Sie …«

Schimmel stand langsam auf und schlenderte auf Mi-chalsky zu, der sich ruckartig von der Wand abdrückte, wäh-rend sein Gesicht einen neuen Ausdruck annahm. Welchen, konnte Helene nicht bestimmen, aber die scheinbar teil-nahmslose Miene war plötzlich verschwunden.

Als der Alte etwa gleich weit von dem hageren BKA-Mann und dem Konferenztisch entfernt war, sagte er mit ruhiger Stimme: »So, Herr Oberstaatsanwalt, Herr Erster HK und die übrigen hohen Herren, jetzt hören Sie mir mal genau zu: Was Sie hier von sich geben, ist dummes Geschwätz – und da bin ich noch höflich.« Das zischende Geräusch, das Petersen ausstieß, schien er nicht zu hören. Eisig fuhr er fort: »Zur Erinnerung: Sie befinden sich in einem Dienstzimmer der Kriminaldirektion Flensburg. Die beiden Kriminalbeamten, mit denen Sie gerade sprechen, sind nicht gewillt, Ihre dreisten Gestapomanieren zu dulden ...«

»Schimmel!«, rief Petersen entgeistert. »Sie vergreifen sich im Ton! Das nehmen Sie sofort zurück, auf der Stelle!«

Helene saß stocksteif auf ihrem Sessel. Ein warmes Gefühl durchströmte sie, und sie hielt ihren Blick unverwandt auf das Gesicht ihres Kollegen in dem zerknitterten Anzug gerichtet. Es hatte alles Grau verloren, selbst die Falten schienen wundersam geglättet, und eine nahezu rosige Farbe lag auf seinen Zügen, als er sich direkt an seinen Vorgesetzten wandte: »Methoden einer Geheimpolizei sind das, da gibt es gar nichts zurückzunehmen, Herr Oberstaatsanwalt. So gehen wir in diesem Land nicht mehr miteinander um, schon lange nicht mehr. Ich weiß das, denn ich diene ihm seit über dreißig Jahren.«

»Nun kriegen Sie sich mal wieder ein«, knurrte Michalsky und strich sich fahrig eine Strähne aus der blassen Stirn.

»Sie werden mir noch einen Augenblick zuhören müssen, verehrter Herr BKA-Kollege. Also: Sie legen zunächst mal Ihre bodenlose Arroganz ab und klären uns darüber auf, was es mit dieser Geheimniskrämerei auf sich hat. Ich erinnere Sie daran, dass wir ebenfalls Beamte sind – und zur Geheimhaltung verpflichtet. Wir wollen wissen, was hier vorgeht. Und dann werden wir selbstverständlich eng mit Ihnen zusammenarbeiten, wie es sich gehört. Auch unter Ihrer Leitung, wenn's denn sein muss. Aber erst sind Sie dran: Legen

Sie auf den Tisch, was Sie haben.« Damit wanderte er – scheinbar gelassen – zurück zu seinem Schreibtisch und setzte sich.

»Und wenn nicht?«, fragte Michalsky lauernd.

»Dann krieg ich auf der Stelle einen Herzanfall und muss in ärztliche Obhut.« Theatralisch fuhr Schimmels Hand an die Brust. »Ich spür schon was.« Er schien in sich hineinzulauschen, dann zeigte er auf Helene. »Und Frau Kommissarin Christ spaziert aus dem Gebäude hinaus auf ihr Segelboot, das quasi vor der Tür liegt. Sie hat seit drei Tagen genehmigten Urlaub. Sie aber, meine Herren ...«, er machte eine Handbewegung, die alle drei Besucher und seinen Vorgesetzten umfasste, »... Sie haben dann freie Hand hier. Viel Spaß! Die Ermittlungsakten lassen wir natürlich für Sie liegen.« Er langte in seine Gummibärchendose und lehnte sich zurück. »Ende der Durchsage.«

20

Gian-Luca di Valpecca war nicht dumm. Im Gegenteil, er war fest davon überzeugt, dass nur seine Intelligenz, gepaart mit außergewöhnlicher Entschlossenheit, ihn zu dem hatte werden lassen, was er war. In der ganzen großen Familie sprachen sie seinen Namen stets mit Respekt aus, das wusste er.

Gewiss, der Padrone war streng, immer schon, aber er schätzte ihn als seinen mutigsten und treuesten Mitarbeiter, da war Gian-Luca sich sicher. Fast ein Sohn war er für Domenico Franetti geworden, dem er seit so vielen Jahren diente – seit seiner Jugendzeit, als der große Mann ihn einfach mitgenommen hatte nach Deutschland.

Fort von dem Hunger, dem Elend, der grausamen Einsamkeit als Waise, fort von dem winzigen Bergdorf, das –

von der Welt vergessen – in einem unzugänglichen Tal unterhalb des fast zweitausend Meter hohen Montalto lag. Nur durch Franetti war er der elenden Existenz als obdachloser Hirtenjunge entkommen, der kaum Italienisch verstand, sondern mit dem uralten Dialekt des Grekaniko aufgewachsen war, der sich in der Wildnis Kalabriens noch heute hielt. Ganz besondere Menschen lebten dort – harte, störrische, unbeugsame – fernab von der Zivilisation und in ständiger Nachbarschaft zu Wildkatzen und Wölfen. Selbst am Fuße des Aspromonte-Bergmassivs geboren, sorgte der Pate noch heute großzügig für die Menschen in seiner Heimat, hatte nicht einen Tag lang vergessen, in welcher Erde seine Wurzeln gewachsen waren. Und ein jeder dort stand unverbrüchlich zu ihm.

Treu bis in den Tod – die Ehre Kalabriens. Ein gefährliches Gebiet für Fremde und seit jeher ein sicheres Rückzugsgebiet für die 'Ndrangheta.

Zur Schule hatte Franetti ihn geschickt, nachdem er sich im fremden, kalten Deutschland ein wenig eingewöhnt hatte, in die Familie eines seiner Männer hatte er ihn gegeben, wo Gian-Luca endlich Italienisch lernen konnte, aber ebenfalls so wichtige Dinge wie das Essen mit Messer und Gabel, das Schlafen in einem Bett, die Benutzung eines Wasserklosetts.

Und dann, als er sechzehn wurde und auch die Sprache dieses Landes fließend beherrschte, fing seine Lehrzeit in der Organisation an, eine harte Zeit. Alles, was er heute wusste und konnte, lernte er damals von den besten Lehrmeistern. Ständig prüfte Domenico Franetti ihn, spornte ihn wieder und wieder an, noch mehr zu lernen, immer besser zu werden. Bis schließlich das aus Gian-Luca wurde, was er heute war: der beste Mann der Familie in Deutschland, der Spezialist für die schwierigen Aufträge. Die, für deren erfolgreiche Erledigung Entschlossenheit, scharfer Verstand, körperliche Fitness und absolute Erbarmungslosigkeit unverzichtbar waren.

Was hatte er nicht schon für die Familie getan, welche Opfer nicht schon gebracht, um Schaden von ihr abzuwenden. Er konnte gar nicht mehr zählen, wie oft er dabei sein Leben riskiert hatte. Spietato, unbarmherzig – er war es auch zu sich selbst, immer. Wenn es brenzlig wurde, wenn seine gewöhnlichen Fußsoldaten versagten, schickte der Pate ihn vor, den Macellaio, die Speerspitze der 'Ndrangheta in Deutschland.

Bis jetzt.

Nun war Gian-Luca auf einmal ratlos. Noch nie, nicht ein einziges Mal in seiner langen Karriere, war ihm etwas Ähnliches widerfahren. Seit Stunden beherrschte ihn ein entsetzliches Gefühl, füllte ihn gänzlich aus, blockierte sein Denken, machte ihn hilflos: Verzweiflung.

Was sollte er nur tun? Die Gewissheit, diesmal völlig versagt, zum ersten Mal den Padrone tief enttäuscht zu haben, nagte wie ätzende Säure in ihm.

Alles war schiefgegangen, alles. Zuerst das mit dem verdammten Handy. Er hatte seine ganze Findigkeit aufgeboten, um die Mobilfunknummer des Mädchens herauszubekommen. Und dann gab die blöde Kuh das Gerät an ihre Freundin weiter! Wie sollte er das ahnen?

Bis auf zehn Meter genau hatte ihn sein mobiler GSM-Peil- und Ortungssender an die Lichtung herangeführt. Sich von hinten an das Mädchen heranzuschleichen, war so leicht gewesen, auch weil sie das Handy konstant in Betrieb gehabt hatte, ängstlich allein im Wald, im Gespräch mit einem Freund. Und der Tod hatte sie schnell und still ereilt – dank seiner Spezialwaffe. Kurz, präzise, geräuschlos – so war seine Arbeit. Dafür kannte man ihn.

Nur – er hatte die Falsche getötet.

Die ersten Zweifel kamen ihm, als er sie da liegen sah. Keinerlei Ähnlichkeit mit den Fotos, die er in der Tasche hatte. Und dann kam ihm noch dieser Idiot auf seinem Rückweg durch den Wald entgegengelaufen, dieser junge

Araber, den sie anscheinend übers Handy zurückgebeten hatte. ›Clarissa‹, rief der ständig, ›ich komme. Wo bist du, Clarissa?‹ Ein großer, durchtrainierter Typ, der plötzlich aus den Büschen brach und auf ihn zustürmte. Kein Fall für das Messer. Den musste er anders erledigen. Sofort und ohne das Risiko eines Kampfes.

Kaum blickte der Kerl in den Lauf der Beretta, da bekam er weiche Knie und blieb sofort stehen. Gian-Luca zwang ihn wortlos mit ein paar knappen, aber unmissverständlichen Bewegungen mit der Waffe, sich hinzuknien, setzte ihm den Lauf der Beretta auf die Stirn und drückte Tayfuns Oberkörper rückwärts auf den Boden.

Als der Kopf auf das Moos fiel, fixierte Gian-Luca den Jungen, indem er ihm einen Fuß auf den Hals stellte, sah seinem Opfer ungerührt in die weit aufgerissenen, wild flackernden Augen, sagte leise: »Il Signore abbia pietà di te«, und drückte ab.

Er bevorzugte zwar sein Messer, aber auch so was machte er nicht zum ersten Mal. Und niemals tötete der Macellaio, ohne seine Opfer der Gnade des Allmächtigen anzuvertrauen – wenn auch manchmal notgedrungen erst, nachdem sie tot waren.

Eine Weile stand er danach ganz still, blickte versonnen auf den toten Jungen zu seinen Füßen und lauschte. Aber er hörte nur das Rauschen der Blätter über seinem Kopf und die Brandung, die unten vor der Steilküste an den Strand rollte. Anscheinend hatte niemand den Schuss gehört – wie auch? Er war schließlich Profi, schraubte vor dem Einsatz den Schalldämpfer auf den Lauf. Immer.

Und selbstverständlich sammelte er nun auch die Neun-Millimeter-Hülse auf und pulte die Patrone aus dem weichen Waldboden heraus, bevor er die alte Karre des Kerls vom Weg wegfuhr, wo sie leicht jemandem hätte auffallen können. Hinter einem hoch aufgestapelten Holzstoß versteckte er das Auto, die Leiche des dummen Jungen verstaute er im Kofferraum. Dann verwischte er alle seine Spuren, marschierte im Schutz der Dunkelheit die paar Hundert Meter zu seinem Leihwagen und fuhr davon.

Santa Maria Vergine, ja, er hatte Fehler gemacht. Aber die würde man doch irgendwie ausbügeln können, bestimmt ... Schon nach der letzten Nacht wäre doch alles wieder gut gewesen – wenn die elende Kröte ihm nicht dieses scharfe Metallteil ins Gesicht gerammt hätte und in diesem Augenblick plötzlich auch noch der Polizeiwagen auf den Platz gefahren wäre.

Vorsichtig betastete er den Verbandmull, den er mit einigen Pflasterstreifen über der Wunde befestigt hatte. Der Schmerz war fast unerträglich, das Pochen wanderte inzwischen in Wellen über sein gesamtes Gesicht. Wie heftige Schläge mit einem spitzen Hammer fuhren immer neue Schmerzattacken in seine Wange. Sein linkes Auge war schon zugeschwollen, oberhalb der Stelle, an der die Haut durchbohrt war. Eine schlimme Entzündung. Wer wusste schon, womit dieses Stück Metall verunreinigt gewesen war? Er musste dringend zu einem Arzt, das war ihm klar. Zum ersten Mal wusste Gian-Luca nicht, was er machen sollte. Ratlos war er und fühlte die Hilflosigkeit bleischwer in seinen Eingeweiden.

Er brauchte Hilfe, keine Frage. Durfte er es wagen, Franetti anzurufen? ›Ist sie tot?‹ – das wäre die allererste Frage des Paten. Nur dann hätte Gian-Luca seinen Auftrag erfüllt. Und er würde sagen müssen ...

Nicht auszudenken. Was würde Franetti mit ihm machen? Würde er ihm helfen, oder ihn fallen lassen, womöglich gar den Auftrag zu seiner Liquidierung geben? Di Valpeccas Angst vor dem Anruf wuchs von Stunde zu Stunde.

Das Mädchen musste sterben, verdammt, sie musste einfach, dachte er inbrünstig. Aber er konnte nun nichts mehr tun. Er würde nicht einmal erfahren, ob sie schon tot oder noch lebendig war. Und er hatte keine Zeit mehr. Die Polizei suchte ihn mit Hochdruck, das wusste er, war ihm sicher schon dicht auf der Spur. Mit Mühe hatte er das Boot gerade noch ins Schilf steuern können, bevor der Hubschrauber dröhnend über seinen Kopf hinweggeflogen war.

Maledizione! Jetzt saß er hier in diesem Haus und wusste nicht weiter. Wie lange würde er die Frauen noch unter Kontrolle halten können? Die Alte war kein Problem, die würde wahrscheinlich sowieso bald draufgehen, aber auf ihre Tochter musste er höllisch aufpassen. Die hatte Feuer im Arsch, das musste man ihr lassen. Eigentlich schade um sie, dachte er flüchtig. Rote Haare hatte er immer gemocht ...

Keine Zeit für so etwas, das wusste er genau. Hoffentlich kam in nächster Zeit wenigstens niemand her, kein Besuch, kein Stromableser, der ins Haus wollte. Er konnte in seinem Zustand kein einziges neues Problem mehr gebrauchen, konnte froh sein, dieses Haus gefunden zu haben. Nun stand der Leihwagen vor neugierigen Blicken verborgen in der alten Remise hinten im Hof, und die beiden Weiber lagen gut verschnürt oben in den Schlafzimmern. Er musste unbedingt gleich wieder nach der Tochter sehen, nahm er sich vor. Schon einmal hatte sie sich fast aus ihren Fesseln befreit. Die war durchaus fähig, ihm Schwierigkeiten zu machen. Wenn sie allzu lästig wurde, würde er das Problem anders lösen müssen. Aber nur, wenn es unvermeidlich war.

Gian-Luca war überhaupt nicht blutrünstig, er tötete leidenschaftslos, präzise, konzentriert, völlig mitleidlos, aber nie lustvoll. Es war sein Beruf, eine wichtige, verantwortungsvolle Tätigkeit, die so leicht kein anderer ausführen konnte. Darauf war er stolz.

Vorsichtig betastete er den Verband. Per Dio, diese elenden Schmerzen ...

Er würde um den Anruf nicht herumkommen, das wurde ihm immer klarer. Seit Stunden stand ihm das Unausweichliche vor Augen, versuchte er dennoch angestrengt, Auswege zu finden. Doch es wollte ihm nichts Gescheites einfallen. Er musste wohl oder übel sein erneutes Versagen eingestehen und darum bitten, dass sie ihn hier herausholten.

Mit seinem Leihwagen konnte er nicht mehr fahren. Der Hyundai war inzwischen zu heiß. Wahrscheinlich hatte man bereits herausgefunden, wer ihn angemietet hatte. Seine DNA war bestimmt überall zu finden gewesen, vor allem an dem verdammten Stück Eisen, das das Mädchen ihm in die Wange gestoßen hatte – sie wussten jetzt also genau, mit wem sie es zu tun hatten. Und in dem Auto der Rothaarigen, einem knallgelben Beetle Cabrio, ließ er sich besser auch nicht blicken. Sicher kannte jeder hier in der Gegend den Wagen – und seine Besitzerin.

Allein würde Gian-Luca es nicht schaffen, nicht mit dieser Verletzung, die von Minute zu Minute stärker schmerzte. Allmählich wurde ihm sogar übel. Er musste zu einem Arzt, dringend. So konnte er sich nirgendwo in der Öffentlichkeit zeigen, ohne sofort aufzufallen.

Die einzige Lösung war, dass der Padrone ihm jemanden zur Hilfe schickte, einen, der ihn abholte und nach Hause brachte, nach Mannheim, direkt zu ihrem bevorzugten Arzt, dem, der keine Fragen stellte. Und warum auch nicht? So wurde es immer gemacht, wenn ein Soldat aus dem Feuer geholt werden musste. Stand ihm, dem treuen Kämpfer für die Familie, das nicht auch zu? Hatte der Pate nicht geschworen, zu seinen Leuten zu stehen, komme, was da wolle – per sempre?

Gian-Luca di Valpecca griff nach der Grappaflasche, die er aus dem Auto mit hineingenommen hatte. Ein Wasserglas hatte er im Küchenschrank gefunden. Er goss es halb voll, stürzte alles mit einem Schluck herunter, stöhnte auf, als die scharfe Flüssigkeit seine zerfetzte Mundschleimhaut benetzte, knallte das Glas heftig auf den Tisch und nickte entschlossen.

Mit bebenden Fingern nahm er das Prepaidhandy hoch,

das er schon bereitgelegt hatte, und drückte konzentriert auf die Tasten. Diese Nummer wählte er in seinem Leben zum ersten Mal. Sie war für Notfälle reserviert.

21

»Die Pressekonferenz ist unvermeidlich«, beharrte Ober-staatsanwalt Petersen. »Der Druck der Öffentlichkeit wird einfach zu groß.«

»Mag sein«, räumte der Erste Hauptkommissar Michalsky vom BKA ein, »aber wir werden dort nicht auftreten, ganz bestimmt nicht.«

»Wie stellen Sie sich das denn vor? Sie haben doch jetzt die Leitung der Ermittlungen übernommen.« Nervös blickte Petersen auf seine Armbanduhr. »Wir müssen das sofort klären, die Presseleute sind bereits im Anmarsch.«

Michalsky zuckte mit den Schultern. »Genau das sagen Sie der Presse, genau das. Dass das BKA die Leitung übernom-men hat, da der Fall in dessen Zuständigkeit fällt. Und dass Sie dazu keine weiteren Angaben machen können, bevor nicht alles aufgeklärt wurde. Erzählen Sie einfach was von ›ermittlungstaktischen Gründen‹, das zieht immer.«

Petersen nickte. »Gut, ich werde es übernehmen, das der Presse mitzuteilen.«

»Sie haben doch auch später nicht vor, irgendetwas Kon-kretes verlauten zu lassen, oder?«, hakte Helene Christ nach.

»Das sehen Sie ganz richtig, Frau Kollegin«, gab Mi-chalsky zurück. »Es gibt eben Dinge, die gehen die Öffent-lichkeit nichts an. Und das ist auch gut so. Sonst könnten wir unsere Arbeit nicht machen.«

Schimmel stieß einen kollernden Lacher aus, kurz und laut, ein ziemlich bedrohliches Geräusch. Das fand offenbar auch der Oberstaatsanwalt, der den alten Hauptkommissar irritiert anschaute.

»Wollten Sie etwas sagen, Herr Kollege?«, fragte Michalsky lauernd.

»Oh nein, bestimmt nicht«, antwortete der Graue. »Sagen Sie mir lieber, was Sie jetzt mit den Friesings machen werden.«

»Meine Kollegen sind unterwegs, um das Ehepaar Friesing zu Hause abzuholen. Dann bringt man sie erst einmal an einen sicheren Ort in der Nähe. Und zwar so, dass niemand davon erfährt.«

»Haben Sie das genehmigt, Herr Oberstaatsanwalt?«, wollte Schimmel wissen.

»Ja, die beiden erhalten von uns Personenschutz und bleiben hier …«

»Sozusagen in Schutzhaft«, warf Schimmel ein.

»… bis das BKA alle Vorbereitungen getroffen hat, um sie an einen neuen, geheimen Ort zu verbringen. Und vor allem solange die Tochter noch hier im Krankenhaus liegt. Wenn sie durchkommt – die Ärzte sind da ja inzwischen vorsichtig optimistisch – und die Intensivstation verlassen kann, wird sie so schnell wie möglich zur weiteren Behandlung woandershin verlegt.«

»Und Sie sind nach wie vor nicht bereit, uns darüber aufzuklären, was es mit dem Zeugenschutzprogramm für diese Familie auf sich hat?«, fragte Helene. »Und wer diese Leute in Wirklichkeit sind – der Name Friesing stand ja wohl früher eher nicht in deren Ausweisen, oder?«

»Meine Güte, Frau Christ, natürlich hieß der Mann mal anders. Aber die Frau ist seine Frau und das Mädchen ist seine Tochter. In ein Zeugenschutzprogramm muss natürlich die ganze Familie eingebunden werden, das ist doch klar. Und nun lassen Sie es schon gut sein.«

»Nein, tue ich nicht«, schnappte Helene zurück. »Sie schicken uns wie ihre Marionetten auf die Pressekonferenz, ohne uns einzuweihen. Wie soll das gut gehen?«

»Ich hab diese Veranstaltung nicht einberufen«, antworte-te der BKA-Mann. »Aber trösten Sie sich: Je weniger Sie wissen, desto weniger kann man aus Ihnen herausholen.«

»So sagen Sie doch endlich, warum Gesa getötet werden sollte! Wenigstens das!«

Michalsky räusperte sich. Es war ihm anzusehen, dass er mit sich kämpfte. Schließlich stieß er hervor: »Es war ein Racheakt, ja, und zwar an ihrem Vater. Wegen einer Sache, die über zehn Jahre zurückliegt. Wie Sie schon ganz richtig vermutet hatten, steht der Täter in den Diensten der Mafia. Ich kann das sogar noch präzisieren: Er ist der … nennen wir ihn vornehm den ›Exekutionsbeauftragten‹ einer mäch-tigen Familie, die in Mannheim sitzt und von dort aus ihre dreckigen Geschäfte in ganz Deutschland organisiert.« Mit einer unwirschen Bewegung fegte er eine Haarsträhne aus seiner Stirn. »Und weil ich gerade so außergewöhnlich ge-sprächig bin: Es handelt sich um die 'Ndrangheta, von der wir hier sprechen, um die kalabrische Mafia also. Das Ge-fährlichste an organisierter Kriminalität, was es hierzulande gibt – und fröhlich wachsend übrigens. Drogen, Prostitu-tion, Kfz-Verschiebung, auch Schutzgelderpressung wie zu Zeiten des seligen Al Capone.« Erneut fielen ihm ein paar Haare ins Gesicht. Seine Hand fuhr unwillkürlich nach oben, erstarrte aber auf halbem Weg und verschwand wieder in der Hosentasche. »Ach ja, und neuerdings professionelle Anwerbung samt Transport von Flüchtlingen aus aller Welt nach Europa – auf eigens dafür angekauften Schiffen. So, mehr werden Sie heute nicht erfahren, jedenfalls nicht von mir.«

Es war so still im Raum, dass die Verkehrsgeräusche von der viel befahrenen Schiffbrücke überlaut durch das gekippte Fenster heraufdrangen. Michalsky setzte sich an den Konfe-renztisch und trank mit angewiderter Miene einen Schluck kalten Kaffee. Sein Handy, das auf dem Tisch lag, meldete sich – zu Helenes grenzenlosem Erstaunen mit der Melodie von Ennio Morricones *Spiel mir das Lied vom Tod*. Einen Augenblick lang hörte Michalsky zu, dann fragte er, hörbar um Fassung ringend: »Was sagen Sie da? Ist das sicher? – Das darf doch nicht ... Dann bringen Sie jetzt erst mal die Frau ins Hotel und kommen hierher. Ende.« Er sah angestrengt zu den Fliegen hinauf, die unter den beiden Deckenlampen kreisten, und sagte dumpf: »Friesing ist verschwunden. Heute am frühen Morgen war er noch im Krankenhaus bei der Tochter, ist aber nicht nach Hause gekommen. Seine Frau hat keine Ahnung, wo er stecken könnte.«

»Was hat das zu bedeuten?«, fragte der Oberstaatsanwalt alarmiert.

»Ich weiß es nicht. Wir müssen versuchen herauszufinden, was dahinter ...« Den Rest des Satzes ließ Michalsky unausgesprochen und beobachtete scheinbar interessiert die Fliegen.

In die unheimliche Stille hinein meldete sich Helene: »Noch mal zu dem, was Sie gerade sagten: Es war also ein Racheakt der 'Ndrangheta. Hier bei uns an der friedlichen Ostseeküste – fast nicht zu glauben. Und die sitzt in Mannheim?«

Der Erste Hauptkommissar wandte seine Augen von der Decke ab, sah Helene an und antwortete: »Diese Familie schon. Es gibt allerdings mehr als eine. Dem Paten des Mannheimer Clans sind wir schon lange auf der Spur, schon sehr lange. Allein im letzten Jahr gab es mehrere Prozesse gegen seine Leute. Aber es ist das alte Lied: Ihm selbst kann man nie etwas nachweisen, es ist ...« Er brach ab und drehte abwesend den Kaffeebecher in seinen Händen. »Ach ja, das dürfte Sie vielleicht noch interessieren, wo Sie hier doch praktisch direkt an der Grenze arbeiten: Was glauben Sie wohl, wer den Drogenhandel in Dänemark fest in der Hand hat – na?«

Erstaunt öffnete Helene den Mund zu einer Antwort, doch Michalsky war offensichtlich warmgelaufen und kam ihr zuvor: »Genau. Und zwar nicht nur die russische Mafia, wie viele glauben – die auch, klar. Aber die 'Ndrangheta reißt dort mehr und mehr das Geschäft an sich. Ein heißer Verteilungskampf übrigens – sechs Morde in der Szene allein in den letzten drei Jahren. Diese Gangster schenken sich untereinander nichts. Ein Cousin unseres verehrten Mannheimer Paten hat sich in Århus festgesetzt und baut von dort aus einen Ableger der Organisation in Skandinavien auf. Neben dem Drogengeschäft und dem Menschenhandel ist vor allem die Schutzgelderpressung von den Vermietern der Tausenden von Ferienhäusern das Spezialgebiet seiner Gangsterbande. Oh ja ...«, er knallte den Becher hin, und ein paar schwarze Spritzer erschienen auf der Tischplatte, »... Sie sind findig, stellen sich schnell auf die jeweiligen, ganz speziellen wirtschaftlichen Verhältnisse ein, an denen sie mitverdienen können.«

»Frustrierend«, ließ sich Schimmel vernehmen. Helene hörte einen verständnisvollen Klang in diesem Wort mitschwingen. »Ich räume ein: Das habe ich nicht gewusst.«

Der Oberstaatsanwalt sprang auf. »Das ist in der Tat schlimm, furchtbar, ganz bestimmt, und wir sind Ihnen für diese Informationen auch dankbar, Herr Michalsky, aber wir müssen jetzt zur Pressekonferenz, sind schon spät dran!«

»Eins noch«, sagte Helene. »Was meinen Sie: Ist der Mann, der angeblich Friesing heißt, denn auch in Gefahr?«

»Und wie er das ist«, antwortete Michalsky. »Und ebenso seine Frau. Die Tarnung ist aufgeflogen, der Pate hat seine Legende gesprengt. Ich weiß noch nicht, wie er das gemacht hat. Wenn wir nichts unternehmen würden, käme als Nächste die Frau dran – und als Letzter Friesing selbst. Aber ich kann Ihnen versichern, dass alles genau geplant ist. Dass Gesa nicht getötet wurde, war ein Unfall. Genauso wie der Mord an dieser Clarissa sehr wahrscheinlich eine Verwechslung war. Für den Paten war es höchst bedeutsam, Friesing erst das Kind wegzunehmen. Er hat seine Gründe dafür. Wenn es nach ihm ginge, wären am Ende alle drei tot.« Jetzt waren ihm die Haare auf der Stirn doch lästig geworden, und wieder fuhr seine Hand nach oben. »Geht es aber nicht.«

»Wir müssen jetzt aber wirklich …«, drängte der Oberstaatsanwalt.

»Und bitte«, sagte Michalsky eindringlich, »kein Wort von alldem zur Presse! Nichts von der 'Ndrangheta, nichts von der falschen Identität der Friesings, auch nichts davon, dass Hubert Friesing anscheinend verschwunden ist.«

»Schon gut. Machen Sie sich keine Sorgen«, beruhigte ihn Schimmel zu Helenes Überraschung, und der BKA-Beamte nickte. Sie starrte noch einen Augenblick in sein blasses Gesicht, dann stand sie auf und schloss sich den beiden Männern an, die bereits zur Tür gingen.

Im Hinausgehen warf sie noch einen Blick zurück und sah, wie Michalsky langsam, fast mühsam, aufstand und zum Fenster ging.

Wie unendlich müde er aussieht, dachte sie, und dass sie genau diesen Gesichtsausdruck allzu gut kannte. Und dann fiel ihr endlich auch ein, woran sie denken musste, wenn sie ihn ansah. An einen Totengräber.

22

Jetzt endlich holte er das Geld. Alles wie geplant – fast. Roland Havenstein alias Hubert Friesing lachte humorlos auf, als er in die Autobahnausfahrt nahe seinem Ziel abbog. Allerdings würde er dafür nun keine Luxusvilla unter Palmen kaufen …

Damals, in den Monaten, bevor er die Bombe platzen ließ und Franetti ans Messer lieferte, hatte er alles akribisch vorbereitet, um seine ganz eigenen Vorstellungen vom Leben nach dem Ausstieg zu verwirklichen. Natürlich hatte er das Geld damals nicht in die Schweiz oder nach Luxemburg gebracht und auf einem Nummernkonto gebunkert. Es war zu riskant, mit einer solchen Menge Geld im Koffer über die Grenzen zu fahren. Nicht nur an den Übergängen, auch auf den Straßen und Autobahnen im Grenzgebiet wurde man durch diensteifrige Beamte von Polizei und Zoll angehalten und kontrolliert. Das ganze verdammte Land war auf der Suche nach Steuersündern, die ihr Schwarzgeld aus dem Ausland nach Hause holen wollten.

Seine Sorge war das nicht. Er musste nicht einmal in die Nähe einer Grenze fahren. Sein Geld lag auf keinem Konto, nicht einmal im Schließfach einer Bank, dessen Anmietung sofort eine Benachrichtigung des Finanzamts oder anderer Behörden ausgelöst hätte.

Selbst ein Fach bei den privaten Anbietern war nicht infrage gekommen, denn man kam nur zu zweit heran. Immer musste ein Angestellter auch den Schlüssel des Vermieters ins Schloss stecken, sonst lief gar nichts. Außerdem konnte man das Fach zwar auf unbestimmte Zeit anmieten, aber die Zahlung der Miete war das eigentliche Problem: Im Gegensatz zu früheren Zeiten durfte man auch vor zehn Jahren schon nicht mehr im Voraus für zehn oder zwanzig Jahre zahlen. Immer wurden jährliche Abbuchungen von einem Bankkonto verlangt – ein Unding, viel zu brisant. Und viel zu aufwendig, für diese lächerlichen Zahlungen eigens ein Konto unter falscher Identität zu unterhalten, zudem wäre es gefährlich dumm gewesen, sich auf diese Weise unnötig zu exponieren. Nein, er wäre damals nicht der erfolgreichste Finanzjongleur seiner Zunft gewesen, wenn er sich solche Fehler erlaubt hätte.

Er hatte einfach ein Haus gekauft – unter falschem Namen und mit erstklassigen Papieren, die natürlich ebenfalls gefälscht waren. Damals kannte er die Leute, denen es eine Ehre war, ihm dabei zu helfen – und zu schweigen.

Heute fuhr er zum ersten Mal dorthin. Nach zehn langen Jahren. In einen Ort, in dem er noch niemals gewesen war und der Garbsen hieß. Ein kleines Städtchen vor den Toren von Hannover, direkt an der A 2 gelegen und nur wenige Kilometer vom Flughafen der Großstadt entfernt. Verkehrsgünstig also – schließlich hatte er damals noch nicht wissen können, wo er nach seiner Karriere als Finanzchef der Organisation landen würde. In einem Neubaugebiet hatte er ein Einfamilienhaus erstanden, nichts Auffälliges, ein ganz gewöhnliches Kleinstadthäuschen, das genauso aussah wie alle in der Nachbarschaft.

Er hatte keine Ahnung, wer die Kellermanns waren, seine derzeitigen Mieter. Um all das kümmerte sich eine in Hannover ansässige Hausverwaltung, die regelmäßig mit seinem Rechtsanwalt korrespondierte und von dem auch ihr Geld erhielt.

Sie waren im Urlaub, die Kellermanns, Mann und Frau mit zwei kleineren Kindern. Seit einer Woche war niemand im Hause. Und die Mieter würden noch weitere sieben Tage an der türkischen Riviera in der Sonne braten. Das war die einzige Besonderheit im Mietvertrag: Die Bewohner mussten die Hausverwaltung bei längerer Abwesenheit informieren, angeblich, weil der Hausbesitzer darauf bestand, in dieser Zeit einen privaten Wachdienst damit beauftragen zu können, immer wieder einmal nach dem Rechten zu schauen. Die Leute unterschrieben das gern – es kostete sie nichts, und sie freuten sich, dass ihrem Vermieter sein Eigentum derart am Herzen lag ...

Er hatte also freie Hand, musste lediglich aufpassen, dass ihn niemand sah, wenn er ins Haus ging. Kein Problem.

Um kurz vor drei Uhr morgens schloss Havenstein die Stahltür am Kellereingang auf, nachdem er in völliger Dunkelheit seine beiden Koffer durch den Garten getragen hatte und die Treppen hinabgestiegen war. Nicht einmal ein Hund bellte in der Nachbarschaft. Alles ruhig. Die friedliche Siedlung lag in tiefem Schlaf.

Den Grundriss des Kellers hatte er im Kopf. Er zog die mitgebrachten Gummihandschuhe an, durchquerte die Waschküche, wandte sich nach rechts, öffnete die massive Tür zu einem kleinen, fensterlosen Abstellraum und schloss sie hinter sich wieder. Niemand da draußen konnte so den Lärm hören, den er gleich hier verursachen würde.

Aus einem der Koffer holte er eine batteriegetriebene Arbeitslampe, die den Raum sofort in helles Licht tauchte, auch die hintere Wand, das Ziel seines Ausflugs. Schnell hatte er die Gartengeräte abgehängt, die Blumentöpfe und all das andere Zeug weggeräumt, das in den Regalen lag. Die Blechteile des Regals ganz rechts an der Wand entfernte er ebenfalls und maß mit dem Zollstock genau die Stelle ab, die ihn interessierte. Dann stülpte er sich den Bügel mit den Gehörschutzmuscheln über die Ohren, holte den robusten Stemmhammer aus dem Koffer, steckte den Stecker in die Dose neben der Wand, setzte den flachen Meißel an und schaltete die Maschine ein.

Es funktionierte genauso wie geplant. Schon fünf Minuten später hatte Havenstein die richtigen sechs Ziegel herausgelöst und hinter sich auf den Boden gelegt. Mit der Lampe leuchtete er in das so entstandene Loch, das etwa einen halben Meter breit und fast dreißig Zentimeter hoch war.

Dann sah er es.

Hinten am Kellerfundament verschraubt, ragte ein Stahlkästchen nach vorn, bis fast an die vierzig Zentimeter weiter innen eingezogene Wand heran. Rund um das stählerne Haltegestell des Kastens war schallschluckendes Dämmmaterial angebracht worden, damit der Hohlraum unbemerkt blieb.

Sein Herz schlug ihm bis zum Hals. Es hätte ein unbeschreiblicher Triumph sein sollen, den Schlüssel in das Schloss zu stecken und die Schublade herauszuziehen, aber nun gab es nichts mehr, worüber er sich hätte freuen können. Nun gab es nur noch einen Gedanken: Hoffentlich akzeptiert er mein Angebot.

Sein Blick fiel auf die vielen dicken Bündel aus Geldscheinen, die sauber in feste Folie eingeschweißt waren. Er brauchte nicht nachzuzählen. Die Summe kannte er, sie war seit zehn Jahren unauslöschlich in sein Gedächtnis eingebrannt: Drei Millionen und sechshundertfünfzigtausend Euro. Und dazu noch eineinhalb Millionen Dollar.

Rasch verstaute er die Schublade in einem der Koffer, ließ alles andere stehen und liegen, wie es war. Es konnte ihm völlig gleichgültig sein, dass den Mietern der Einbruch natürlich auffallen würde. In wenigen Stunden spielte all das keine Rolle mehr. Havenstein wusste, wie dieser Tag enden würde. Den Mann, der darüber entschied, kannte er gut genug.

Vielleicht wäre alles anders gekommen, wenn die Idioten vom SEK damals nicht versehentlich die Tochter erschossen hätten. Dann hätte der Plan des Mannes bestimmt funktioniert, der das Geld der Organisation so trickreich und professionell verwaltete, wusch, anlegte und überaus erfolgreich vermehrte. Man nannte Roland Havenstein respektvoll Dottore, und er gehörte als einziger Nicht-Italiener zu den Santisi, der höchsten Hierarchiestufe in der 'Ndrangheta.

Ein guter Plan war das gewesen, noch Jahre später hatte er keinen Fehler darin finden können. Er war nur von einem Ziel bestimmt gewesen: dem sorgenfreien Leben als reicher Mann nach einem straffreien Ausstieg aus der Organisation. Eigentlich ein ganz und gar unrealistisches, ein geradezu wahnsinniges Vorhaben.

Nicht für Roland Havenstein. Er wusste nur zu gut, wie scharf man im BKA darauf war, Domenico Franetti endlich einsperren zu können und damit der 'Ndrangheta ihren stärksten Arm in Deutschland abzuschlagen. Nicht lange hatte er gebraucht, um die Beamten davon zu überzeugen, dass er genug Beweise liefern konnte, um die ganze Organisation auffliegen zu lassen – ein lang ersehnter Traum für die

Staatsschutzleute, ein Durchbruch, von dem niemand zu träumen gewagt hatte. Als Gegenleistung boten sie ihm und seiner Familie das umfassendste Zeugenschutzprogramm an, das sie organisieren konnten. Dass Franetti durch den Tod seines Kindes beim Prozess Oberwasser bekam und seinen Kopf wieder einmal – nicht zuletzt wegen seiner exzellenten Anwälte – aus der Schlinge hatte ziehen können, hatte Roland Havenstein nicht zu verantworten. Der Deal stand. Schließlich hatte er geliefert.

Was er dem Staatsschutz jedoch nicht auf den Bauch gebunden hatte, war, dass er viele Millionen in seine eigene Tasche gewirtschaftet und in bar beiseitegeschafft hatte. Geld des Paten, der keine Ahnung davon hatte, dass sein Vertrauter es trickreich unterschlagen hatte.

Zehn lange Jahre hatte Havenstein mitgespielt. Keinesfalls aber hatte er vorgehabt, sein ganzes restliches Leben als Spießbürger im Zeugenschutzprogramm zu verbringen. Und seine Frau auch nicht. Aber sie hatten warten müssen, bis Gras über die Sache gewachsen wäre. Havenstein kannte den Paten gut genug, um zu wissen, dass der alle Hebel in Bewegung setzen würde, um ihm auf die Spur zu kommen. Mächtige Hebel waren das – als Franettis Finanzberater hatte er sie selbst jahrelang gnadenlos bedient. Bis in die Chefetagen von Firmen und Behörden reichten sie, auch in manche Schaltstelle der Politik.

Vor ein paar Monaten hatten er und seine Frau endlich ihre Entscheidung getroffen: Es sollte losgehen. Sie waren nun sicher, dass Franetti keine Spur zu ihnen hatte aufnehmen können.

Bestimmt aber würde es keine leichte Aufgabe werden, Gesa für diesen totalen Bruch mit ihrem bisherigen Leben zu gewinnen, das war ihnen klar gewesen. In diesem Alter Abschied vom gewohnten Umfeld zu nehmen, sogar einen neuen Namen zu akzeptieren, musste für das Mädchen eine Horrorvorstellung sein. Aber Havenstein hatte eine überzeugende Legende konstruiert, die seine Tochter schließlich überzeugt hätte, da war er sich sicher. Und dann wäre da ja auch der unwiderstehliche Reiz eines glücklichen, unbeschwerten Lebens in Reichtum unter der Sonne Brasiliens gewesen. In ihrem Haus bei Rio de Janeiro, genauer gesagt in Cabo Frio, direkt am weißen Atlantikstrand. Der Kaufvertrag war schon unterzeichnet. Er hätte nur noch das Geld holen müssen …

Alles vorbei. Keine Legende mehr nötig. Domenico Franetti hatte doch noch zugeschlagen.

23

Wie ein Denkmal, kam es Simon in den Kopf, und er grinste. Asmus Kelle, eigentlich Polizeihauptmeister Asmus Mommsen, saß im kurzärmeligen Uniformhemd bräsig auf der Bank vor dem Hafenmeisterbüro in der Sonne. In seiner breiten Pranke hielt er eine Flasche des hiesigen Bieres. Der originelle Drahtbügelverschluss ploppte hörbar durch die Nachmittagsstille, als Mommsen ihn mit dem Daumen aufschnippte. Mit offensichtlichem Genuss nahm der Dorfsheriff einen kräftigen Zug von dem herben Gebräu, während er zusah, wie Simon die *Seeschwalbe* vorsichtig durch das Gewirr der vielen Boote an den Kai manövrierte.

Hier an der Küste vergab man gern diese sonderbaren Spitznamen. So hieß Ketel Lorenzen, der Inhaber des kleinen Kaufmannsladens im Ort, bei allen ›Ketel Treppe‹, weil sein Geschäft nur über eine solche zu betreten war. ›Jens Post‹ wurde der Briefträger Jens Hansen genannt, ›Hermann Schiet‹ war der Inhaber einer Sanitärfirma, der bürgerlich schlicht Meyer hieß. Und Asmus Kelle hieß so, weil sich Hauptmeister Mommsen gern einmal ein paar Hundert Meter hinter der *Fischerhütte*, dem Dorfkrug, auf die Lauer legte und Autofahrer mit der Kelle anhielt, um sie einem Alkoholtest zu unterziehen. Sehr zum Verdruss von Hinrich, dem Wirt, der immer wieder neue Tricks zur Frühwarnung seiner Gäste ersann.

Als die *Seeschwalbe* nur noch ein paar Meter entfernt war, stellte Mommsen die Flasche auf den Boden, erhob sich ohne Hast und stellte sich an die Kante. Simon hatte die Vorleine bereits in Schlaufen gelegt und warf sie Mommsen zu, der sie geschickt auffing und auf einem Poller belegte. Das Ganze wiederholten sie mit der Achterleine, und eine Minute später lag das Schiff ruhig mit seiner Backbordseite am Kai. Kein Wort war bisher gefallen. Man kannte sich mit so was aus – und überhaupt: wozu überflüssiges Geschnacke?

Frau Sörensen sprang mit übermütigem Kläffen an Land und stillte zunächst einmal ihren Bewegungsdrang, indem sie mit schlackernden Ohren wie wild einem imaginären Hasen hinterherrannte, der offenbar ständig Haken schlug.

»Moin Asmus«, eröffnete Simon die Gesprächsrunde. »Danke.«

Mommsen nickte. »Was machst du denn hier? Wolltest du nicht in Flensburg warten, bis Helene an Bord kommen kann? Hat sie mir jedenfalls erzählt – heute Morgen.«

»Du hast mit Helene …?« Simon schmunzelte, als er das bedeutungsschwere Nicken des Polizisten sah.

»Ick heff se anropen, glieks hüüt Morgen!« Der sonst so ruhige Asmus Kelle platzte förmlich vor Mitteilungsbedürfnis, das war unverkennbar.

Simon tat, als habe er das nicht bemerkt, und sagte obenhin: »Hab einen kleinen Tagestörn gemacht. Kann ja nicht die ganze Zeit da im Hafen herumlungern, bis man die Lady endlich fahren lässt.«

Mommsen nickte verständnisvoll. »Jou. Hett veel to doon, de Deern, ick weet wull!«

»Ja, leider. Aber lang kann's nicht mehr dauern, denk ich«, gab Simon zurück. »Ich geh mal 'ne Runde mit dem Hund

und schau im Haus nach dem Rechten. Vielleicht geh ich noch zu Hinrich auf ein Bier. Und dann geht's wieder zurück nach Flensburg.«

Asmus grummelte etwas Unverständliches.

»Wat seggst du?«

»Ach, lot man.« Mommsen schnaufte auf.

»Du hest doch wat! Rut mit de Sprok!«

»Hest'n beeten Tied?«, fragte Mommsen hoffnungsvoll und deutete auf die Bank, unter der noch seine Bierflasche stand.

Simon nickte lächelnd, sprang von Bord und folgte dem massigen Polizisten. Mommsen klatschte einladend mit der Handfläche auf die freie Seite der Bank, und Simon setzte sich neben ihn.

Ja, er habe heute schon mit Kollegin Christ von der Kripo in Flensburg telefoniert, begann Mommsen. »Mit diene Helene – da staunst, wat?«

»Mit Helene? Was hast du denn mit der Kripo zu tun?«

Mommsen trank den letzten Schluck aus seiner Bierflasche. »Dir kann ich das ja erzählen, Simon«, versicherte er sich selbst und berichtete, er habe gleich zu Dienstbeginn in der örtlichen Polizeistation ein Fax vorgefunden. Höchste Priorität habe da draufgestanden und es habe die genaue Beschreibung eines Fahrzeuges enthalten, nach dem mit Hochdruck gefahndet wurde, eines silbergrauen Hyundais, in Düren zugelassen. Angeblich, so sei dem Fax zu entnehmen gewesen, sei damit der Mann unterwegs, den man im Zusammenhang mit den beiden Morden und dem Mordversuch beim Jugendlager *Nis Puk* suchte.

»Die sind sich sicher, dass der das Fahrzeug hier irgendwo im Umkreis von zehn, zwanzig Kilometern versteckt hat, stell dir das vor!«, raunte der Dorfpolizist und blickte sich um, als wolle er sich vergewissern, dass sich kein Lauscher angeschlichen hatte. Er habe natürlich sofort zum Hörer gegriffen, fuhr er mit gedämpfter Stimme fort. Das habe er denn doch genauer wissen wollen, er, der immerhin als erster Polizeibeamter beim Mord an Clarissa von Sassenheim am Tatort gewesen sei.

»Ja, wir sind uns sicher, dass er sich irgendwo versteckt hat und sozusagen seine Wunden leckt«, hatte Helene gesagt, die Mommsen schon kannte, seit sie und Simon ein Paar geworden waren. »Wir hoffen, dass wir ihn über das Auto finden, ein Leihwagen übrigens, den er sich unter falschem Namen bei *Hertz* am Hamburger Flughafen Fuhlsbüttel gemietet hat. Gut ist schon mal, dass hier bei uns nicht so viele Leute mit Dürener Kennzeichen herumfahren.«

»Wie haben Sie das alles denn bloß herausgefunden?«, hatte Mommsen bewundernd nachgefragt.

»Na, wir haben ja jetzt sein Foto. Bei seiner letzten Tat hat er genügend Spuren hinterlassen. Seitdem wissen wir, mit wem wir es zu tun haben.«

»Aber nur ein Foto ...«

»Kein Hexenwerk, sondern die gute alte Fußarbeit, Kollege Mommsen. Eine der Angestellten bei *Hertz* hat ihn erkannt. Er hat aber nicht nur den Wagen mit falschen Papieren gemietet. Wir haben herausgefunden, dass er unter demselben Namen in Frankfurt auch sein Flugticket gekauft hat. Bis auf das Foto war der Pass absolut echt. Allerdings weilt dessen Inhaber nicht mehr unter den Lebenden ...«

»Donnerwetter«, war es Mommsen entfahren, »dann scheint das ja ein professioneller ... äh, Killer zu sein, kann man das sagen?«

»Oh ja, das kann man wohl. Außerdem muss er es eilig gehabt haben herzukommen. Sonst wäre er nicht das Risiko einer Flugbuchung eingegangen. Inzwischen wurden auch die Aufnahmen der Kameras am Frankfurter Flughafen und in Fuhlsbüttel gesichtet. Wir haben sein Bewegungsprofil – von dem Moment an, als er in Frankfurt eingecheckt hat, bis zum *Hertz*-Schalter in Hamburg. Aber dann ...«

Mommsen hatte der Kommissarin für die Auskunft gedankt, ihr noch viel Erfolg gewünscht, damit sie ihren Urlaubstörn mit Simon nun bald antreten könnte, und sie verschmitzt darum gebeten, dem ›verehrten Herrn Hauptkommissar Schimmel‹ seine Grüße auszurichten.

»Jou, und dann bin ich gleich an ein paar Orte in meinem Revier gefahren, wo ich schon lange nicht mehr gewesen war«, setzte Mommsen seinen Bericht fort. »Eine Kontrollfahrt. Das wär ja …«

»Hör mal, Asmus«, unterbrach Simon ihn amüsiert, »woher weißt du das eigentlich von unserem Urlaub … und so?«

»Na, ick bünn hier de Sheriff. Und de mutt allens weeten«, lachte Mommsen. Nein, der Hafenmeister habe ihm erzählt, dass Simon seinen Liegeplatz für drei Wochen freigegeben habe. Und er selbst, Mommsen, habe schließlich gesehen, wie Simon die *Seeschwalbe* mit Proviant beladen habe.

»Dieses Dorf kennt kein Privatleben«, stellte Simon vergnügt fest. Neu war das nicht für ihn, schließlich war er hier geboren und aufgewachsen. Und wäre nie auf die Idee gekommen, woanders hinzuziehen, gestand er sich ein. »Nun red schon weiter!«, ermunterte er Mommsen.

Der ließ sich nicht zweimal bitten und gestand Simon, dass es ihm gefallen würde, selbst nach all den Dienstjahren, wenn ausgerechnet er bei der Suche nach dem Killer fündig würde. Leider aber habe er bisher das Auto nirgendwo entdeckt – überhaupt nichts Verdächtiges, und das, obwohl er den ganzen Tag lang kreuz und quer durch die Gegend gefahren sei, immer Ausschau haltend nach dem Hyundai mit dem Kennzeichen – er zog einen Zettel aus der Hemdtasche – DN-H 279.

»Na gut«, schloss Mommsen, »ich hab zwar Dienstschluss, aber eine Runde werde ich noch drehen. Wer weiß …« Er griff sich die leere Flasche und wollte gerade von der Bank aufstehen, als eine knarzende Stimme »Asmus, dor büss du also!« rief und ein uralter Mann am Hafenmeistergebäude vorbei auf die Bank zusteuerte, misstrauisch von der knurrenden Frau Sörensen umkreist.

Simon erkannte Mats Dierksen, vormals Dorfpolizist hier, Mommsens Vorgänger also und seit vielen Jahren bereits im Ruhestand. Meine Güte, der Alte musste nun bald neunzig Jahre auf dem Buckel haben, marschierte aber zackig und nur mit einem Spazierstock ausgerüstet über den Kai.

Mit einem knappen »Moin, Asmus, Moin, Simon« nahm er vor der Bank Aufstellung und brüllte seinen Nachfolger im Amte an: »Good, dat ick di hier treff – ick heff wat to melden!«

»Bruukst nich so to schrien, Mats«, antwortete Mommsen, »wi höört ganz good.«

Es war nicht festzustellen, ob der Alte ein Wort davon verstanden hatte, jedenfalls brüllte er ungerührt weiter. Und es dauerte eine Weile, bis er zur Sache kam, denn erst fluchte er ausgiebig über die Seniorenresidenz *Frische Brise*, in der er seit einiger Zeit lebte, behauptete, das sei ein ›Knast för ole Lüüd‹ und man habe ihn dort ›inbuchtet‹. Dann wollte er von seinem ›Kolleeg‹ wissen, was er denn von dem Artikel zu halten habe, der heute auf der ersten Seite der Tageszeitung abgedruckt war.

Simon hielt sich die Hand vor den Mund, damit der Alte sein Feixen nicht sah, und lauschte begeistert dessen Ausführungen. Dierksen stellte klar, dass er immer als Erster die Tageszeitung lese, und dass ihn Michael Jacobis Artikel *Vendetta an der Flensburger Förde?* sehr gewundert habe.

Auch Simon hatte den Beitrag unter der reißerischen Schlagzeile gelesen, in dem Jacobi über die Pressekonferenz in der Polizeiinspektion Flensburg berichtete, vor allem aber wilde Mutmaßungen anstellte – in windelweichen Formulierungen allerdings. So ganz schien er von seiner Sache nicht überzeugt zu sein, darauf ließ das feige Fragezeichen schließen.

»Stimmt da denn wat von?«, wollte der pensionierte Polizist wissen, und Mommsen sagte ihm, dass der Reporter entweder mehr wüsste als er oder mal wieder maßlos übertrieb.

Mats Dierksen murmelte: »De dore Schmeerfink«, und fand sich dann auch endlich bereit, ausführlich auf den Grund seiner ›Meldung‹ zu sprechen zu kommen. Simon hörte nur noch mit halbem Ohr hin, aber plötzlich zuckte er zusammen und wurde hellhörig. Was sagte der Alte da? Und auch Mommsen hatte sich abrupt aufgerichtet und hakte nach: »Segg dat noch eenmaal, Mats!«

Nach einigem Hin und Her bekamen sie heraus, dass Dierksen bei seinem Spaziergang – »Mok ick jümmers vör mien'n Middaggsslop« – dem Paketboten begegnet sei, der ihm erzählt habe, im Haus von Helma Siemsen und ihrer Tochter schräg gegenüber dem Altersheim ginge etwas Seltsames vor. Angeblich habe er geklingelt und sich gewundert, dass ihm nicht geöffnet wurde, obwohl das Cabrio der Tochter – »Düsse Schees ahn Dack« – vor der Tür gestanden habe. Außerdem habe der Bote Geräusche hinter der Tür gehört. Dierksen habe erst mal seinen Mittagsschlaf gehalten, aber beim Nachmittagskaffee sei ihm die Sache wieder eingefallen. Mommsen wisse ja: einmal Polizist, immer Polizist. Vielleicht sei es ja doch besser, da mal nachzusehen – »Een weet ja nich, ob dor wat passeert is …« Lieber einmal zu viel kontrollieren als einmal zu wenig, das sei immer seine Devise gewesen, ob Mommsen da nicht zustimmen müsse?

»Klor, Mats, dat kontrolleer ick, kannst di op verloten.« Asmus Kelle nickte gewichtig, lobte den Alten für seine Aufmerksamkeit und warf einen verstohlenen Blick auf seine Armbanduhr.

»Eenmol Polizist, jümmers Polizist«, brüllte Dierksen, schwang martialisch seinen Gehstock und marschierte stramm davon.

»Du hast doch Feierabend, Asmus, oder?«, fragte Simon, dem der Blick zur Uhr nicht entgangen war. »Und außerdem wolltest du eigentlich noch nach dem Hyundai suchen.«

»Ja, aber bei den Siemsens müsste ich nun doch ...«

»Lass mal, das kann ich ja übernehmen. Ich komme sowieso da vorbei, wenn ich jetzt mit Frau Sörensen zu meinem Haus gehe. Ich guck mich mal um, und wenn irgendwas ist, ruf ich dich an. Gib mir einfach deine Handynummer.«

Das tat Mommsen erfreut, bedankte sich bei Simon und ging zum Parkplatz, wo der Dienstwagen stand.

Keine zehn Minuten später näherte sich Simon dem Haus der Siemsens. Als die Hofeinfahrt in Blick kam, entdeckte er sofort die ›Scheese ohne Dach‹, wie der pensionierte Dorfpolizist das quietschgelbe Beetle Cabrio genannt hatte. Das Auto stand mit geöffnetem Verdeck vor der Garage, die ans Haus angebaut war.

Simon trat nicht in die Auffahrt, sondern blieb ein paar Meter davor am Zaun stehen, durch die hohe Kirschlorbeerhecke vor Blicken aus dem Hausinneren geschützt. Frau Sörensen schnüffelte unter dem Buschwerk herum, dann lief sie schnurstracks in die Hofeinfahrt und verschwand hinter dem gelben Cabrio. Aufmerksam spähte Simon durch die Blätter. Nichts rührte sich auf dem Grundstück oder im Haus. Die Fenster waren alle geschlossen, die Vorhänge zugezogen.

Eigenartig, dachte Simon. Eigentlich war doch jeder dankbar, wenn er am späten Nachmittag im Sommer alle Schotten aufreißen konnte, um endlich frische Luft durch die Räume wehen zu lassen. Er nahm sich Zeit, verharrte einige Minuten vor der Hecke und setzte seine Beobachtung fort. Aber alles blieb ruhig, kein Laut drang aus dem Gebäude. Schließlich ging er vor zur Auffahrt und betrat das Grundstück.

Gerade wollte er die drei Stufen zur Eingangstür hochsteigen, da fiel sein Blick an der Hauswand vorbei auf den Schuppen im Hof. Sonderbar. Wieso hatten die Frauen die Fensterläden zugeklappt? Das alte Holzgebäude sah aus, als wäre es für einen bevorstehenden Schneesturm gesichert worden.

Ein Knurren, dann ein kurzes, aufgeregtes Kläffen. Frau Sörensen rief ihn, eindeutig. Hatte sich angehört, als sei sie irgendwo dahinten. Konnte nicht schaden, mal nachzusehen, fand Simon.

Und dann entdeckte er es: Reifenspuren auf dem sandigen, fein geharkten Boden des Hofes. Sie führten geradewegs zum Doppeltor des Schuppens.

Soweit Simon wusste, hatte nur die Tochter ein Auto – und das stand draußen. Offen. Und Helma Siemsen, ihre Mutter, war dement. Die fuhr nicht mehr Auto. Aber selbst wenn es zwei Autos gab – warum stellte man dann ausgerechnet das Cabrio frei draußen hin?

Komische Sache. Nun, er musste erst einmal an der Tür klingeln. Vielleicht gab es für alles eine ganz einfache Erklärung – wahrscheinlich sogar. Gerade wollte er die Treppe hochsteigen, da sprang Frau Sörensen plötzlich aufgeregt vor seine Füße, rannte immer wieder kurz in Richtung Schuppen, kam zurück und umkreiste Simon dann wieder hechelnd.

»Ist ja gut, altes Mädchen«, sagte Simon leise, »was willst du mir denn zeigen? Ich komm ja schon!« Er folgte der Hündin die paar Meter bis zur Remise.

Frau Sörensen stand breitbeinig vor den geschlossenen Torflügeln, starrte – die Nase dicht über dem Boden – auf etwas, das Simon nicht sehen konnte, und knurrte leise und grollend.

Simon bückte sich und entdeckte einen winzigen rotbraunen Fleck. Rost? Unsinn, der hätte die Hündin nicht so aus der Ruhe gebracht. Er kannte sie lange genug, um zu wissen, was sie ihm hier anzeigte.

Es war mehr ein Gefühl als eine Erkenntnis, aber in diesem Moment wusste Simon, dass hier etwas faul war. Nein, er war sich sogar sicher, was er in der Remise finden würde.

Rasch warf er einen Blick über die Schulter. Nur das Küchenfenster ging zum Hof hinaus. Auch hier war eine Gardine vorgezogen. Nichts bewegte sich. Niemand schien ihn bisher bemerkt zu haben.

»Braver Hund, gut gemacht«, lobte er und schlich, dicht gefolgt von Frau Sörensen, geduckt um den Schuppen herum, bis er vom Wohngebäude aus nicht mehr gesehen werden konnte. Hier an der Rückseite gab es kein Fenster, aber es war eine Sache von zwei Minuten, dann hatte er eines der morschen Schalbretter gelöst und konnte einen Blick hineinwerfen.

Da stand der Hyundai. Silbergrau.

Mit Dürener Kennzeichen.

24

»Ein Herr dieses Namens ist mir nicht bekannt.«

»Donnerwetter«, entfuhr es Roland Havenstein alias Hubert Friesing. »Umgibt er sich jetzt mit Leuten, die der deutschen Sprache mächtig sind? Das nenn ich mal einen Fortschritt!« Er schnaubte freudlos und sagte scharf: »Sagen Sie ihm, der Dottore sei am Telefon, aber pronto bitte.«

»Ich weiß nicht …«

»Aber ich. Und nun machen Sie schon – ich rate es Ihnen dringend.«

Eine längere Pause entstand, im Hintergrund hörte er gedämpftes Gemurmel. Dann die Stimme, laut und klar: »Wer sind Sie?«

»Das hat man dir doch gerade gesagt, Domenico.«

»Der Mann, den ich als den Dottore gekannt habe, ist verschollen, soviel ich weiß.«

»Lass den Unsinn, du hast mir deutlich genug gezeigt, dass du weißt, wie lebendig ich noch bin.«

»Rolando – tatsächlich?«, kam es gedehnt, ungläubig. »Ich erkenne deine Stimme nicht mehr ...«

»Hör auf. Du hast genau gesehen, auf welcher Nummer ich anrufe. Aber bitte: Bocchigliero, 25. März 1926.«

Geburtsort und -datum von Domenico Franettis Mutter – ihre alte Losung.

Schweigen. Dann: »Rolando, du bist es also wirklich?«

»Und du bist immer noch ein schlechter Schauspieler, alter Mann.«

»Ich will nicht mit dir sprechen.«

»Du willst mein Kind töten.«

»Selbstverständlich. Leider hat Gian-Luca versagt, hat sie beim ersten Mal verwechselt, der dumme Hund. Aber sie wird sterben, verlass dich drauf.«

Havenstein hatte es gewusst. Wieso trafen ihn diese kalten Worte trotzdem wie ein Schlag in die Magengrube? Mühsam beherrschte er sich, holte tief Luft. »Du hast also den Macellaio höchstpersönlich geschickt ... Wie hast du es herausgefunden?«

»Deine Schuld, Rolando, mein teurer Verräter. Ach, ich hätte es besser wissen müssen: Man darf keinem Mann vertrauen, der nicht aus unseren Bergen stammt – nicht in diesem Geschäft.« Er räusperte sich laut. »Hat lange gedauert, aber schließlich hast du Fehler gemacht. Wolltest wohl nicht länger an der Leine deiner neuen Freunde laufen, hm?«

»Was war es? Was hat mich verraten?«

»Santa madre, was tut das zur Sache? Du hast Papiere gebraucht, Rolando, Urkunden. Für dein neues Haus in Brasilien. Vielleicht hast du die falschen Leute damit beauftragt? Mach dir deine eigenen Gedanken, figlio di puttana!«

Auch das hatte er geahnt. Die klebrigen Finger der Familie waren einfach zu lang, um nicht überall hinzulangen. Nun, egal. Es spielte jetzt keine Rolle mehr. Es wurde Zeit, die Rakete zu zünden. »Ich will dir dein Geld zurückgeben.«

Das verschlug dem alten Mann die Sprache.

Havenstein wartete.

Schließlich fragte Franetti atemlos: »Du hast es noch?«

»Konnte es nicht ausgeben in den letzten Jahren, wie du weißt.«

»Das ist …«

»Du kriegst es zurück, alles. Zinsen kann ich allerdings nicht zahlen.«

»Wo bist du? Hast du es schon bei dir?« Die Gier war unüberhörbar. Der Pate hatte die vielen Millionen schon längst abgeschrieben. Alles, was er noch gewollt hatte, war Blutrache.

»Du kannst es noch heute haben. Unter einer Bedingung: Du verschonst meine Familie. Kein neuer Mordanschlag auf meine Tochter, und meine Frau lässt du ebenfalls in Ruhe.«

»Lebt das Kind denn noch?«

»Ja, und sie hat sogar eine kleine Chance, durchzukommen. Bitte verschone sie, Domenico, versprich es mir.«

Wieder entstand eine lange Pause. »Du bittest gar nicht für dich?«

»Was sollte das nützen? Ich kenne dich viel zu gut. Du kannst mich nicht am Leben lassen. Ich habe dir dein Geld gestohlen.«

»Du warst immer ein kluger Mann, das wenigstens muss man dir lassen.«

»Domenico, ich bitte dich: Bestrafe mein Kind nicht für Aurelias Tod. Sie hat nichts damit zu tun. Ich gebe dir dein Geld zurück. Mach mit mir, was du willst. Aber nicht Gesa, bitte …«

»Und wenn ich mich nicht darauf einlasse? Schließlich werde ich dich auch so finden. Jetzt entkommt ihr mir nicht mehr, du nicht und auch nicht deine Familie.«

»Ich weiß. Aber dann verbrenne ich das Geld, sofort nachdem dieses Gespräch beendet ist, Schein für Schein.«

Ein Zischen drang an sein Ohr, als Franetti scharf die Luft einsog. »D'accordo. Nun denn. Ich verspreche es dir. Wenn die Geldübergabe noch heute erfolgt.«

»Schwöre es.«

Das Lachen kam wie ein Vulkanausbruch – und war ähnlich fürchterlich. »Du sprichst von einem Schwur? Du, der alle unsere Schwüre gebrochen hat?«

»Lenk nicht ab, Domenico. Ich will, dass du schwörst. Bei der Seele deiner Mutter.«

»Du verfluchter … Nun gut, ich schwöre.«

»Sag es wortwörtlich – und vollständig.«

Das tat der Pate. »Zufrieden?«

»Was bleibt mir übrig? Zur Sache: Wo und wann machen wir die Geldübergabe?«

Sie verabredeten sich für dreiundzwanzig Uhr im Restaurant auf dem *Autohof Mücke* an der A 5. Franetti brauchte nicht zu wissen, wo sein Geld sich im Augenblick befand, daher hatte Havenstein diesen Treffpunkt ausgesucht. Der Pate würde kaum zwei Stunden benötigen, um dort hinzukommen. Für ihn selbst war die Strecke länger, aber das spielte keine Rolle. Er hatte nichts dagegen, die Stunde der Abrechnung noch ein wenig aufzuschieben.

»Wir nehmen im Restaurant Kontakt auf und gehen dann zusammen raus«, sagte Franetti

»Einverstanden. Ich bin rechtzeitig da.«

»Es ist dir ernst, was?«, fragte der Pate lauernd. »Das machst du für deine Tochter?«

»Ja.«

»Vielleicht bist du doch kein ganz so charakterloses Schwein, wie ich dachte …«

»Ich verlasse mich auf deinen Schwur, Domenico.«

»Du hast es doch selbst gesagt: Was bleibt dir sonst übrig?« Damit legte der Pate auf.

Sein ehemaliger Geldwäscher, das Finanzgenie, genannt der Dottore, atmete tief durch und stieg aus dem Auto, um frische Luft in die Lungen zu bekommen. Noch viel Zeit bis zum Finale heute Nacht – der Tag war noch jung.

Zu seiner eigenen Überraschung war er ganz ruhig, fühlte

sich eigenartig befreit, als er auf dem Feldweg, an dem er den Wagen geparkt hatte, ein paar Schritte machte und gierig die warme Sommerluft einsog. In Gedanken war er auf der Intensivstation, sah Gesa im Halbdunkel im Bett liegen, umzingelt von Maschinen.

Du musst es schaffen, mein Mädchen!

Doch selbst wenn sie nicht überlebte, blieb ihm keine andere Wahl, als es nun zu Ende zu bringen. Franetti wusste von seinen Plänen, vom Haus in Cabo Frio, vor allem aber wusste er nun, wer sein Geld hatte.

Gewiss, ein nagender Zweifel tief in ihm ließ sich nicht völlig unterdrücken: Würde der Pate sich an seinen Schwur halten?

Er, Roland Havenstein alias Hubert Friesing, würde es nicht mehr erfahren, da zumindest war er sich sicher. Und auch, dass er mehr nicht tun konnte, um Gesas Leben zu retten. Was spielte es da für eine Rolle, dass man morgen früh irgendwo im Gebüsch an der Autobahn seine Leiche finden würde?

25

Die Rote machte Schwierigkeiten, wie erwartet. Aber die konnte er unter Kontrolle halten. Fast hatte er Freude an der Widerspenstigkeit der feurigen Frau. Zu alt war sie schließlich auch noch nicht. Vielleicht … ja, wenn er auf dem Damm gewesen wäre, nicht diese entsetzlichen Schmerzen hätte, die von Stunde zu Stunde schlimmer wurden …

Mit der Alten war es komplizierter. Sie war sehr schwach, weinte die ganze Zeit und schrie zwischendurch unverständliches Zeug – so laut, dass er ihr mit Klebeband, das er in einer Schublade gefunden hatte, den Mund zukleben musste. Außerdem hatte sie sich eingenässt, stank erbärmlich aus ihrer Windel. Vor allem machte ihn aber nervös, dass sie ihn immer ›Georg‹ nannte, wenn er ihr zu trinken gab.

»Sie ist dement«, hatte die Rote gezischt, als sie seinen fragenden Blick gesehen hatte. »Glaubt, dass es ihr Mann ist, der ihr das antut. Aber der ist schon zwanzig Jahre tot. Gott sei Dank.«

Wenn er sich nicht irrte, sprach sie von ihrem Vater. Was kümmerte es ihn? Er hatte andere Sorgen. Auch der Roten hatte er den Mund zugeklebt, ihr sogar vorher einen Knebel zwischen die Zähne geschoben. Die war imstande, die ganze Gegend zusammenzubrüllen. Wild war sie, hatte sich schon zweimal von dem Heizungsrohr losgerissen, an das er sie gefesselt hatte.

»Nur noch ein paar Stunden«, hatte er ihr gesagt, »dann holen sie mich hier heraus, und ihr seid frei. Wenn du mir keinen Ärger machst. Also beruhig dich endlich, sonst muss ich dir richtig wehtun – oder noch Schlimmeres.«

Immer wieder ging er in Gedanken das Telefonat durch, das er mit dem Padrone um die Mittagszeit herum geführt hatte, rief sich die Stimme des Alten ins Gedächtnis und das, was er gesagt hatte. Wieder und wieder. Aber er konnte einfach nichts finden, was seine düsteren Ahnungen bestätigte. Nichts Konkretes jedenfalls. Und doch …

»Keine Sorge«, hatte Franetti gesagt, »ich lass dich nicht im Stich, figlio mio.«

Mein Sohn.

Er konnte sich nicht erinnern, wann der große Mann ihn zuletzt so genannt hatte. Als Gian-Luca noch ein Kind war, hatte der Pate das öfter getan, aber später … Ein warmes Gefühl war in ihm aufgestiegen. Nicht nur Dankbarkeit. Da war mehr.

»Ich telefoniere wohl am besten gleich mal mit Angelo in Dänemark«, hatte Franetti sofort vorgeschlagen, nachdem ihm der Macellaio seinen Aufenthaltsort genau beschrieben hatte. »Von uns allen kann er mit seinen Leuten am schnellsten bei dir sein. Århus ist ja praktisch um die Ecke. Die Grenze allerdings ... Nun, vielleicht wäre es das Beste, er nimmt eines der Boote. Aber das braucht dich nicht zu kümmern. Verlass dich auf mich: Unsere Leute sind quasi schon zu dir unterwegs.« Tröstend hatte seine Stimme geklungen: »Du gehörst doch zur Familie, also entspann dich. Du musst dich nur noch ein wenig gedulden. Angelo wird dich bald da raushölen. Morgen früh bist du schon in ärztlicher Behandlung. Und jetzt erzähl mir in Ruhe alles, was passiert ist. Genau bitte. Und lass nichts aus, hörst du!«

Das hatte er getan.

Hatte er vielleicht zu viel gesagt? Gab es da etwas, was bei Domenico falsch angekommen war?

Gian-Luca grübelte und grübelte, während das Pochen immer unerträglicher wurde. Die Wunde glühte inzwischen heiß. Selbst die Eiswürfel aus dem Kühlschrank in der Küche, die er in ein Geschirrtuch einwickelte und an die Wange hielt, brachten keine Linderung mehr, sondern nur neue stechende Schmerzen.

Vor allem aber waren da diese quälenden Gedanken, die immer und immer wieder in seinem Kopf kreisten. Er wurde das Gefühl einfach nicht los, dass irgendetwas falsch war. Zweifel fraßen an ihm, fast schlimmer als der Wundschmerz.

Außerdem war ihm inzwischen schlecht. Viel zu lange schon hatte er nichts mehr gegessen. Dabei war der Kühlschrank wohlgefüllt. Allein der Gedanke an Essen ließ Gian-Luca jedoch schon würgen. Dabei wäre es so wichtig gewesen, dass er bei Kräften blieb. Ein, zwei Happen hatte er probiert, aber nichts wollte drinbleiben.

Vorsichtig ließ er sich noch einen Schluck Grappa in den Mund laufen, legte den Kopf schräg, damit die scharfe Flüssigkeit nicht in der offenen Wunde brannte. Trotzdem zuckte er zusammen. So richtig wollte es nicht klappen. Er brauchte den Schnaps. Nur so hielt er seine flatternden Nerven wenigstens halbwegs im Zaum.

Wenn sie nun gar nicht kamen? Wenn der Padrone ihn seinem Schicksal überließ ...? Was für eine Idee! Wie konnte er nur ... So etwas durfte er überhaupt nicht denken!

Und wenn sie meinten, Gian-Luca wäre eine Gefahr für sie geworden, wenn sie doch kamen – bloß eben nicht, um ihn zu retten ...?

26

Polizeihauptmeister Mommsen verscheuchte eine Schmeißfliege, die um seinen verschwitzten Kopf herumsummte. Er saß mit dem Rücken an die Bretterwand gelehnt auf dem Boden zwischen Grasbüscheln und wild wucherndem Unkraut neben Simon hinter dem Schuppen. Die ungewöhnlich hässliche Hündin lag zwischen ihnen im Gras und schnarchte.

»Sie ist nicht mehr die Jüngste«, hatte Simon ihm erklärt, »und diese Sache war wohl ziemlich aufregend für sie.«

Ungeduldig lauschte Asmus Kelle, ob schon etwas von den anrückenden Kollegen zu hören war. Die Straße lag zur anderen Seite, sodass er nichts zu sehen bekam außer ein paar Kühen, die auf der angrenzenden Weide hinter dem Elektrodraht grasten. Alle dreißig Sekunden etwa lugte er vorsichtig um die Ecke herum und zum Haus hinüber. Doch auch dort rührte sich nichts.

Keine fünf Minuten nach Simons Anruf war er hergekommen, hatte den Wagen hundert Meter entfernt an der Straße stehen lassen und sich über die Kuhweide von hinten an den Holzschuppen angeschlichen, in dem Simon den Mietwagen des Killers entdeckt hatte. Auf der kurzen Fahrt hierher hatte er die Kripo in Flensburg alarmiert.

»Bleiben Sie, wo Sie sind«, hatte Hauptkommissar Schimmel gesagt, »das SEK wird maximal eine halbe Stunde brauchen, bis es eintrifft. Die sind ja schon hier in Bereitschaft, seit wir die Gegend nach dem Auto durchsuchen. Muss aber alles genau geplant werden. Wir können da nicht mit Hurra anrücken, sonst gefährden wir die Frauen.«

Das zumindest war Mommsen auch klar – ein heuriger Hase war er ja auch nicht mehr. Er sah wieder auf seine Uhr und lauschte angestrengt. Nichts.

Eigentlich müssten sie so langsam kommen, dachte er. Welche Aufgabe sollte er wohl übernehmen, wenn hier erst einmal der Teufel los war?

Wahrscheinlich gar keine. Am besten, er blieb in seinem Versteck, verhielt sich ruhig und überließ alles andere den Spezialisten. Immerhin: Falls der Mann fliehen wollte und es bis in den Schuppen zu seinem Auto schaffte, würde Mommsen ihn aufhalten können. Mit einem einzigen gezielten Schuss durch den Spalt in der Holzwand könnte der Kerl gestoppt werden.

»Was immer gleich hier abgehen wird«, raunte er Simon zu, »du bleibst in Deckung, verstanden? Du bist Zivilist. Eigentlich hast du hier gar nichts zu suchen.«

»Na ja, manchmal sind wir Zivilisten ganz nützlich, oder?«, griente Simon.

»Ist ja gut. Toll, dass du den Wagen aufgespürt hast. Aber dir darf hier nichts passieren, sonst machen sie mich dafür verantwortlich.«

»Mok di keen Stress, Asmus. Ick pass wull op.«

Mommsen nickte und kontrollierte noch einmal seine alte Sig Sauer P6. Ja, sie war durchgeladen und gesichert. In zwei Jahren spätestens sollten alle Polizisten im Land mit der neuen Walther P99Q ausgerüstet werden, aber Asmus Kelle war froh, immer noch seine P6 zu haben. Bei den turnusmäßigen Übungen auf dem Schießstand erzielte er damit gute Ergebnisse, hatte sich an die Waffe gewöhnt – und Gott sei Dank noch niemals in all der Zeit scharf damit schießen müssen, jedenfalls nicht auf einen Menschen. Der tollwütige Fuchs, der vor ein paar Jahren geifernd auf dem Spielplatz im Kindergarten herumgelaufen war – und den er hatte erschießen müssen, bevor er den Kindern gefährlich werden konnte –, war bisher das einzige Todesopfer, das Hauptmeister Mommsen auf dem Gewissen hatte. Und das war auch gut so, fand er. Selbst der Fuchs hatte ihm irgendwie leidgetan …

Plötzlich saß der Mann da. Genau zwischen Simon und Mommsen kauerte er, keine dreißig Zentimeter vor dem Körper der Hündin, die weiter in tiefem Schaf lag.

Mommsen fuhr zusammen, seine Hand zuckte zur Waffe, dann erkannte er, wer da lautlos hinter den Schuppen gesprungen war. Ungläubig starrte Mommsen ihn an. Sein Herz raste vor Schreck. Weder hatte er Autos vorn auf der Straße gehört, noch waren ihm irgendwelche Leute auf dem Grundstück aufgefallen. Nur einmal, vor zwei, drei Minuten, hatte er gemeint, etwas zwischen den Kühen gesehen zu haben, eine Bewegung, ganz kurz nur. Für ihn hatte es ausgesehen wie Schatten, die über die Wiese huschten, aber er hatte kein Geräusch gehört, keine Stimmen, gar nichts.

Und doch saß der Bursche in voller SEK-Montur auf einmal keine zwei Meter neben ihm im Gras und fragte: »Sind Sie derjenige, der den Wagen gefunden hat?«

Frau Sörensen fuhr verstört hoch, als sie die fremde Stimme so dicht vor sich hörte, schüttelte sich benommen und öffnete ihren Fang.

Blitzartig umfasste Simon ihre schmale, lange Schnauze und hielt die Kiefer fest. »Still«, zischte er nachdrücklich. »Keinen Ton, altes Mädchen! Alles gut. Brav!«

Und Frau Sörensen schwieg. Beleidigt warf sie Simon einen schrägen Blick zu, als er ihren Kopf freigab, und musterte neugierig hechelnd den schwarz gekleideten Mann mit Helm, der vor ihr kniete.

»Herr Simonsen hier«, Mommsen deutete auf Simon, »hat das Auto entdeckt und mich sofort per Telefon informiert. Ich hab dann die Kripo alarmiert.«

Der SEK-Beamte nickte erst Simon, dann seinem uniformierten Kollegen anerkennend zu und sagte in das Klemmmikrofon an seinem Kragen: »Fünf in Position. Einsatzbereit. Hab hier den Hauptmeister der Ortspolizei angetroffen, der die Kripo benachrichtigt hat.« Dann deutete er auf die Holzwand, vor der sie saßen, und fragte leise: »Hier drin steht das Auto, richtig?«

Mommsen nickte. »Kennzeichen ist das gesuchte.«

Der drahtige junge Mann in dem martialischen Aufzug blickte Simon und dem schwitzenden Dorfpolizisten an, reckte demonstrativ einen Daumen in die Höhe und sagte: »Klasse, echt! Ohne Sie hätten wir ihn vielleicht nie gekriegt.«

Ärgerlich fühlte Asmus Kelle, wie ihm die Röte ins Gesicht stieg. Peinlich – als ob ein Lob von diesem jungen Schnösel ihn beeindrucken könnte ... So weit kam's noch. »Eenmol Polizist – jümmers Polizist« – der Spruch des alten Dierksen von vorhin kam ihm urplötzlich in den Sinn, und er musste ungewollt lächeln.

»Wie habt ihr den Zugriff denn geplant?«, fragte er.

»Zwei klingeln vorn und lenken ihn ab – und dann sofort vier Mann gleichzeitig durch die Fenster ins Haus. Wenn notwendig, Blendgranate oder Rauch oder beides. Entscheiden die Jungs selbst, je nach Lage«, gab der SEK-Mann zurück, während er seinen Blick auf die Uhr an seinem Handgelenk gerichtet hielt. »Sie beide bleiben hier in Deckung. Und passen Sie auf, dass Ihr Raubtier uns nicht in die Quere kommt ...«, er deutete lächelnd mit dem Kinn auf Frau Sörensen, »... sonst kriegt sie womöglich noch was ab. Ich geh jetzt vorn auf der Hofseite in Stellung.«

»Alle bereit! Zugriff in dreißig Sekunden ab ... jetzt!«, tönte es knisternd unter dem schwarzen Schutzhelm mit den hellen Buchstaben SEK hervor.

»Fünf, verstanden«, antwortete der junge Mann, hob die Hand, gab ein Signal und verschwand um die Ecke.

Mommsen flüsterte Simon zu: »Du rührst dich nicht von

der Stelle! Und halt den Hund fest!« Dann kroch er geduckt bis zum Ende der Rückwand, ging in die Hocke und lugte um die Kante herum. Von hier hatte er freien Blick über den Hofplatz bis hinüber zum Küchenfenster des Hauses, war selbst aber durch den breiten Schuppen gut gedeckt. Er erkannte zwei schwarz vermummte SEK-Beamte, die unter dem Fenstersims kauerten. Einer von ihnen umklammerte mit beiden Händen den langen Stiel einer Axt, der andere hielt ein Schutzschild vor dem Körper.

Unvermittelt fuhr Mommsen zusammen, als die Türklingel schrillte. Wie bei vielen Häusern auf dem Land, dessen Bewohner sich oft im Hof oder im Gemüsegarten aufhielten, war eine zweite Schelle unter dem Dachüberstand hinten am Haus montiert. Gleich darauf wurde auf der Straßenseite heftig an die Haustür geschlagen. Die wummernden Schläge waren bis in den Hof zu hören.

Die Axt fuhr drei- oder viermal in die Fensterscheibe, bis zwischen den zackigen Glasresten, die im Rahmen stecken blieben, eine genügend große Lücke geschaffen war. Der Mann warf das Werkzeug beiseite, bildete mit den Händen eine Räuberleiter, in die der andere seinen Stiefel setzte und Sekundenbruchteile später bereits an den scharfen Scherben vorbei durch das Loch im Fenster in die Küche sprang.

Ein greller Blitz zuckte innen auf, ein Knall ertönte, gleich darauf ein zweiter. Dann Stille.

Unwillkürlich hob Mommsen die Pistole und presste seine Hand fest um den Griff. Sein Zeigefinger zuckte zum Abzug.

27

Als er den letzten Schluck aus der Flasche nahm, fuhr ihm das Läuten der Türglocke schrill in die Ohren. Verdammt, wer mochte das sein? War der Paketbote zurückgekommen, der heute schon einmal hier gewesen war?

Gian-Luca stand vom Küchentisch auf – per Dio, diese Schmerzen –, überquerte den Flur und ging im Wohnzimmer unter dem Fenster in die Hocke. Vorsichtig, ohne die geschlossene Gardine zu berühren, hob er den Kopf und spähte mit dem nicht zugeschwollenen Auge durch den Spalt. Eine Sekunde nur. Aber das reichte, um es zu wissen. Sein Ende war gekommen. Hier und jetzt.

Nur eine einzige Gestalt hatte er gesehen, die gerade hinter der Hecke an der Einfahrt in Deckung sprang, aber mehr brauchte er nicht, um es zu wissen. Die schwarze Kleidung, die MP, die Springerstiefel, die Schutzweste, der Helm – eindeutig. Das waren nicht die Leute, die er sich in den letzten Stunden so sehnlich herbeigewünscht hatte.

Auf einmal war er ganz ruhig. Selbst die Schmerzen in seinem Gesicht spürte er plötzlich nicht mehr. Alles, was nun zu geschehen hatte, war ihm von Jugend an eingepflanzt worden.

So schnell er konnte, jagte er die Treppe hinauf. Schon auf der ersten Stufe begann er, das Gebet zu sprechen: »Padre nostro che sei nei cieli, sia santificato il tuo nome ...«

Der Klingelknopf war anscheinend festgeklemmt worden. Grell schrillte der Lärm durchs Haus, begleitete Gian-Luca auf seinem Weg die Treppe hinauf. Er betete unbeirrt weiter: »Venga il tuo regno, sia fatta la tua volontà come in cielo, così in terra.«

Nicht einmal einen Blick warf er auf die beiden an die Heizung gefesselten Frauen, als er im ersten Stock an der offenen Schlafzimmertür vorbeirannte und dann weiter die Treppe hinauf ins Dachgeschoss eilte. »Dacci oggi il nostro pane quotidiano, e rimetti a noi i nostri debiti come noi li rimettiamo ai nostri debitori ...«

Die Tür zum Dachboden. Ein Tritt und sie flog auf, schlug krachend an die unverputzte Wand, gerade als unten

Scherben klirrten und eine Granate explodierte. Stimmen schrien durcheinander. Noch ein dumpfer Knall, noch mehr zerberstende Fensterscheiben. Gebrüll auf der Treppe. »E non ci indurre in tentazione, ma liberaci dal male. Amen!«

Schwer atmend stand er vor dem kleinen Dachfenster und blickte in die untergehende Sonne, während er sich dreimal bekreuzigte. Polternde Schritte kamen die Treppe herauf. Jemand rief: »Die Geiseln sind hier oben!«, dann: »Er ist auf dem Dachboden!«

Er hob die Hand mit seiner Beretta. Sie zitterte nicht, war ganz ruhig. Er war ganz ruhig. Alles war doch ganz selbstverständlich – schließlich hatte er es so geschworen. Und er würde das Gesetz ehrenvoll erfüllen.

»Nicht die Menschen urteilen über euch, sondern ihr selbst«, hatte der Padrone stets gesagt. »Ihr müsst immer eine Kugel für euch übrig haben – so lautet das eherne Gesetz der 'Ndrangheta.«

Domenico würde stolz auf ihn sein. Die ganze Familie, in Deutschland und in der Heimat – in den Bergen Kalabriens –, würde den Namen Gian-Luca di Valpecca mit Ehrfurcht nennen. In alle Ewigkeit.

Der Macellaio schloss die Augen, steckte sich den Pistolenlauf in den Mund und drückte ab.

28

»Zielperson tot, Geiseln unverletzt, Sicherheit vorhanden«, rief jemand über den Hof, und kurz darauf preschten Polizeifahrzeuge und ein Krankenwagen über den knirschenden Kies die Auffahrt herauf. Zwei SEK-Beamte führten eine weinende, etwa vierzigjährige Frau mit auffallend roten Haaren aus der Tür. Hinter ihnen gingen Sanitäter mit einer Trage ins Haus hinein.

Edgar Schimmel sah Hauptmeister Mommsen mit blassem Gesicht hinter dem Schuppen hervorkommen. Der Ortspolizist sicherte seine Pistole, steckte sie ins Holster zurück und kam herüber.

»Sie sehen ziemlich mitgenommen aus, Kollege Mommsen«, rief ihm Schimmel entgegen. »Haben Sie etwas abgekriegt? Geht es Ihnen gut?«

»Nein, alles in Ordnung, geht schon«, antwortete der Uniformierte. »Es ist nur … Ich hatte einen geraden Blick aufs Dachfenster da oben …« Er schüttelte sich unwillig. »Wie im Film, einem von denen, die ich nicht mag.«

Schimmel antwortete nicht, sah nur zu, wie der Mann versuchte, seine Fassung wiederzugewinnen. Nach ein paar Augenblicken hörte er ihn leise sagen: »Wissen Sie, das war so … unwirklich irgendwie. Obwohl es ja alles real war, brutal real. Aber dieses Bild, als der Kerl da am Fenster stand … plötzlich die Pistole … und alles so sonderbar beleuchtet vom Sonnenuntergang. Gruselig, sag ich Ihnen.«

Schimmel nickte. »Verstehe. Das Bild muss man erst mal wieder aus dem Kopf bekommen.« Er legte eine Hand auf Mommsens Arm. »Jedenfalls haben Sie das gut gemacht, die Sache mit dem Auto! Da hatten Sie den richtigen Riecher.«

»Danke, danke«, wehrte Mommsen ab, »aber die Lorbeeren gebühren dem alten …« Er biss sich auf die Zunge, überlegte kurz und rettete sich dann mit einem glücklichen Lächeln: »… äh, den beiden da.« Er zeigte eifrig auf Simon und Frau Sörensen, die gerade hinter dem Schuppen hervorkamen. Die Hündin lief schwanzwedelnd auf Schimmel zu und sprang an ihm hoch.

»Was zum Teufel machen Sie denn hier?«, rief der Graue Simon zu, bückte sich und tätschelte Frau Sörensens Kopf. »Ist ja gut, krieg dich wieder ein!«

»Herr Simonsen ist hier vorbeigekommen …«

»… rein zufällig, auf dem Weg zu meinem Haus«, warf Simon treuherzig ein.

»Genau, und der Hund hat etwas gewittert – wohl Blut von dem Killer, das der verloren hat. Jedenfalls hat der Hund Simon, ich meine Herrn Simonsen, zum Schuppen geführt, und ... Na ja, da stand dann das gesuchte Auto drin«, haspelte der Dorfpolizist. Er machte auf Edgar Schimmel einen ziemlich konfusen Eindruck. »Und als ich von Herrn Simonsen informiert wurde, hab ich Sie ja gleich angerufen und bin hierhergefahren.«

Schimmel legte die Stirn in Falten, doch bevor er ein paar Fragen zu den erstaunlichen Zufällen bei der Auffindung des gesuchten Wagens stellen konnte, die ihm auf der Zunge lagen, wandte sich Simon an ihn und fragte: »Wo haben Sie denn Helene gelassen?«

»Die musste in Flensburg bleiben. Seit dieser Fall solche unerwarteten Dimensionen angenommen hat ...«, er blickte Simon fest ins Gesicht und äußerte lakonisch: »Ich gehe davon aus, dass Sie nicht ganz uninformiert geblieben sind, oder?«

Simon grinste. »Na ja, ich kenne keine Namen, keine Details, da ist Helene streng, das wissen Sie.«

»Ja, ja, Sie Hilfssheriff«, knurrte der Alte. »Mit Ihnen haben wir alle das große Los gezogen.« Seine Mundwinkel zuckten verdächtig. »Aber zu Ihrer Frage: Kommissarin Christ hat gerade eine Besprechung mit den Leuten aus Wiesbaden. Da gibt es noch ein Problem ...« Er brach ab. Weder Simonsen noch Mommsen mussten etwas wissen von dem verschwundenen Herrn Friesing und seinem früheren Leben.

»Na gut«, gab Simon zurück. »Ich muss jetzt sowieso los. Muss bald ablegen, wenn ich heute Abend rechtzeitig in Flensburg sein will – ich meine, falls Helene irgendwann mal Feierabend machen darf.«

Das schien zumindest Mommsen nicht zu interessieren. Seine Neugier war offenbar ungebrochen. »War wohl ein ganz dicker Fisch, der da gerade ins Netz gegangen ist, was?«, hakte er nach. »In der Zeitung stand ja was von der Mafia. Und das hier bei uns!«

»Hören Sie bloß auf«, knurrte der Graue. »Unser Sensationsreporter hat wieder einmal alles total aufgebauscht. Ich weiß gar nicht, wozu wir uns mit der Pressekonferenz so viel Mühe gegeben haben. Der schreibt doch sowieso jeden Mist, der ihm gerade in den Kopf kommt.«

»Na ja«, schaltete sich Simon noch einmal ein, »so ganz daneben scheint er nicht zu liegen, oder? Jedenfalls war das doch wohl ein Profikiller, der eigens hierhergeschickt wurde, um …« Er stockte.

»Ja, genau«, unterbrach Asmus Kelle eifrig, »warum eigentlich, das frage ich mich – oder besser Sie! Ich meine, was steckt denn nun hinter den Morden?«

Unwirsch schüttelte Schimmel den Kopf. »Es hat etwas mit dem organisierten Verbrechen zu tun, Kollege Mommsen, so viel ist schon richtig. Aber um was es da genau geht, kann ich Ihnen nicht sagen. Ist Sache des BKA – deshalb haben die sich ja in die Ermittlungen eingeschaltet. Und nun lassen Sie's gut sein, mehr werden Sie von mir nicht erfahren, sorry.«

Enttäuscht wollte der Hauptmeister etwas antworten, als der Transporter der Spurensicherung unter dem heftigen Bellen von Frau Sörensen neben ihnen auf der Auffahrt hielt. Mehrere Leute stiegen aus und begannen, sich ihre hellen Schutzanzüge anzuziehen.

Auch die BKA-Beamten, die in Michalskys Begleitung hergeflogen waren, saßen im Transporter, beide mit Schutzwesten bekleidet. Sie übernahmen sofort das Kommando und erteilten Anweisungen, nachdem der Einsatzleiter des SEK herangelaufen war und ihnen einen Lagebericht erstattet hatte.

Aus dem grauen Kombi dahinter stieg der Gerichtsmediziner, holte seinen Koffer vom Rücksitz und trat auf Schimmel zu. »Wo ist er?«

»Oben auf dem Dachboden, Doktor. Mausetot – nur keine Eile.«

Dr. Asmussen verzog das Gesicht zu einem müden Lächeln und ging hinter den Spurensicherern zum Hauseingang.

»Ein Auftragskiller war das aber schon, das hab ich doch richtig verstanden?«, versuchte es der Dorfpolizist noch einmal. »Ein richtiger Mafioso. Bestimmt aus Sizilien, nicht wahr?«

Schimmel bedachte ihn mit einem langen, ausdruckslosen Blick, deutete auf die ansehnliche Menschentraube, die sich mittlerweile auf dem Gehweg vor der Einfahrt gebildet hatte, und fragte: »Hätten Sie wohl die Güte, sich um die Gaffer zu kümmern, Herr Hauptmeister? Helfen Sie bitte bei der Absperrung und Sicherung des Grundstücks und sorgen Sie dafür, dass niemand es betritt, ja?«

Er schrak kurz zusammen, als das Dröhnen einer defekten Auspuffanlage an sein Ohr drang, und sah missmutig dabei zu, wie der rasende Reporter Jacobi seinen museumsreifen VW-Bus mitten auf der Straße abstellte und heraussprang. Seine Füße hatten den Boden noch nicht berührt, da riss er bereits seine Kamera hoch, und Blitze zuckten rasch nacheinander auf. Zu Simon gewandt, sagte der Graue: »Bevor Sie uns verlassen – das wäre doch mal eine schöne Aufgabe für Ihren Bluthund: Ich hätte nichts dagegen, wenn der Kerl einen Wadenbiss davontrüge.« Er beugte sich zu Frau Sörensen hinunter. »Braves Hundi, mach fein beissi-beissi!« Wieder aufgerichtet, fixierte er seinen uniformierten Kollegen mit einem strengen Blick und schnappte: »Dieser Schmierfink kommt keinen Meter weit auf die Auffahrt, Mommsen, dafür mache ich Sie persönlich verantwortlich, verstanden?«

»Jawoll, Herr Hauptkommissar«, brüllte Mommsen übertrieben laut und deutete ein Hackenknallen an.

»Geschenkt«, winkte Schimmel ab. »Ich kann doch auch nichts dafür, dass ich Ihnen keine Interna aus den Ermittlungen erzählen darf. Und ganz ehrlich: Bisher verstehe ich auch nur die Hälfte, das dürfen Sie mir glauben.« Damit drehte er sich um und stapfte hinüber zum Schuppen, dessen Tore nun weit offen standen und in dessen Innerem zwei Beamte der Kriminaltechnischen Untersuchung sich gerade mit dem Hyundai beschäftigten.

Asmus Kelle – anscheinend wieder besänftigt – nickte und trat dem heraneilenden Reporter entschlossen in den Weg.

Schimmel drehte sich hoffnungsvoll um, als Frau Sörensen den Pressemann lautstark ankeifte, sah aber, dass Simonsen sich gebückt hatte und sie am Halsband festhielt, während er das Grundstück verließ und an dem alten VW-Bus vorbei in Richtung Hafen ging. Der Graue lächelte wehmütig. Schade, vielleicht hatte der Hund ihn ja verstanden …

29

»Wie sieht's aus bei dir?«, wollte Helene Christ wissen.

»Er hat sich den Kopf weggeblasen. Sieht übel aus – erspar mir bitte die Details.« Schimmel schüttelte sich vor Ekel. Gerade war er oben bei Dr. Asmussen gewesen, um sich ein Bild zu machen. Selbst der alte Rechtsmediziner schien etwas angefasst zu sein angesichts der Schweinerei, die das Neun-Millimeter-Geschoss angerichtet hatte. Überall im Umkreis von fünf Metern fanden sich Blutspritzer, Knochensplitter und Hirnmasse, und viel war nicht mehr übrig vom Kopf des Metzgers Gian-Luca di Valpecca, jedenfalls nicht auf dessen Hals.

»Und die Frauen – wie geht es denen?«

»Die Tochter ist so weit ganz in Ordnung. Furchtbar wütend, aggressiv sogar, aber bis auf ein paar Druckstellen okay. Die wird schon wieder. Die alte Dame, ihre Mutter, haben sie gerade ins Krankenhaus gefahren. Herzprobleme. Mal sehen …«

»Hm.« Schweigen.

»Was ist los, Helene?«

»Ach, wir haben gerade eine schlimme Nachricht erhalten, Edgar. Deshalb ruf ich auch eigentlich an.«

»Hab ich mir schon gedacht. Geht's um Friesing?«

»Exakt. Man hat ihn gefunden. Mit zwei Löchern im Kopf.«

»Wo?«

»Im Straßengraben an der Landstraße 460 bei Heppenheim. Etwa vierhundert Meter hinter der Abfahrt von der A 5. Arbeiter, die unterwegs waren, um die Begrenzungspfähle zu reinigen, haben ihn entdeckt.«

»Wann?«

»Heute Morgen um etwa sieben Uhr. Hat eine Zeit lang gedauert, bis er identifiziert wurde. Seine Daten sind ja erst heute Nacht an alle Dienststellen rausgegangen. Dafür ging's sogar ziemlich flott. Obwohl es ja weit weg ist.«

»Das kann man wohl sagen. Heppenheim – wo genau liegt das eigentlich, Helene?«

Sie atmete hörbar ein. »Ich zitiere mal Michalsky: ›Direkt vor der Haustür des Paten, keine dreißig Kilometer entfernt von Mannheim.‹«

»Aha.« Schimmel überlegte. »Was meint der Herr Erster Kriminalhauptkommissar denn – hat der Mafiaboss Friesing entführt und umgebracht?«

»Er sagt, das sei sehr wahrscheinlich, aber man würde es ihm wohl nie nachweisen können. Und weißt du was, Edgar: Ich kann seinen Frust nachvollziehen.«

Der Graue schnaufte. »Na ja … Hat man denn Friesings Auto irgendwo gefunden? Ich meine, wenn er hier oben entführt wurde, müsste sein Wagen doch noch in der Garage stehen oder in der Nähe des Krankenhauses in Flensburg, wo er zuletzt gesehen wurde, nicht wahr?«

»Da hast du recht. Ich weiß nicht, ob Michalsky angeordnet hat, dass nach dem Wagen gefahndet wird. Ich frag ihn

gleich mal. Wenn das Auto irgendwo in der Nähe des Fund-
orts der Leiche auftauchen sollte, dann wüsste ich nicht, was
da passiert sein könnte.«

»Zerbrich dir darüber nicht den Kopf, Miss Marple. Unser
Fall ist das nicht mehr. Der Rest ist jetzt Sache des BKA. Du
kannst getrost loslassen. Fahr endlich in Urlaub – natürlich
erst nach dem Essen, das du mir versprochen hast!«

Helene lachte. »Ehrensache! Simon freut sich auch
schon.«

»Apropos Simon – halt dich gut fest: Der hat den
Hyundai eigentlich entdeckt. Oder besser: sein Hund.«

»Wie bitte? Simon? Frau Sörensen? Ich verstehe kein Wort!«

»Die waren die ganze Zeit hier, Helene, dein Hilfssheriff
und seine treue Begleiterin, dieser kleine Kläffer.«

»Was …?«

»Er war wohl auf einem Tagestörn hierher in seinen Heimatort, um sich die Zeit zu vertreiben. Und Hauptmeister
Mommsen scheint ihn gleich in die Suche nach dem Auto
eingespannt zu haben. Frag deinen Freund einfach nachher
selbst. Er ist schon wieder auf dem Weg zurück nach Flensburg. Mir haben die beiden sowieso nichts Vernünftiges
erzählt«, lachte Schimmel. »Alte Dorfkumpels – da ist kein
Kraut gegen gewachsen.«

»Na, der wird mir was zu erklären haben, da kannst du
dich drauf verlassen. Unglaublich!« Helene klang nur mäßig
erheitert. »Und was unser Captain's Dinner angeht: Ich
denke, das machen wir morgen Abend, wenn es Simon auch
passt. Und dann hauen wir endlich ab.« Sie stockte einen
Moment, dann hörte Schimmel sie leise fragen: »Hör mal,
Edgar, was meinst du – wird Gesa noch bedroht? Also von
diesen Mafiosi, meine ich?«

»Kann ich mir nicht vorstellen. Der Metzger ist auf jeden
Fall mausetot. Und andere werden hier ja wohl nicht auch
noch herumlaufen, hoffe ich. Müsstest du das BKA fragen.
Aber wozu? Dem Mädchen geht es schon etwas besser,

wenn ich es richtig verstanden habe, und um alles andere kümmern sich doch jetzt unsere Freunde vom Staatsschutz. Keine Ahnung, wie rachsüchtig Mafiabosse sind, aber nach meinem Dafürhalten sollte die Sache mit Friesings Tod jetzt erledigt sein. Welches Interesse könnte dieser Pate nun noch an der Tochter haben?«

»Keine Ahnung, Edgar. Du hast wohl recht. Ich frage auch nur, weil Frau Friesing ihre Tochter besuchen will. Michalsky wollte wissen, ob ich sie begleiten kann. Es geht ihr natürlich nicht gut, seit sie weiß, was mit ihrem Mann passiert ist. Aber sie lässt sich nicht davon abbringen: Sie will zu ihrem Kind ins Krankenhaus.«

»Na denn. Meinetwegen begleite sie. Aber frag den hohen Herrn aus Wiesbaden, was hinsichtlich des Personenschutzes im Krankenhaus geschehen soll. Ich komme gleich auf die Dienststelle zurück. Hier werde ich nicht mehr gebraucht. Im Büro kann ich schon mal anfangen, ein bisschen am Bericht zu arbeiten. Wir können den dann vielleicht morgen zusammen fertig machen …« Er brach ab. Dann setzte er resigniert hinzu: »Viel Konkretes wird eh nicht drinstehen. Ein Scheißfall ist das, wenn du mich fragst, Helene. In all den Jahren hab ich so was … Was soll's, lassen wir's gut sein.«

»Ach, Edgar, eins noch – zu deiner Aufmunterung …«

»Ja?«

»Michalsky hat mich gefragt, ob ich mir wohl vorstellen könnte …«

»Was? Sag schon – ich ahne Schreckliches!«

»Deine Ahnung trügt dich nicht. Er wollte wissen, ob ich mir auch eine Karriere beim BKA vorstellen könnte. Die suchen angeblich junge Leute, vor allem Frauen …«

Schweigen. Schließlich: »Und – kannst du?«

»Ich hab ihn nur gefragt, ob man da in Wiesbaden vor der Tür eine Hochseeyacht festmachen kann.«

Der Graue prustete los.

»Und stell dir vor …«, meldete sich Helene wieder.

»Was denn, red schon!«

»Er hat gelacht – wahrhaftig.«

»Donnerwetter«, sagte Edgar Schimmel, grinste und steckte das Handy wieder in die ausgebeulte Tasche seines schlabberigen grauen Sakkos.

30

Schon lange bevor er das Boot sehen konnte, hörte Simon den Motorenlärm.

Vor vier Stunden hatte er in seinem Heimathafen abgelegt und sich auf den Weg nach Flensburg gemacht. Den größten Teil der Strecke bis Holnis konnte er auf Backbordbug Halbwindkurs laufen. Der Nord-Ost wehte zwar eher schwach, aber Simon hatte alle Tücher hochgezogen, und die alte *Seeschwalbe* brachte es damit immerhin auf gut sechs Knoten. Als er Holnis hinter sich gelassen hatte, war er auf Süd-West-Kurs gegangen und segelte nun den direkten Weg in die Innenförde hinein, an deren Ende der Flensburger Hafen lag. Für den jetzt achterlichen Wind hatte er die große Genua an Backbord ausgebaumt, das Großsegel zur Steuerbordseite weit ausgestellt und mit einer Bullentalje gesichert. ›Schmetterling‹ nannten die Segler diese Stellung der Tücher. Leider hatte sie den Nachteil, dass das Boot beständig zu beiden Seiten um seine Längsachse gierte.

Frau Sörensen stand missmutig schwankend auf dem Schiebeluk zum Niedergang und versuchte, das unangenehme Geigen des Schiffes auf ihren vier Pfoten auszugleichen.

»Ich weiß ja, dass du Wind von achtern nicht magst. Wer mag den schon? Aber wir sind gleich da«, rief Simon ihr amüsiert zu, als sie ihm wieder einen vernichtenden Blick zuwarf.

Helene hatte vorhin angerufen, anscheinend, um ihn zu seiner Rolle beim Auffinden des gesuchten Hyundais einem Verhör zu unterziehen. »Ich erzähl es dir später«, hatte er abgewehrt. Auf keinen Fall wollte er Asmus Kelle in Schwierigkeiten bringen, der ihm wohl ein bisschen viel an Dienstgeheimnissen verraten hatte. »Ich weiß auch nicht, wieso ich immer irgendwie in deine Fälle hineingerate ...«, hatte er es lahm versucht.

»Soweit ich mich erinnere, bist du beim letzten Mal keineswegs ›hineingeraten‹«, hatte sie schnippisch geantwortet. »Da hast du eine Hauptrolle gespielt.«

Darauf hatte er nicht wirklich eingehen wollen. »Na gut, aber diesmal war es eigentlich Frau Sörensen. Wenn sie nicht diese Blutspur gefunden hätte ...«

»Ach, hör doch auf!«, hatte Helene gelacht. »Wir sprechen noch darüber, was da abgelaufen ist, mein Lieber. Aber eigentlich hab ich tolle Nachrichten für dich.«

»Lass hören!«

»Die Chancen stehen gut, dass wir spätestens übermorgen lossegeln können – in den Urlaub!« Ihre Freude war nicht zu überhören gewesen. Der Fall sei so gut wie gelöst, jedenfalls für die Kriminaldirektion Flensburg. Alles andere sei nun Sache des BKA. Ein paar Dinge müsste man noch klären, dann könne sie dem Totengräber und Schimmel getrost den Rest allein überlassen. Sie hatte Simon gestern Abend schon von dem seltsamen BKA-Beamten erzählt, und auch, wie sie ihn insgeheim nannte. »Dann legen wir endlich ab, Simon!«, hatte sie ins Telefon gerufen. »Ich kann mich nur noch mal für deine Geduld bedanken, mein Schatz. Aber bald hab ich endlich den Kopf frei.«

»Vor allem brauchst du dann nicht mehr zu befürchten, etwas Wichtiges zu verpassen. Das meinst du doch, oder?«, hatte er sie aufgezogen.

›Blödmann‹ hatte sie ihn wieder einmal genannt und ihn gefragt, ob er etwas dagegen hätte, wenn sie Edgar Schimmel zu einem Abschiedsessen auf die *Seeschwalbe* einladen würde, bevor sie in den Urlaub ablegten.

Das hatte er natürlich nicht. »Wenn er denn will, der alte Krauter.« Und eine Idee, was es geben sollte, sei ihr auch schon gekommen: Ein zünftiges Captain's Dinner mit Steaks, ganz vielen Röstzwiebeln, frischen gebratenen Champignons und Bratkartoffeln dazu. »Vielleicht noch ein bisschen Salat, wegen der Gesundheit«, hatte sie lachend hinzugefügt.

»Dafür haben wir doch den Rotwein«, war seine Antwort gewesen.

Herrlich! Endlich Urlaub! »Bald geht's los, altes Mädchen – auf nach Norwegen!«, rief er Frau Sörensen übermütig zu, die sich für diese Neuigkeit allerdings nicht zu interessieren schien, sondern irritiert über seine Schulter nach hinten starrte, von wo das aufdringliche, immer stärker anschwellende Gebrüll starker Motoren über das Wasser herandröhnte.

Simon warf einen Blick nach hinten. Schnell hatte er die Lärmquelle geortet, denn eben kam hinter der Großen Ochseninsel auf der dänischen Seite der Innenförde ein flaches hellgraues Motorboot hervor und fuhr mit beeindruckender Bugwelle einen weiten Bogen bis etwa zur Mitte des Fahrwassers. Nach einer Kursänderung rauschte es in der Kiellinie der *Seeschwalbe* rasch von achtern heran.

Als er wieder nach vorn sah, erkannte Simon in der Ferne, etwa zwei Seemeilen voraus, das erste Tonnenpaar des Fahrwassers in den Flensburger Hafen. »Pass bloß auf, Frau Sörensen«, rief er der Hündin zu. »Die wollen auch in die Stadt. Wenn sie uns gleich überholen, wackelt es hier richtig!«

Und tatsächlich, schon ein paar Minuten später schaukelte der schwere Holzrumpf der *Seeschwalbe* gewaltig, als die lärmende Motorquatze rasend schnell und viel zu dicht an Backbord überholte, begleitet von Frau Sörensens wütendem Gekläff. Doch sehr abrupt musste die Hündin ihre Schimpftirade einstellen, denn sie verlor im wilden Schwanken jeden Halt. Es gelang ihr gerade noch, sich mit einem beherzten Sprung ins Cockpit zu retten, wo sie nun beleidigt auf dem Hintern saß und Simon klagend ansah, der sich lachend am Ruderrad festhielt, während er mühsam versuchte, den Kurs zu halten.

»Arschlöcher sind das, da hast du schon recht, altes Mädchen«, rief er ihr im Getöse zu und ließ den Überholer nicht aus den Augen. Wer da am Steuer stand, konnte er nicht erkennen, aber sofort fielen ihm die drei Männer auf, die in der offenen Plicht steif aufgerichtet nebeneinandersaßen, während über ihren Köpfen die dänische Nationale stramm nach hinten auswehte. Alle drei waren in dunkelblaue Anzüge gekleidet, ein Aufzug, den man an Bord von Sportschiffen sonst nie zu sehen bekam. Ihre Gesichter sahen südländisch aus, waren aber unter den Sonnenbrillen mit übergroßen verspiegelten Gläsern nicht richtig zu erkennen. Sonderbare Gestalten. Schade, dass die Wasserschutzpolizei nicht zufällig in der Nähe war, ärgerte sich Simon. Wäre ein gefundenes Fressen, dieses Überholmanöver. Was mochten das wohl für komische Gesellen sein – Geschäftsleute auf dem Weg zu einer Konferenz? Ach, egal, wozu sich ärgern! Simon schüttelte nur den Kopf, als das Motorboot dicht vor ihm einschwenkte und davonzog. Eigenartig allerdings war das schon, geradezu ein bisschen unheimlich … Nicht einmal ihre Köpfe hatten sie gewendet, nicht herübergeschaut, geschweige denn gegrüßt.

Die alte *Seeschwalbe* beruhigte sich augenblicklich, als der Schwell sich legte, Frau Sörensen erklomm wieder ihren Ausguck auf dem Schiebeluk und schickte dem lautstark mit einer Wolke aus Abgasgestank entschwindenden Fremdling einen wilden Blick hinterher.

Eine gute Stunde später lag die *Seeschwalbe* fest vertäut mit ihrer Steuerbordseite am Kai, den Bug zum Steg gerichtet, an dem die alte *Alexandra* ihren Liegeplatz hatte. Simon hatte für die paar Tage, in denen er darauf wartete, dass sie endlich auf ihren Urlaubstörn gehen konnten, einen Deal mit dem Hafenmeister gemacht, den er seit langer Zeit kannte. Er durfte sich hier, sozusagen mitten in der Stadt und nur wenige Schritte vom Gebäude der Polizeidirektion entfernt, einen freien Platz suchen, obwohl der Kai für Sportsegler eigentlich gesperrt war. Wenn ein größeres Schiff angemeldet war, musste er Platz machen. Das war aber nur vorgestern nötig gewesen, als er der *Beluga II* von Greenpeace weichen musste, die für ein paar Tage nach Flensburg kam. Im Museumshafen nebenan jedoch war die immerhin über fünfzig Jahre alte *Seeschwalbe* stets willkommen und konnte vorübergehend irgendwo festmachen.

Nun saß Simon an Deck, einen noch fast leeren Einkaufszettel vor sich auf dem Cockpittisch, und kaute auf einem Bleistift herum, während sein Blick gedankenversunken dem regen Treiben an Land folgte, den Passanten auf dem Kai, dem heftigen Verkehr auf der Schiffbrücke. Es wollte ihm nicht aus dem Kopf gehen, was er vorhin gesehen hatte.

Auf der Höhe der roten Tonne Nummer dreizehn hatte er die Maschine gestartet, das Ruder festgesetzt und damit begonnen, die Segel zu bergen. Das hatte eine Weile gedauert – schließlich war er allein an Bord. Als alles erledigt war, hatte schon das nächste Tonnenpaar vor ihm gelegen. Unter Motor war er dann die letzte Meile in den Hafen hineingefahren.

Und da hatte er es gesehen: das hellgraue Motorboot. An einem der langen Stege vor dem Werksgelände von *Niro-Petersen* lag es. Simon hatte den Motor gedrosselt und sich das Fernglas vor die Augen gehalten.

Die drei dunkelblauen Anzüge mit den Sonnenbrillen hatten oben in der Nähe des Strandwegs gestanden, dort, wo ein schmaler Fahrweg zum Ufer abzweigte. Gerade hatte er das Fernglas wieder weglegen wollen, da war auf dem Strandweg plötzlich ein mächtiger SUV erschienen, schwarz und mit getönten Seitenscheiben. In einer Staubwolke war der Wagen den Weg zum Ufer hinabgejagt und hatte dann angehalten. Die drei Männer waren eingestiegen, und das Auto war sofort wieder losgefahren. Nach wenigen Sekunden war es hinter den Industriehallen verschwunden.

Alles sehr eigenartig, fand Simon. Doch was kümmerte es ihn eigentlich? Er hatte anderes zu tun. Bald würde Helene an Bord kommen. Es wurde höchste Zeit, mit Frau Sörensen einen Marsch zum Supermarkt zu unternehmen. Der Hund saß schon lange schwanzwedelnd neben dem Einkaufskorb an der Reling und hechelte erwartungsfroh.

Was, zum Teufel, musste er denn nun eigentlich kaufen? Auf dem Zettel stand bisher nur *Zutaten Captain's Dinner*.

Er nahm den Bleistift aus dem Mund, seufzte, warf ihn auf den Tisch und sagte zu Frau Sörensen: »Scheiß drauf. Komm, wir gehen einfach los. Wenn ich erst mal im Laden stehe, werd ich schon sehen, was wir alles brauchen.«

31

»Ich habe immer gefühlt, dass es nicht gut gehen würde«, sagte Petra Friesing. »Falsch«, verbesserte sie sich sofort, »ich hab's gewusst – irgendwo tief drin hab ich's immer gewusst.«

Helene schwieg.

Sie waren allein im Warteraum auf der chirurgischen Intensivstation. Die wenigen anderen Stühle waren leer. Verstohlen warf die Kommissarin einen kurzen Blick auf die Frau, die mit verschränkten Händen neben ihr saß und abwesend auf die Wand gegenüber starrte.

Ein großer Bilderrahmen hing dort. Kein Gemälde, kein Foto, sondern ein Bibelspruch in goldenen Lettern: *Der Herr ist mein Hirte, mir wird nichts mangeln. Er weidet mich*

auf einer grünen Aue und führet mich zum frischen Wasser ...
Psalm 23 stand darunter.

Unverkennbar eine kirchliche Einrichtung, das Diakonissenkrankenhaus. Helene, die an der Flensburger Förde aufgewachsen war, wusste das natürlich. In den letzten Jahrzehnten war hier eine hochmoderne Großklinik entstanden, ein akademisches Lehrkrankenhaus, in dem sich auch viele Patienten aus dem benachbarten Dänemark behandeln ließen.

»Lesen Sie den Spruch?«, fragte Helene ruhig.

»Hab's gesehen. Sagt mir nichts. Gott hat uns schon lang verlassen.«

»Uns?«

»Mich, meine Familie meine ich.«

Helene nickte. »Gesa scheint aber durchzukommen, oder?«

»Hat das etwas mit ...«, Frau Friesing zeigte auf den eingerahmten Psalm an der Wand, »... mit dem da zu tun? Glauben Sie das?«

Helene zuckte mit den Schultern. »Keine Ahnung. Ich frag mich nur ... Ach was, geht mich gar nichts an, lassen Sie's gut sein.«

Die brünette Frau, die selbst in ihrem schlichten Sommerrock und der hellen Bluse eine elegante Erscheinung war, musterte die junge Kommissarin mit einem langen Blick. »Wissen Sie, in diesen zehn Jahren ist er mir abhandengekommen. Ich bin davon überzeugt, dass wir ...«, sie stockte, dachte nach und sagte dann leise: »... dass wir ... also mein Mann und ich, dass wir ihn verscheucht haben.«

Was für ein Ausdruck, dachte Helene. »Wenn es einen Gott geben sollte – kann man ihn tatsächlich ›verscheuchen‹?«

»O ja, sicher! Sehen Sie sich doch das Kind an.« Sie deutete mit dem Kopf zur Tür. »Und dann die arme Clarissa und der junge Mann aus dem Lager ...«

»Haben Sie damals denn gewusst, dass ihr Mann ein ...?« Helene biss sich auf die Zunge.

»... ein Verbrecher war? Sprechen Sie es ruhig aus!« Petra

Friesing lehnte sich auf ihrem Stuhl vor und sah Helene ins Gesicht. »Nein, natürlich habe ich das nicht gewusst. Wie auch? Gesagt hat er es mir nicht. Und auch die Polizei hat Jahre benötigt, um herauszufinden, wer hinter der Investmentgesellschaft stand, deren Chef er war.« Ihre Hände griffen nach der Handtasche – offenbar brauchte sie etwas zum Festhalten – und sie begann nervös, mit den Fingern am Verschluss zu nesteln. »Wir haben viel Geld gehabt, immer. Hubert – er hieß natürlich eigentlich Roland, aber ich habe ihn immer bei seinem neuen Namen nennen müssen. Hubert ist mir inzwischen viel vertrauter. So hat er ja über zehn Jahre offiziell geheißen ...«, sie schluckte, »... bis zu seinem Tod. Und ich hieß auch nicht immer Petra Friesing, natürlich nicht. Aber ich hab mich daran gewöhnt. Jetzt werde ich mich bald wohl noch mal mit einem neuen Namen arrangieren müssen. Und Gesa auch, falls sie hier herauskommt.« Der Verschluss der Handtasche klappte rhythmisch auf und zu. Klick – klack. Klick – klack.

»Ja, aber dann trifft Sie doch gar keine Schuld«, versuchte Helene, das Gespräch in Gang zu halten.

Petra Friesing lachte verächtlich auf. »So einfach kann ich es mir nicht mehr machen, Frau Kommissarin. Eine Zeit lang hat es ganz gut funktioniert, mich dumm zu stellen. Aber nein, ich kann mich nicht auf Dauer selbst belügen. Er hat unser Privatleben immer rigoros abgeschottet, wir haben wie in einem Kokon gelebt, aber ... Nun, es blieb nicht aus, dass ich mitbekam, mit was für Leuten er am Telefon verhandelt hat, wer seine sogenannten ›Geschäftspartner‹ waren, die ihn manchmal mitten in der Nacht aus dem Bett geklingelt haben. Hin und wieder wurde er auch abgeholt – ich hab gesehen, wer da im Auto saß.«

»Der Boss – dieser ... Pate?«

»Genau. Allerdings habe ich erst im Laufe der Zeit erfahren, wer und was er wirklich ist.« Petra Friesing stockte, dann straffte sie sich, umklammerte aber immer noch fest den Bügelverschluss ihrer Tasche. »Und Hubert ist ständig unterwegs gewesen, in der ganzen Weltgeschichte ist er herumgereist, immer mit massenhaft Bargeld im Koffer.« Klick – klack. Klick – klack. »Die Wahrheit ist: Ich wollte es nicht sehen. Ganz einfach. Es war alles so angenehm: das viele Geld, die pompöse Villa im Taunus, die Autos, das Ferienhaus in der Schweiz, die Reisen … Und … ja …« Sie brach ab. Unheimliche Stille, dann hörte Helene sie leise sagen: »Und ich habe ihn geliebt. Ich wollte ihn nicht verlieren.« Als würde es ihr erst in diesem Augenblick bewusst werden, schreckte sie auf und sagte fast tonlos: »Und nun ist er tot.«

Helene ließ eine Minute verstreichen, dann fragte sie so beiläufig wie möglich: »Wie kam es denn damals eigentlich zu seinem Ausstieg?«

Die Frau, die jetzt Petra Friesing hieß, holte tief Luft. »Eines Tages kam Hubert nach Hause und war völlig verändert. Er war ein paar Tage in Italien gewesen, und als er zurückkam, war auf einmal alles anders. ›Ich halte es nicht mehr aus‹, hat er gesagt, und dass er einen Plan habe, seit Langem schon. Er erzählte mir, dass man vor seinen Augen vier sogenannte Verräter regelrecht exekutiert hätte – da hab ich ihn zum ersten Mal weinen gesehen. Irgendwo in einem abgelegenen Dorf in Kalabrien. Man wollte ihm damit etwas sagen, da war er sich sicher. Ich erfuhr, dass er für den ›Tag X‹, wie er es nannte, eine Menge Geld beiseitegeschafft hatte.« Sie hielt einen Augenblick inne, klappte die Handtasche auf, holte ein Tuch heraus und tupfte sich die Stirn ab.

Es war stickig geworden in dem kleinen Raum. Helene ging zum Fenster und öffnete es. »Sprechen Sie doch weiter«, bat sie die Frau, die still am Tisch saß und erkennbar ihren Gedanken nachhing.

»Ach, der Rest ist schnell erzählt«, sagte Petra Friesing. Ihrem Mann sei es unter größten Vorsichtsmaßnahmen gelungen, Kontakt zur Polizei aufzunehmen, und im BKA habe man eine Sonderkommission gebildet, um seinen Ausstieg zu organisieren. Bedingung dafür, dass er straffrei blieb, sei eine vollständige Liste mit Namen und Adressen aller wichtigen Leute gewesen. »Eine lange Liste, glauben Sie mir! Außerdem musste Hubert Dokumente über alle Besitztümer, Gebäude und Liegenschaften des Clans vorlegen. Und über alle Geschäfte, die er für die Organisation in den letzten Jahren abgewickelt hatte – natürlich die richtigen Unterlagen, nicht den frisierten Unsinn, der in den Steuererklärungen stand. Sie haben dann im Gegenzug einen hieb- und stichfesten Identitätswechsel für uns vorbereitet – ein regelrechtes Zeugenschutzprogramm also. Gesa war damals noch nicht mal vier Jahre alt, was die Sache erleichterte.«

»Heißt sie denn tatsächlich Gesa?«, fragte Helene.

»Ja, bei ihr wurde nur der Familienname geändert, so war es einfacher für sie. Außerdem wollte man uns in den Norden verpflanzen, und hier gibt's ja viele Gesas.« Als dann der Besuch eines anderen Mafiabosses in Mannheim bevorstand, hinter dem das BKA ebenfalls seit Jahren her war, schien der richtige Zeitpunkt gekommen zu sein, berichtete Frau Friesing weiter. »Hubert hat dem BKA Ort und Zeitpunkt des Treffens verraten. Sie hofften, gleich mehrere Fliegen mit einer Klappe schlagen zu können.«

»Und dann?«

»Dann haben sie es versaut«, sagte Petra Friesing trocken. »Anders kann man das nicht ausdrücken. Beim Zugriff wurde die Tochter des Bosses erschossen. Ich habe immer geahnt, dass er Hubert bis zu seinem letzten Atemzug suchen würde, um sich dafür an ihm zu rächen.«

»Wieso an Ihrem Mann? Das BKA hat uns gesagt, das Kind sei bei dem Zugriff damals versehentlich von einem SEK-Beamten getötet worden.«

»Sie haben keine Ahnung, wie diese Leute ticken, was? Hubert hat ihn verraten, also ist er an allem schuldig, was passiert ist. Basta. So sieht er das.« Sie zeigte wieder auf die

Tür zum Flur. »Und wie Sie wissen, hat er uns aufgestöbert, durch welche Kontakte auch immer. Warum sein Handlanger erst Clarissa getötet hat – keine Ahnung. Ein Versehen vielleicht? Glauben Sie mir, Frau Kommissarin, auf ein Leben mehr oder weniger kommt es diesem Mann nicht an. Und Sie brauchen auch nicht zu rätseln, wer Hubert umgebracht hat!« Nach einer kurzen Pause setzte sie hinzu: »Aus Sicht der Mafia ist das alles ganz logisch. Die leben nach anderen Gesetzen.«

Fasziniert sah Helene die Frau an, die all das sagte, ohne ein Zeichen von Rührung zu zeigen und ohne eine einzige Träne zu vergießen.

Petra Friesing hatte Helenes Blick offenbar bemerkt. »Ich kann mir schon denken, was Sie sich fragen. Aber ich kann einfach nicht mehr weinen, leider. Ich weiß nicht, warum, wirklich nicht, aber vielleicht …«

Energisch wurde die Tür aufgestoßen und die Oberärztin, die Helene schon kannte, rauschte ins Zimmer, zog einen Stuhl an den kleinen runden Tisch heran und setzte sich neben die beiden Frauen. »Ich habe das von Ihrem Mann gehört, Frau Friesing. Mein Beileid«, sagte sie ohne Umschweife. »Kann ich etwas für Sie tun? Brauchen Sie ein Beruhigungsmittel?«

»Danke für Ihr Mitgefühl und für das Angebot. Aber ich möchte nichts einnehmen. Wie geht es Gesa? Das ist das Einzige, was mich noch interessiert.«

Die Ärztin nickte. »Es sieht von Stunde zu Stunde besser aus. Sie ist noch nicht über den Berg, aber sie ist stark. Die Lage ist nach wie vor ernst, das müssen Sie wissen. Sie dürfen aber durchaus Hoffnung haben. Wir werden morgen früh …« Laute Stimmen drangen auf einmal vom Flur herein. »Was ist da denn los? Entschuldigung, ich seh mal nach.« Sie stand auf und ging zur Tür.

Helene hätte nicht sagen können, warum, aber wie selbstverständlich sprang auch sie auf und folgte der Ärztin. Nach wenigen Schritten standen sie auf dem Flur, wo vor der Schleuse zu den Zimmern der Intensivstation gerade eine lautstarke Diskussion stattfand. Ein Mann im Arztkittel, der zu Helenes Erstaunen einen Mundschutz trug, stand neben dem Stuhl, auf dem ein uniformierter Polizist vor dem Eingang saß. Der sprang gerade auf und herrschte den Mediziner an: »Ich habe gesagt, Sie warten hier, bis ich Sie überprüft habe!« Sein Blick fiel auf die Oberärztin, und er fragte: »Frau Doktor, darf dieser Arzt hier hinein?«

Noch bevor die Frau eine Antwort geben konnte, sah Helene, dass der Mann mit dem voluminösen Mundschutz in die rechte Tasche seines Kittels griff. Sie wusste sofort, was er da hervorziehen würde.

Helene war schnell, so schnell wie noch nie. Und doch hätte es eine Sekunde zu lang gedauert, bis sie ihre Waffe aus dem Holster unter ihrer Jacke herausziehen, entsichern und in Anschlag hätte bringen können.

Aber der aufgeschraubte Schalldämpfer seiner Pistole verhakte sich offenbar in der Kitteltasche. Zwei-, dreimal zerrte der Mann am Griff, dann zog er die große brünierte Beretta mit einem reißenden Geräusch heraus. In einer einzigen, katzenhaft geschmeidigen Bewegung drehte er sich zu dem Uniformierten, während gleichzeitig seine Hand mit der Waffe blitzartig in die Höhe schnellte.

Dann knallte es ohrenbetäubend, und Helene hörte wie aus weiter Ferne ihre eigene Stimme: »Alle in Deckung, runter!«

Ein überflüssiger Befehl, wie sich herausstellte.

Der ›Arzt‹ war schon zu Boden gegangen. Auf seinem weißen Kittel breitete sich in der Herzgegend ein roter Fleck aus.

Helene senkte die Hand mit ihrer Dienstpistole. Die Waffe rauchte noch.

32

»Was hat er gesagt?« Helene schüttelte ungläubig den Kopf. Sie war hundemüde. Erst gegen vier Uhr morgens war sie in die Polizeidirektion zurückgekehrt, hatte zwei Stunden im Bereitschaftsraum auf dem Bett gelegen und vergeblich versucht, etwas Schlaf zu finden, dann aber resigniert aufgegeben und sich nach einer Katzenwäsche an den Schreibtisch gesetzt. Sie musste schließlich noch ihren Bericht schreiben und war wild entschlossen, den Start in den Urlaub nicht einen einzigen Tag länger hinauszuschieben, was immer auch passieren mochte. Noch vom Krankenhaus aus hatte sie Simon angerufen und gesagt, dass sie nicht an Bord kommen könne, hatte von Problemen gesprochen, die noch gelöst werden müssten. Nichts Konkretes. Sie würde auf dem Törn genügend Zeit finden, ihm von den Ereignissen auf der Intensivstation zu erzählen.

»›Blattschuss‹ hat er es genannt«, wiederholte Schimmel. »Du kennst unseren verehrten Dr. Asmussen ja.«

»Also wirklich. Der hat eine Ausdrucksweise.«

Schimmel lachte auf. »Er hat doch recht. Der Kerl war auf der Stelle tot. Und das war auch nötig. Stell dir mal vor, du hättest ihn nicht sofort richtig getroffen …«

Das wollte sich Helene zwar gar nicht ausmalen, aber es fiel ihr dennoch schwer, auf den lockeren Ton einzugehen, mit dem hier gerade darüber gesprochen wurde, dass sie einen Menschen getötet hatte. Zum ersten Mal.

»Du bist die Heldin des Tages«, sagte Schimmel. »Alle sprechen nur von dir – was für eine Reaktionszeit! Wyatt Earp wäre vor Neid erblasst.«

»Hör auf, Edgar! Ich will das nicht hören!«

Schimmel stutzte und sah sie verwundert an.

Sie räusperte sich. »Es ging alles so schnell, irgendwie automatisch – als ob ich mich gar nicht dazu entscheiden musste, als würde ich einfach nur ... funktionieren.«

Er nickte. »Das ist auch gut so. Wenn du erst nachdenkst, ist es zu spät – immer. Du hast gestern Abend bewiesen, dass du eine Kriminalpolizistin bist, die mehr drauf hat als Ermittlungsarbeit. Ich bin stolz auf dich.«

Sonderbar. In all den Filmen litten die Kommissare jedes Mal darunter, wenn sie jemanden getötet hatten, selbst wenn es der schlimmste Verbrecher war. Und in der Ausbildung waren sie diese Situation mehrmals durchgegangen, hatten über die psychischen Folgen eines Todesschusses ausführlich diskutiert. Sie kannte einen Kollegen, der danach den Dienst quittiert hatte, da er mit der posttraumatischen Belastung nicht fertig wurde.

Und sie – die Kriminalkommissarin Helene Christ? Sie war einfach nur froh, dass sie so rasch gehandelt und so präzise getroffen hatte. Was war sie bloß für ein Mensch? Sie musste sich eingestehen, dass sie dieses Lob ihres Kollegen sogar genoss, statt über ihre Tat zu grübeln, sich damit zu quälen, dass sie einen Mann getötet hatte.

»Ich hab den Mund wohl ziemlich voll genommen, was?«, fragte der Graue auf einmal.

»Wie meinst du das?«

»Na, ständig hab ich laut getönt, dass wir di Valpecca kriegen werden, dass ich mir von so einem meine Quote nicht kaputtmachen lasse ... Dämliche Angebersprüche eben.«

»Gräm dich nicht«, antwortete Helene, und ihre Mundwinkel zuckten verdächtig. »Das waren immer genau die richtigen Worte zur rechten Zeit. ›Mitarbeitermotivation‹ könnte man sagen. Und außerdem hätten wir ihn ja auch gekriegt, wenn er sich nicht vorher selbst gerichtet hätte.«

Schimmel schnaufte unwillig. »Vermutlich weniger aus Angst vor uns als vor seinen eigenen Leuten.«

»So oder so – er ist tot.« Sie stand auf und trat vor das Fenster. Ihr Blick ging hinüber zur Hafenspitze, wo sie ganz links hinter einem der Ausflugsdampfer gerade noch den Mast der *Seeschwalbe* ausmachen konnte. »Hat man den Mann denn inzwischen identifiziert, den ich gestern ...?«, fragte sie, ohne sich umzudrehen.

»Ich weiß, von wem du sprichst, Helene. Michalsky wird jeden Moment hier sein. Er wollte noch mit dir reden, bevor du in Urlaub gehst. Vielleicht bringt er neue Informationen mit.«

Helene stützte ihre Arme auf das Fensterbrett und lehnte sich hinaus, um mehr von dem Segelboot sehen zu können, das dort am Kai vertäut war und auf sie wartete.

»Hör mal, geht es dir auch gut?«, kam Edgar Schimmels Stimme von hinten. »Ich meine, kannst du jetzt übergangslos in den Urlaub gehen oder willst du vorher noch mit der Psychologin sprechen?«

Sie seufzte und drehte sich um. »Hältst du das für angezeigt, Edgar? Worüber machst du dir Sorgen?«

»Ach, ich weiß nicht«, gab er unwirsch zurück. »Ich will dir keine Vorschriften machen. Aber falls du ...« Er brach ab.

»Scheiße, Edgar«, fuhr sie auf, »mir geht es gut, verdammt!«

»Du brauchst nicht zu fluchen wie ein Fischweib.«

»Muss ich mich wirklich dafür entschuldigen, dass ich keine Gewissensbisse habe, einen Mafiakiller getötet zu haben, der dabei war, unschuldige Menschen zu erschießen?«

Erleichtert schnaufte der Alte auf. »Das war's, was ich hören wollte.« Er bedachte sie mit einem wissenden Blick und sagte leise: »Es ist alles gut so, wie es ist, Helene. Du bist gut so, wie du bist. Du brauchst dich nicht zu verstellen.«

Sie nickte.

»Danke, Miss Marple, jetzt darfst du auch in den Urlaub fahren.«

Fassungslos sah sie in sein feixendes, faltiges, graues Gesicht, bis sie verstand. »Danke, alter Mann«, sagte sie leise.

»Sein Name tut nichts zur Sache«, meinte der Erste Kriminalhauptkommissar Michalsky vom BKA und schlürfte vorsichtig etwas heißen Kaffee aus seinem Becher, »aber er ist einschlägig bekannt, wie nicht anders zu erwarten. Diesmal wurde das skandinavische Netzwerk genutzt – ergab die Interpol-Anfrage. Der Killer hatte eine kurze Anreise. Die Kollegen vom dänischen Staatsschutz ...« Er blickte auf das Papier, das vor ihm lag. »Ich kann das nicht aussprechen, jedenfalls ist die Abkürzung PET ...«

»... steht für Politiets Efterretningstjeneste«, meldete sich Helene in akzentfreiem Dänisch, »also die dänischen Inlandsnachrichten- und Sicherheitsdienste.«

Michalsky warf ihr einen anerkennenden Blick zu. »So heißen die wohl, ja. Die haben uns alle Daten über ihn gegeben. Er gehörte zur 'Ndrangheta, zur Mannheimer Familie, so viel ist sicher.«

»Fast nicht zu glauben, dass sie das Risiko eingehen, hierherzufahren und ins Krankenhaus einzudringen, um Gesa doch noch zu töten«, murmelte Helene.

»Dieser Pate macht keine halben Sachen«, erwiderte Michalsky. »Wenn er verkündet hat, seine Tochter auf diese Weise zu rächen, dann darf er keine Schwäche zeigen, muss alles dafür unternehmen. Das ist lebenswichtig für sein Ansehen in der Organisation.«

»Also wird er es wieder versuchen, nicht wahr? So lange, bis er das Mädchen getötet hat ...«

»Wenn wir nichts dagegen unternehmen, wird es so laufen, ja.«

»Und was wird das BKA tun? Was geschieht denn nun mit Gesa und ihrer Mutter?«

Michalsky fixierte sie mit seinem stechenden Blick. »Habe ich Ihnen eigentlich schon meine Anerkennung ausgesprochen – für Ihre ... Handlungsweise gestern? Das war vorbildlich. Mein Angebot steht, jetzt erst recht.«

»Danke, aber Sie lenken ab«, gab Helene zurück. »Was unternehmen Sie, um Gesa zu beschützen?«

»Sie wird weiterhin bewacht, rund um die Uhr, die Sicherheitsmaßnahmen im Krankenhaus sind verschärft worden, auch an den Zugängen setzen wir nun Personal ein ...«

»Unsere Leute natürlich«, konnte sich Schimmel nicht verkneifen,

»... während wir darauf warten«, fuhr der BKA-Mann ungerührt fort, »dass die Ärzte sie für transportfähig erklären. Sobald das passiert, bringen wir sie fort – mitsamt der Mutter.«

»Fort?«

Michalsky nickte. »Lassen Sie's gut sein. Sie wissen doch inzwischen, dass es besser ist, wenn so wenige Menschen wie möglich die Details kennen. Wir arbeiten mit Hochdruck an der Sache. Wir tun, was wir können, das kann ich Ihnen versichern.«

»Haben Sie etwas gefunden – Spuren, Zettel, Daten auf dem Handy zum Beispiel«, meldete sich Edgar Schimmel wieder zu Wort, »irgendwas, das zum Auftraggeber des Killers führt, natürlich etwas Belastbares, etwas, um endlich diesem Paten auf den Pelz rücken zu können?«

Stumm schüttelte der Totengräber den Kopf. »Wir sind dran, mehr kann und darf ich Ihnen nicht sagen, das wissen Sie. Im Moment ist unsere KTU an den Smartphones dran, an di Valpeccas und auch an dem des falschen Arztes. Und man hat vorhin Friesings Auto gefunden. Aber nun lassen wir's gut sein.« Er warf einen Blick auf seine Armbanduhr. »In drei Stunden sind Sie mich wieder los. Meine Kollegen bleiben noch so lange hier, bis das neue Zeugenschutzprogramm startet. Ich rufe Sie aus Wiesbaden an, falls notwendig. Und Sie melden sich bitte bei mir, wenn sich noch Fragen ergeben, ja?« Damit stand er auf, gab den beiden die Hand, wünschte einen guten Tag und ging.

Helene schaute lange auf die Tür, die der BKA-Mann hinter sich zugezogen hatte. »Scheißjob«, entfuhr es ihr dann voller Überzeugung.

»Ja, stimmt wohl«, sagte Schimmel. »Also wirklich keine Lust auf Wiesbaden?«

Sie warf ihm einen vielsagenden Blick zu. »Kommt drauf an ...«

»Worauf?«

»Na, darauf, wie du dich benimmst«, lachte sie, ging zum Schreibtisch und begann, ihre Sachen in die Schublade zu packen. »Und vergiss nicht das Captain's Dinner heute Abend. Ich muss jetzt erst mal dem armen Simon schonend beibringen, was mir da gestern Nacht passiert ist im Krankenhaus.«

»Oha. Pass auf, dass er keinen Schock kriegt. Es hätte ja auch anders ausgehen können ...«

Einen Moment lang hielt sie inne und lauschte in sich hinein. Recht hatte er, der alte Fuchs – lieber nicht allzu genau drüber nachdenken. Nicht jetzt jedenfalls. Die Zeit würde noch kommen. Auf einmal dämmerte ihr, dass das alles doch nicht ganz spurlos an ihr vorbeigehen würde ...

33

Immer noch kamen Boote in den Hafen hereingefahren, in der Dunkelheit nur an ihren Positionslichtern erkennbar. Die meisten fuhren hinüber zu den Liegeplätzen im Sportboothafen auf der Ostseite.

Helene und Simon saßen mit ihrem Gast um den Cockpittisch herum, auf dem ihre Gläser vor einer Flasche *Rioja Beronia Reserva 2010* standen, und genossen die warme Spätsommernacht. Da sich die Stadt zu beiden Seiten der Innenförde steil in die Höhe erhob, funkelten unzählige warme Lichter auf das Wasser herab, das heute von keinem Wind gekräuselt wurde. Still wie ein Dorfteich lag die Förde da.

Das ausgiebige Mahl hatte sie träge gemacht. Sie widmeten sich der Verdauung und sprachen wenig, lauschten, jeder in seine eigenen Gedanken versunken, dem gedämpften Stimmengewirr, das aus dem fröhlich beleuchteten Biergarten vor *Hansens Brauerei* jenseits der Schiffbrücke über den Kai zu ihnen an Bord drang.

Sommer in Flensburg – wie sie das liebte, dachte Helene, und plötzlich wurde ihr bewusst, dass sie genau dieses Gefühl vor wenigen Tagen bereits gehabt hatte. Als sie von ihrem Wohnzimmerfenster oben über der Stadt auf den Hafen hinabgeblickt und sich auf den Urlaub gefreut hatte. Bevor Schimmels Anruf gekommen war. Bevor der Wahnsinn begonnen und sie tagelang in Atem gehalten hatte.

Simon beobachtete sie aus den Augenwinkeln, und kurz darauf fühlte Helene seine Hand auf ihrem Arm. Sie sah ihm in die Augen. Sie brauchten nichts zu sagen.

Schimmel war nach dem Essen besonders still gewesen – er hatte allerdings auch eine derart gewaltige Menge Bratkartoffeln in sich hineingeschaufelt, dass sein Verdauungsprozess ihm volle Konzentration abgefordert haben dürfte. Jetzt räusperte er sich plötzlich, wies mit der Hand hinüber auf den Kai und stellte fest: »Da kommt jemand!«

Helene drehte sich um und erblickte einen uniformierten Polizeibeamten, der neben einem Rollstuhl herging, in dem ein schmächtiger junger Mann saß. Sie wusste sofort, wer das war. Schon bevor die beiden etwas näher herangekommen waren, hatte sie Patrick von Sassenheim erkannt, Clarissas Bruder. »Was hat denn das nun zu bedeuten?«, murmelte sie und sah kurz zu Schimmel hinüber. Der zuckte nur mit den Schultern und schwieg.

Der Junge. Ein eigenartiges Gefühl kam in Helene hoch, das sie zunächst nicht einordnen konnte. Dann wurde ihr schlagartig klar, was es war: Scham! Sie schämte sich auf einmal, in den letzten Tagen keinen Augenblick lang an die Familie des ersten Opfers gedacht zu haben. Als klar wurde, dass der Täter woanders zu suchen war, hatte sie den zwielichtigen Vater und seine unzugängliche Frau ebenso vergessen wie Clarissas Bruder.

Umso überraschter war sie über dessen Erscheinen. Verblüfft hörte sie den Kollegen sagen: »Tut mir leid, dass ich Sie hier störe, aber der junge Mann wollte nur mit Kommissarin Christ sprechen.«

»Was soll das heißen?« Schimmel war an die Reling getreten und blaffte den Uniformierten an. »Haben Sie ihn irgendwo aufgegriffen?«

»Nein, Herr Hauptkommissar, er ist vorhin in die Wache gekommen und fragte nach Kommissarin Christ. Wir haben ihm gesagt, dass sie im Urlaub ist, aber er hat nicht lockergelassen. Und wir haben von drüben gesehen, dass das Schiff noch hier liegt, deshalb ...« Er kratzte sich verlegen an der Wange. »Tut mir leid«, wiederholte er, »aber er meinte, es sei wichtig und ...«

»Mein Gott, ich bin ein Krüppel, aber weder blöd noch taub. Und stumm auch nicht!«, rief Patrick erbost. »Ich kann durchaus allein reden, danke!«

»Immer mit der Ruhe, junger Mann«, schaltete sich Simon ein. »Der Polizeibeamte hat es nur gut gemeint. Also, Helene, willst du mit ihm sprechen? Du hast Urlaub!«

Doch Helene stieg bereits über den Relingsdraht und sprang auf den Kai. »Ist gut, Herr Kollege«, sagte sie zu dem Uniformierten, »es ist absolut in Ordnung. Danke, dass sie ihm den Weg gezeigt haben.«

Der Polizist tippte an seine Mütze, nickte und ging.

»Sie wollen mit mir sprechen? Also gut, dann ...«

»Sagen Sie bitte Du – ich heiße Patrick«, antwortete der Junge.

»Ich weiß, danke.«

208

»Ich will endlich etwas tun, und das möchte ich mit Ihnen besprechen. Dauert nicht lang. Ich hab eine Zeit gebraucht, bis ich mir sicher war, ob ich es mache ...«

»Was auch immer du vorhast – wieso willst du das unbedingt mit mir besprechen?«

Auf einmal schien er verlegen zu sein. »Ich hab Sie doch bei uns im Haus gesehen, Sie wissen schon, als Sie meine Mutter begleitet haben – an dem Tag, an dem meine Schwester ...«

Helene nickte. »Natürlich.«

»Na ja ...« Seine Verlegenheit schien noch anzuwachsen. »Ich fand, dass ich Ihnen vertrauen könnte ... oder so.«

»Das freut mich«, sagte Helene – und das stimmte auch. »Komm, wir gehen zu der Bank da drüben am Wasser, da kann ich mich setzen, und du erzählst mir, was du auf dem Herzen hast, einverstanden?«

Patrick von Sassenheim nickte und fuhr seinen Rollstuhl die paar Meter hinüber zu einer der Bänke, die unter Laternen am Ufer standen. Helene drehte sich zur *Seeschwalbe* um und rief den beiden Männern zu: »Trinkt noch ein Glas. Aber lasst mir was übrig!« Dann folgte sie dem Jungen und setzte sich auf die Bank. Er manövrierte den Rolli neben sie und griff in die Umhängetasche, die über seiner Schulter hing.

Fasziniert erkannte Helene ein pinkfarbenes quadratisches Büchlein, das Patrick fest mit seinen Händen umklammert hielt. »Ich möchte ...« Er schluckte schwer. »Gar nicht so leicht ... Entschuldigen Sie bitte.«

»Nimm dir so viel Zeit, wie du brauchst.« Helene lehnte sich zurück und sah ihn aufmunternd an.

»Vor ein paar Tagen hab ich schon mal eine Mail an die Polizei geschickt.«

»Ja, das haben wir uns gedacht, dass du das warst.«

»Hm, aber dann hat mich der Mut verlassen. Doch nun ... Verdammt, ich will nicht, dass er davonkommt – einfach so«, brach es aus dem Jungen heraus.

Sie wusste natürlich, von wem er sprach.

»Im Internet und im Fernsehen hab ich ja gesehen, dass er nichts mit Clarissas Tod zu tun hatte«, presste Patrick hervor. »Jedenfalls nicht direkt. Er hat sie nicht getötet. Nicht an diesem Abend und nicht mit einem Messer.« Er brach ab und holte tief Luft. »Aber er hat sie hundertmal vorher umgebracht, der verfluchte Dreckskerl!« Ein unbändiger Hass sprach aus seiner Stimme, als er schneidend hinzufügte: »Er muss das büßen! Er darf nicht davonkommen, nur weil Clarissa jetzt tot ist und nichts mehr sagen kann.«

Sie hatte also richtig gelegen mit ihrem Verdacht, das war Helene jetzt klar. Nur … »Was hast du da in der Hand?«, fragte sie leise.

»Den Beweis. Clarissas Tagebuch.«

»Clarissas …?«

»Ja, sie hat mir verraten, wo sie es immer versteckte. Und nach ihrem Tod … Ich dachte, dass er ihr etwas angetan hat, damit seine Verbrechen nicht an die Öffentlichkeit kommen.«

»Weiß deine Mutter davon?«

»Wovon?«, fragte der Junge aufgebracht. »Dass er seine Tochter seit Jahren missbraucht hat?« Er schüttelte sich, als überliefe ihn aus purem Ekel ein Schauder. »Wenn Sie mich fragen: Meine Mutter weiß alles – über jeden von uns. Sie will aber nichts wissen, gar nichts. Eher bringt sie sich um, als dass sie sich die Wahrheit eingestehen würde, zugeben müsste, dass diese sogenannte Familie ein dampfender Haufen stinkender Scheiße ist.« Seine Schultern zuckten verdächtig und seine Stimme schwankte. Im fahlen Licht der Laterne entdeckte Helene Tränen in Patricks Augen.

»Ich meinte eigentlich, ob sie weiß, dass du zur Polizei gehen wolltest.«

Der Junge schüttelte den Kopf. »Nein, das habe ich ihr nicht gesagt. Hab ich in den letzten Tagen allein mit mir ausgemacht. Es muss sein. Aber sie wird mich dafür hassen. Und es wird sie umbringen, das ist mir klar.«

Helene sah ihn nur an. Sie war erschüttert. Eine tiefe

Traurigkeit hatte von ihr Besitz ergriffen, eine schreckliche, hoffnungslose Leere. »Und nun?«, fragte sie leise und deutete auf das Tagebuch in seinen Händen. »Bist du bereit, den letzten Schritt zu tun, Patrick? Obwohl du weißt, was das für Folgen haben wird?«

Er sagte nichts. Mit einer langsamen, aber entschlossenen Bewegung reichte er ihr das Büchlein. »Da steht alles drin. Clarissa hat es aufgeschrieben – jedes Mal. Es ist …« Jetzt weinte er richtig. »Sie werden es ja lesen … Aber es ist … es ist … grauenvoll. Vor allem, weil sie es so schreibt, wie sie … wie sie es eben schreiben konnte … Ach shit.«

Helene drückte das Tagebuch an ihre Brust. »Patrick, das, was du da tust, ist ungeheuer mutig. Ich habe großen Respekt vor dir. Aber ich werde das nicht lesen!«

»Sie werden …« Fassungslos riss er die Augen auf.

»Keine Angst«, beruhigte sie ihn, »Ich begleite dich jetzt in die Polizeidirektion. Da kannst du deine Anzeige aufgeben – ich helfe dir dabei. Wie alt bist du?«

»Sechzehn.«

»Okay, jeder darf in diesem Land eine Strafanzeige erstatten, unabhängig vom Alter. Und das willst du ja tun, nicht wahr?«

»Ja, das will ich«, bestätigte Patrick, der sich wieder gefasst hatte. »Ich will Carl von Sassenheim anzeigen!«

»Gut. Da du nicht volljährig bist, kannst du keinen Strafantrag stellen, aber das ist auch gar nicht nötig. Aufgrund deiner Anzeige wird die Polizei Ermittlungen aufnehmen. Und wenn man das, was hier steht, für glaubwürdig hält …«, sie klopfte mit der Handfläche auf das Tagebuch, »… woran ich keinen Zweifel habe, dann handelt es sich um ein sogenanntes Offizialdelikt, das man deinem Vater vorw…«

»Nennen Sie den Kerl nicht meinen Vater, bitte!«, schnappte der Junge.

»In Ordnung, auf jeden Fall wird die Staatsanwaltschaft dann von sich aus weiterermitteln und Strafantrag stellen.

Ich selbst arbeite in der Abteilung für Tötungsdelikte, wie du weißt. Im Volksmund heißt das immer noch Mordkommission.«

»Sie werden sich also nicht um die Sache kümmern?«

»Nein, aber ich rufe jetzt gleich einen meiner Kollegen an, der für diese Art von Straftaten zuständig ist, und bitte ihn, zu uns zu stoßen. Und wir gehen jetzt rüber, ich mach dich mit dem Kollegen bekannt, kläre ihn über die Hintergründe auf, und er wird dann alles Weitere veranlassen, einverstanden?«

»Aber Sie helfen mir noch bei der Anzeige?«, hakte Patrick von Sassenheim nach.

»Verspochen – und auch, dass ich mich immer auf dem Laufenden halten werde, was die Entwicklung dieser Sache angeht. Kannst dich drauf verlassen!« Helene stand auf. »Machen wir uns auf den Weg. Ich sag nur schnell im Vorbeigehen an Bord Bescheid, dass es noch etwas dauert.«

»Ich bin Ihnen sehr dankbar, dass Sie das alles ... Und dann noch im Urlaub ...«

»Kein Problem«, erwiderte Helene. »Es ist mir eine Ehre, dir helfen zu dürfen. Das meine ich ernst. Komm, bringen wir es hinter uns!«

Nebeneinander bewegten sie sich über den nächtlichen Uferweg, die Kommissarin mit der wilden weißblonden Mähne und der schmächtige schwarzhaarige Junge im Rollstuhl.

Epilog

Mit einer langen Landleine achtern an einem der überall montierten Metallhaken im Fels festgemacht, lag die *See-schwalbe* im Schutz einer winzigen Schäre vor Anker. Hier im Inneren der Bucht von Mandal, genau an der Südspitze Norwegens, war das Boot gut geschützt vor Starkwind, vor allem aber vor der gewaltigen Dünung, die aus den Weiten der Nordsee kam und ein paar Meilen weiter im Süden an die Küste brandete.

Eine Woche waren sie nun schon unterwegs, hatten sich Zeit gelassen, während sie den Großen Belt hinaufgesegelt waren. Auf der kleinen Insel Anholt mitten im Kattegat hatten sie einen Hafentag eingelegt, waren am Strand spazieren gegangen. Abends hatten sie mit einer Flasche Wein in den Dünen gesessen und geredet, viel geredet, während Frau Sörensen unverdrossen versuchte, sie zum Stöckchenwerfen zu animieren.

Immer wieder kam Simon auf die Ereignisse zurück, die sich an jenem Abend auf dem Flur der Intensivstation abgespielt hatten. Nur schwer konnte er damit fertig werden, in welcher Gefahr sie geschwebt hatte, das merkte Helene. Aber auch ihr tat es gut, darüber zu reden. Es half ihr dabei, ihr Handeln richtig einzuordnen, zu verarbeiten. Gar nicht so leicht. Edgar Schimmel hatte nicht ohne Grund einen Termin bei der Polizeipsychologin ins Gespräch gebracht. Doch es ging ihr gut. Am Ende dieser Reise, da war sich Helene sicher, würde sie mit sich und der Situation auf der Intensivstation im Reinen sein. Dennoch war ihr klar, dass diese Erfahrung ihr Leben verändert hatte. Vergessen können würde sie es nie, dass sie einen Menschen erschossen hatte – egal, was für eine Art Mensch es gewesen war.

Auf dem langen Schlag von der Nordspitze Jütlands über das Skagerrak bis vor die norwegische Küste war Simon, als er sie mitten in der Nacht am Ruder ablöste, plötzlich wieder das sonderbare Motorboot eingefallen, das die *Seeschwalbe* auf der Innenförde so rüde überholt hatte – am Nachmittag des Tages, an dem der Killer abends auf der Intensivstation aufgetaucht war.

»Meinst du, diese drei Leute könnten …?«

»Das kann ich mir durchaus vorstellen«, hatte Helene geantwortet. »Sie könnten übers Wasser gekommen sein, ja.«

»Verdammt, wenn ich dich einfach angerufen, dir von dem Boot und den Männern erzählt hätte – und von dem Wagen, der sie abgeholt hat …«

»Und? Was hätte das geändert?«

»Na ja, vielleicht …« Er hatte eher ratlos geklungen.

»Was hättest du für einen Grund haben sollen, mir von diesem seltsamen Motorboot zu erzählen, Simon? Mach dir doch keine Vorwürfe. Es ist vorbei.«

Natürlich war es nicht vorbei, kam ihr in den Sinn, als sie versonnen zu dem einzigen Gebäude auf der winzigen Felseninsel hinüberblickte, einem roten Holzhaus mit weißen Fensterläden. Gesa war verlegt worden. Das hatte Schimmel ihr gesagt, als sie ihn gestern noch einmal angerufen hatte, um sich zu erkundigen, ob das Mädchen es geschafft hatte. Sie würde wieder ganz gesund werden, hatte er gesagt.

Und doch: was für eine traurige Geschichte. Was für eine Zukunft hatte das Mädchen vor sich, welchen Namen mochte sie nun wohl tragen, welches Leben würden sie und ihre Mutter zukünftig führen – und wo? Immer in Angst, noch einmal von einem unbarmherzigen Rächer aufgespürt zu werden.

»Woran denkst du?«, fragte Simon, der den Niedergang heraufgestiegen kam, gefolgt von Frau Sörensen, die den Blick nicht von dem Tablett abwandte, das er trug. »Ich hab uns ein paar Häppchen mit dem Räucherfisch gemacht, den wir in Skagen gekauft haben.«

»Super, ich hol uns noch ein kaltes Bier, Augenblick!«

Als sie wieder zurückkkam und sich neben ihn setzte, sagte sie: »Ich hab daran gedacht, dass eigentlich nichts geklärt ist, gar nichts. Und vor allem, dass die Mörderbande einfach weitermachen kann.«

Simon nickte, nahm ein Stückchen Fisch von der Platte und schob es verstohlen unter den Tisch, wo Frau Sörensen es schmatzend in Empfang nahm.

»Hab ich gesehen!«, lachte Helene.

»Na ja.« Er grinste. »Sie hat doch auch Urlaub ... Aber im Ernst: Ist es nicht immer so, wenn es ums organisierte Verbrechen geht? Denk doch mal an den Menschenhandel letztes Jahr. Eine Organisation habt ihr unschädlich gemacht, aber das widerliche Geschäft läuft weiter. Machen halt jetzt andere das Geld.«

Helene nickte. »Ja, so ein ganz gewöhnlicher Mord aus Eifersucht, bei dem der Fall für uns mit der Verhaftung des Täters abgeschlossen ist, gefällt mir auch besser. Wenn man das überhaupt so ausdrücken darf.«

Nach einer Weile sagte sie leise: »Ich drücke dem merkwürdigen Totengräber wirklich die Daumen, dass er und seine Leute diesen Mafiaboss endlich verhaften und einsperren können. Aber ...«

»Genau«, sagte Simon. »Es würde sich nichts ändern. Der stirbt vielleicht sogar im Bett, aber deshalb geht die 'Ndrangheta nicht unter. Die macht weiter. Einfach zu viel Geld drin, Helene, viel zu viel Geld.«

Sie stand auf und reckte sich. »An all das will ich jetzt eigentlich gar nicht denken – ich hab Urlaub, oder? Hast du nichts Erfreuliches zu bieten?«

Er lachte, sprang auf, nahm sie in die Arme und küsste sie.

»Fisch ...« murmelte sie und zog ihn an der Hand zum Niedergang.

»Auf meinem Kopfkissen liegen die Pfefferminzbonbons«, gab er mit belegter Stimme zurück, während sie die Treppe hinabstiegen.

»Vergiss die Bonbons«, sagte Helene rau und zog ihn auf die Koje.

Randnotizen

Diese Geschichte ist frei erfunden. Etwaige Ähnlichkeiten mit lebenden oder verstorbenen Personen wären rein zufällig und unbeabsichtigt. Die Orte in diesem Roman hingegen, vor allem die rund um die Flensburger Förde, gibt es natürlich ebenso wie die beschriebenen Häfen – und vor allem die herrliche Landschaft.

Das Lager *Nis Puk* allerdings existiert nur in der Fantasie des Autors, ist eine Verdichtung verschiedener derartiger Ferienlager zu einem einzigen. Mehrere dieser Zeltlager stehen im Sommer an der Küste. Sie werden von unterschiedlichen Organisationen getragen und erfreuen sich wachsender Beliebtheit. Die vielen ehrenamtlich dort tätigen jungen Menschen betreuen Kinder und Jugendliche aus allen Gesellschaftsschichten, auch aus Problemfamilien. Jahr für Jahr gehen die ›Teamer‹ mit viel Idealismus an diese anspruchsvolle Aufgabe heran. Ich weiß das, denn eine meiner Töchter gehört zu ihnen.

Und was ist dran an der Ausbreitung der Mafia in Deutschland, die in diesem Buch eine große Rolle spielt? Sind die verbrecherischen Aktivitäten speziell der 'Ndrangheta ein Fantasieprodukt des Autors?

Leider nein. Auf der Herbsttagung des BKA 2011 hieß es, die 'Ndrangheta sei »die wohl am besten organisierte Verbrecherorganisation in der westlichen Welt«. In Deutschland sei sie seit mehr als dreißig Jahren fest etabliert, entstanden im Gefolge italienischer Gastarbeiter, die sich ihrem Einfluss nicht hätten entziehen können, und habe bundesweit Stützpunkte aufgebaut, sogenannte Locale. In Deutschland organisiere die 'Ndrangheta den Drogenhandel, überwiegend mit Kokain, betreibe Geldwäsche und Steuerbetrug.

Im Bundeslagebild 2013 »Organisierte Kriminalität« des BKA liest man, dass sich im Jahr 2012 elf Verfahren gegen »italienische Mafiagruppierungen« gerichtet haben und auch 2013 die Hauptaktivitäten dieser Gruppierungen auf Rauschgifthandel, Kfz-Verschiebung und Verstöße gegen das Waffengesetz konzentriert waren.

Wir wissen heute, dass etwa tausendfünfhundert Mitglieder und Unterstützer der italienischen Mafia in Deutschland leben, und dass die 'Ndrangheta, die vor allem im Westen und Süden arbeitet, die führende Mafiaorganisation hierzulande ist. Mag auch das Vordringen der 'Ndrangheta bis an die friedliche Flensburger Förde vorläufig eine Romanidee sein, so bedeutet die weitgehende Unkenntnis über die Vernetzungen der Mafia hierzulande keineswegs, dass sie nicht vorhanden wären.

Fachleute halten die 'Ndrangheta für die mächtigste Mafiaorganisation weltweit. Und sie wächst, breitet sich immer weiter aus und wandelt sich zu einem Weltkonzern. Ihr Jahresumsatz wird auf mindestens fünfzig Milliarden Euro geschätzt. Eine ungeheure Summe – mehr als die *Deutsche Bank* und *McDonald's* zusammen umsetzen.

All das geschieht in absoluter Verborgenheit. Das ungemein erfolgreiche Geschäftsprinzip der 'Ndrangheta folgt einer alarmierenden Erkenntnis, die der italienische Untersuchungsrichter Roberto Scarpinato einmal so ausgedrückt hat: »Was in den Medien nicht existiert, existiert auch in der Wirklichkeit nicht.«

Dank

Schreiben ist Leben, zumindest mittlerweile für mich. Zu beidem fehlte mir die Kraft ohne meine Frau Kirsten, die mir selbstlos seit über fünfunddreißig Jahren ihre Liebe schenkt. Ihr und meinen Kindern und Enkelkindern, die mein Glück sind, gebührt mein tiefster Dank. Ohne euch gäbe es meine Bücher nicht.

Meiner Tochter Ilka und ihren Freunden, die mit nie nachlassender Begeisterung und hoher sozialer und pädagogischer Kompetenz in jedem Jahr wieder ein Ferienlager an der Schlei organisieren und durchführen, schulde ich besonderen Dank für ihre Insiderinformationen.

Dank geht an alle Verwandten und Freunde, die meine Arbeit aufmunternd und mit viel Vertrauensvorschuss begleiten. Der kritische Gedankenaustausch mit meinen Kolleginnen und Kollegen von den *42er Autoren* hat ebenfalls viel zum Gelingen dieses Buchprojektes beigetragen.

Auch für dieses Buch habe ich wieder Jens-Uwe von Rohden, promovierter Germanist und mein wichtigster Testleser und Ratgeber, viel zu verdanken. Er schafft es stets, lieber Freund und unbestechlicher Kritiker gleichermaßen zu sein.

Ein besonderes Dankeschön geht an Conny Heindl und Gerald Drews von der Medien- und Literaturagentur Drews und natürlich an Jana Puppala und Aletta Wieczorek, meine ungemein kreativen Lektorinnen, überhaupt an das ganze fantastische Team im Grafit Verlag. Ihr alle habt auch diesmal wieder einen Superjob gemacht!

Inzwischen ist mir Helene Christ richtig ans Herz gewachsen – und meinen Leserinnen und Lesern offenbar auch. Darüber bin ich sehr glücklich und danke allen, die der jungen Kommissarin aus Flensburg die Treue halten und ihrem nächsten Fall entgegenfiebern.

Gerade hat Helene mir erzählt, sie und Schimmel steckten mitten in den Ermittlungen zu einem rätselhaften Todesfall, der sich ausgerechnet auf der Rumregatta ereignet habe, dem größten Ereignis in Flensburg, zu dem jährlich Hunderte Traditionssegler aus aller Welt und Tausende von Besuchern in die Stadt kommen ...

Ich bleibe natürlich dran, versprochen.

Bis bald also!

H. Dieter Neumann
Sommer 2015

Mehr Fälle für Helene Christ

H. Dieter Neumann

Die Tote von Kalkgrund

ISBN 978-3-89425-454-4
Der 1. Fall für Helene Christ, auch als E-Book erhältlich

Firma weg, Frau weg, Boot weg – Simon Simonsen verliert in kürzester Zeit alles, was ihm etwas bedeutet hat. Dann wird er auch noch des Mordes verdächtigt. Nur Kommissarin Helene Christ gräbt etwas tiefer und redet sich ein, dies nicht nur deswegen zu tun, weil sie sich zu Simon hingezogen fühlt ...

»Eine akribisch recherchierte geradlinige Geschichte, nicht zu blutrünstig, dafür voller menschlicher Abgründe.«
Cathrin Brackmann, WDR 4

»Richtig gut: Heinrich-Dieter Neumann schreibt spannend, kennt die Gegend an der Flensburger Förde und hat überraschende Wendungen drin. ... Schönes Buch!« Benedikt Stubendorff, NDR 1

H. Dieter Neumann

Mord an der Förde

ISBN 978-3-89425-462-9
Der 2. Fall für Helene Christ, auch als E-Book erhältlich

Ein Mord durchkreuzt die Urlaubspläne von Kommissarin Helene Christ: Die Leiche der vierzehnjährigen Clarissa wurde im Wald nahe der Ostseeteilküste gefunden. Das Mädchen war in der Mordnacht mit einem der Betreuer ihres Ferienlagers verabredet. Seitdem fehlt von Alim Tayfur jede Spur – seine DNA wurde aber an der Toten gefunden. Damit steht für Christs Kollegen Edgar Schimmel der Mörder fest.

Doch Helene zweifelt, denn auch in Clarissas Familie scheint einiges im Argen zu liegen. Bruder Patrick bezichtigt den eigenen Vater des Mordes. Und tatsächlich verhält sich Carl von Sassenheim alles andere als kooperativ. Was hat die Familie zu verbergen?

»Genau so soll ein Kriminalroman sein. Fesselnd, hervorragend geschrieben, amüsant und unterhaltend. Klassisch gut eben.«
Der Nordschleswiger

Mehr Fälle für Helene Christ

H. Dieter Neumann

Tod auf der Rumregatta

ISBN 978-3-89425-471-1
Der 3. Fall für Helene Christ, auch als E-Book erhältlich

Die traditionelle Flensburger Rumregatta steht unter keinem
guten Stern: Erst wird die Leiche eines jungen Afrikaners
gefunden, dann wird der Verdacht laut, dass ein Schiff nur zur
Tarnung eines großangelegten Drogenschmuggels mitsegelt.
Helene Christ und ihr Partner Edgar Schimmel wissen bald
nicht mehr, wo ihnen der Kopf steht.

*»Neumann schreibt fesselnd und rasant, der Fall bereitet
Kopfzerbrechen. Bitte mehr davon!«*
Dorothea Baumm, Lübecker Nachrichten

*»Der Leser wird feststellen: Dieter Neumann hat wieder gut
unterhalten.«* Joachim Pohl, Flensburger Tageblatt

*»Neumann versteht es, eine spannende Handlung amüsant zu
verpacken, locker zu schreiben und damit den Leser bei sich zu
behalten.«* Michael Schulte, Westfälische Nachrichten

H. Dieter Neumann

Nebel über der Küste

ISBN 978-3-89425-484-1
Der 4. Fall für Helene Christ, auch als E-Book erhältlich

Große Aufregung in Flensburg. Die Leiche des Staatssekretärs
Hark Ole Harmsen wird mit Schusswunden am Strand gefunden.
Verdächtige gibt es viele. Der Tote hatte Feinde im politischen Kiel
und auch seine Frau wirkt nicht wie eine trauernde Witwe.

Ein politisch brisanter Fall für Kommissarin Helene Christ, die
sich noch dazu mit einer neuen Vorgesetzten herumschlagen muss:
Jasmin Brenneke kommt vom LKA und setzt ganz eigene Prioritäten.
Wenigstens kann Helene auf die Hilfe ihres Exkollegen Schimmel
und ihres Freundes Simon zählen. Die braucht sie auch dringend,
denn bald droht sie in einem Sumpf aus politischen Grabenkämpfen
zu versinken.

grafit

Hat Ihnen dieses Buch gefallen und möchten Sie wissen, wie es weitergeht?

Dann abonnieren Sie unseren Newsletter, wir halten Sie auf dem Laufenden!

www.grafit.de